D0831506

DERNIÈRE DANSE

D'abord secrétaire puis hôtesse de l'air, ce n'est qu'au décès de son mari que Mary Higgins Clark se lance dans la rédaction de scripts pour la radio. Son premier ouvrage est une biographie de George Washington. Elle décide ensuite d'écrire un roman à suspense, *La Maison du guet*, son premier best-seller. Encouragée par ce succès, elle continue à écrire tout en s'occupant de ses enfants. En 1980, elle reçoit le Grand prix de littérature policière pour *La Nuit du renard*. Mary Higgins Clark écrit alors un roman par an, toujours accueilli avec le même succès par le public. Elle est traduite dans le monde entier et plusieurs de ses romans ont été adaptés pour la télévision.

MARY HIGGINS CLARK

Dernière danse

ROMAN TRADUIT DE L'ANGLAIS (ÉTATS-UNIS)
PAR ANNE DAMOUR

ALBIN MICHEL

Titre original :

I'VE GOT MY EYES ON YOU
Publié par Simon & Schuster, Inc., New York.

© Nora Durkin Enterprises, Inc., 2018.
Publié en accord avec l'éditeur original Simon & Schuster, Inc., New York.
Tous droits réservés, y compris droits de reproduction totale ou partielle, sous toutes ses formes.
© Éditions Albin Michel, 2018, pour la traduction française.
ISBN : 978-2-253-18139-2 – 1re publication LGF

Pour Elisabeth et Lauren,
en vous souhaitant une longue vie de bonheur.

1

Jamie se trouvait dans sa chambre au premier étage de la petite maison de style Cape Cod de sa mère à Saddle River, dans le New Jersey, quand sa vie bascula.

Cela faisait un moment qu'il regardait par la fenêtre dans le jardin de la maison de Kerry Dowling. Elle donnait une fête et Jamie était furieux parce qu'elle ne l'y avait pas convié. Ils étaient ensemble au lycée et elle avait toujours été gentille avec lui, bien qu'il fût dans une classe spéciale. Selon Mom, Kerry n'avait probablement invité que ceux de ses camarades qui partaient pour l'université la semaine suivante. Jamie avait fini le lycée deux ans auparavant et avait maintenant un bon travail au supermarché Acme du coin.

Jamie n'avait pas avoué à Mom que, si les autres se baignaient dans la piscine de Kerry pendant la fête, il avait l'intention d'aller nager avec eux.

Mom se serait mise en colère s'il l'avait fait. Kerry lui avait pourtant toujours dit qu'il pouvait profiter de la piscine s'il en avait envie. Observant la scène, il attendit que tous les jeunes soient partis et que Kerry soit seule sur la terrasse à remettre de l'ordre.

Il finit de visionner sa vidéo et décida d'aller l'aider, contre l'avis de Mom qui n'aurait certainement pas été d'accord.

Il descendit sur la pointe des pieds au rez-de-chaussée, où elle regardait les nouvelles de 23 heures, et se glissa derrière la haie qui séparait leur petit jardin du vaste terrain de la maison de Kerry.

C'est alors qu'il aperçut quelqu'un qui sortait du bois et s'avançait vers la piscine. Il le vit saisir un objet sur une chaise et se glisser derrière Kerry, lui donner un coup sur la tête et la pousser dans l'eau. Avant de jeter l'objet au loin.

Donner un coup sur la tête des gens et les pousser dans une piscine, ce n'est pas très normal, pensa Jamie. L'homme aurait dû dire qu'il était désolé, sinon il risquait de se faire gronder.

Le grand type n'alla pas se baigner. Il repartit en courant vers les arbres. Il n'alla pas dans la maison. Il prit seulement la fuite.

Jamie se hâta vers la piscine. Son pied heurta quelque chose par terre. Un club de golf. Il le ramassa et alla le poser sur une chaise.

« Kerry, c'est Jamie. Je viens me baigner avec toi ! »

Mais elle ne lui répondit pas. Il commença à descendre les marches du bassin. L'eau avait l'air sale. Il pensa d'abord que quelqu'un avait dû renverser quelque chose. Puis l'eau pénétra dans ses baskets neuves et mouilla son pantalon jusqu'aux genoux, et il s'arrêta. Bien sûr, Kerry disait toujours qu'il pouvait venir nager avec elle, mais Mom serait furieuse s'il abîmait ses belles chaussures. Kerry faisait la planche dans l'eau. Il tendit le bras, toucha son épaule et dit : « Kerry, réveille-toi. » Mais Kerry flotta plus loin, vers la partie où on n'avait plus pied. Alors il rentra chez lui.

Toujours devant les informations, Mom ne le vit pas monter furtivement à l'étage et regagner sa chambre. Ses baskets, ses chaussettes et son pantalon étaient trempés, et il alla les cacher au fond de sa penderie. Peut-être seraient-ils secs avant que Mom les trouve, espéra-t-il.

Il s'endormit en se demandant si Kerry s'était bien amusée dans la piscine.

2

Il était plus de minuit quand Marge Chapman se réveilla. Elle s'était endormie devant la télévision ! Elle se leva lentement, sentant les articulations de ses genoux craquer lorsqu'elle s'extirpa avec peine de son large et confortable fauteuil. Elle avait quarante-cinq ans à la naissance de Jamie et n'avait cessé depuis de prendre du poids. Il faudrait que je perde vingt kilos, se dit-elle, ne serait-ce que pour soulager mes genoux.

Elle éteignit la lumière du salon, puis monta jeter un coup d'œil dans la chambre de Jamie avant d'aller se coucher. Dans la pénombre, la respiration régulière de son fils indiquait qu'il dormait profondément.

Espérons qu'il n'ait pas été trop déçu de ne pas avoir été invité à la fête. Mais elle ne pouvait pas le protéger de toutes les déceptions que la vie lui réserverait.

3

À 10 h 45 le dimanche matin, Steve et Fran Dowling empruntaient le pont George-Washington pour se diriger vers leur maison de Saddle River. Le silence régnait dans la voiture. Des amis de Wellesley, dans le Massachusetts, les avaient invités à un tournoi de golf de vingt-sept trous. Ils avaient passé la nuit sur place et étaient repartis à l'aube pour aller chercher leur fille Aline à l'aéroport Kennedy. Aline, vingt-huit ans, vivait à l'étranger depuis trois ans et ne leur rendait que de brèves visites.

Après leurs joyeuses retrouvailles à l'aéroport, fatiguée par le décalage horaire, Aline s'était installée sur la banquette arrière du 4 × 4 et dormait profondément. Étouffant un bâillement, Fran soupira : « Ce n'est plus de mon âge de me lever aussi tôt deux jours d'affilée. »

Steve sourit. Il avait trois mois de moins que sa femme et elle passait tous les caps des anniversaires avant lui – dans le cas présent cinquante-cinq ans.

« Je me demande si Kerry sera levée quand nous arriverons, dit Fran, autant pour elle-même que pour son mari.

— Je parie qu'elle sera à la porte pour accueillir sa sœur », répondit Steve en souriant.

Son téléphone portable collé à l'oreille, Fran écoutait la messagerie de Kerry. « Notre Belle au bois dormant est encore au pays des rêves », annonça-t-elle avec un petit rire.

Steve pouffa. Fran et lui n'étaient pas de gros dormeurs, contrairement à leurs filles qui étaient de vrais loirs.

Un quart d'heure plus tard, ils s'arrêtaient dans leur allée et réveillaient Aline. Encore à moitié endormie, elle les suivit dans la maison d'un pas mal assuré.

« Mon Dieu ! » s'exclama Fran en contemplant le désordre inhabituel qui régnait à l'intérieur. La table basse et le sol du salon étaient jonchés de gobelets en plastique et de canettes de bière. Elle alla dans la cuisine et découvrit une bouteille de vodka vide dans l'évier, à côté de cartons de pizza.

Complètement réveillée à présent, Aline se rendait compte que sa mère et son père étaient à la fois inquiets et furieux. Elle partageait leurs sentiments et, de dix ans plus âgée que sa sœur, elle avait eu dès le premier coup d'œil l'impression que quelque chose clochait. Si Kerry avait organisé une soirée, pourquoi n'avait-elle pas rangé une fois les invités partis ? Avait-elle trop bu, au point de perdre connaissance ?

Son père et sa mère se précipitèrent à l'étage en appelant Kerry. Ils redescendirent aussitôt.

« Elle n'est pas en haut, dit Fran, et si elle est sortie, elle n'a pas emporté son téléphone. Il est sur la table. Où peut-elle bien être ? »

Fran était soudain très pâle. « Elle s'est peut-être sentie mal et une de ses amies a voulu l'emmener chez elle, ou alors... »

Steve l'interrompit : « Commençons par appeler ses amies. L'une d'elles saura sûrement où elle se trouve.

— L'annuaire de l'équipe de lacrosse est dans le tiroir de la cuisine », se rappela Fran en s'élançant dans l'entrée. Les amies les plus proches de Kerry faisaient partie de l'équipe.

Faites qu'elle soit en train de dormir chez Nancy ou Sinead, pria Aline. Mais elle devait être vraiment mal en point pour avoir oublié d'emporter son téléphone. Je peux au moins commencer à mettre de l'ordre, se dit Aline. Elle entra dans la cuisine. Sa mère composait un numéro que son père lui dictait. Aline prit un grand sac-poubelle dans le placard.

Elle décida de commencer par l'arrière de la maison, et se dirigea vers la véranda et le bord de la piscine.

Elle fut surprise en tombant sur le spectacle qui l'attendait. Un sac-poubelle à moitié plein était posé sur une des chaises. Elle jeta un coup d'œil à l'intérieur : il était bourré d'assiettes en carton, de boîtes de pizza et de gobelets.

Kerry avait visiblement commencé à nettoyer. Mais pourquoi s'était-elle arrêtée ?

Ne sachant si elle devait faire part de sa découverte à ses parents ou les laisser tranquillement passer leurs appels, Aline descendit les quatre marches qui menaient à la terrasse et se dirigea vers la piscine. Tout le monde l'avait utilisée pendant l'été et il lui tardait d'en profiter avec sa sœur, avant que celle-ci ne parte à l'université et qu'elle-même ne prenne son nouveau poste de conseillère d'orientation au lycée de Saddle River.

Le putter que ses parents utilisaient pour s'entraîner était posé sur une chaise longue.

Aline se penchait pour le ramasser quand elle se figea, horrifiée. Sa sœur gisait au fond de la piscine, tout habillée, totalement inerte.

4

Jamie adorait faire la grasse matinée. Il travaillait au supermarché de 11 heures à 15 heures. Marge lui avait préparé son petit déjeuner à 10 heures comme d'habitude. Quand il eut fini, elle lui rappela de monter se laver les dents. Jamie revint, lui adressa un large sourire et attendit qu'elle le félicite, avant de franchir la porte en vitesse pour aller à « mon travail », comme il le disait fièrement. Il avait vingt minutes de marche jusqu'à l'Acme. En le regardant longer la rue, Marge se rendit compte que quelque chose la perturbait.

Quand elle monta faire le lit de Jamie, elle comprit de quoi il s'agissait. Jamie portait ses vieilles baskets usagées ce matin, pas les neuves qu'elle lui avait achetées la semaine précédente. Pour quelle raison ? Et où étaient les baskets neuves ?

Elle alla dans sa salle de bains. Il avait pris une douche, et les serviettes-éponges et le gant étaient rangés dans le panier à linge, exactement comme elle le lui avait appris. Mais il n'y avait aucune trace des nouvelles baskets.

Il n'a pas pu les jeter, se dit-elle en regagnant la chambre, regardant tout autour d'elle. C'est alors qu'elle trouva ses affaires en désordre sur le sol de sa penderie où il les avait laissées. Elle les ramassa, à la fois soulagée et consternée.

Les chaussettes et les baskets étaient trempées et tachées. Tout comme le bas de son pantalon.

Marge les tenait encore quand elle entendit un hurlement. Elle se précipita à la fenêtre pour voir Aline plonger dans la piscine et ses parents sortir en trombe de la maison.

Elle aperçut Steve Dowling sauter dans la piscine à la suite de sa fille et en ressortir avec Kerry dans les bras, Aline derrière lui. Horrifiée, Marge le vit déposer Kerry sur le sol et se mettre à appuyer de toutes ses forces sur sa poitrine en criant : « Appelle une ambulance ! » Quelques minutes plus tard, une voiture de police et une ambulance arrivaient à toute allure dans l'allée de leur maison.

Puis un policier écarta Steve tandis que les ambulanciers s'agenouillaient près de Kerry.

Marge se détourna de la fenêtre en voyant un ambulancier se relever et secouer la tête.

Il lui fallut de longues minutes pour prendre conscience qu'elle tenait toujours les baskets, les chaussettes et le pantalon de Jamie. Elle n'avait pas besoin qu'on lui dise comment il les avait mouillés. Mais elle se demanda aussitôt pourquoi il n'aurait fait que quelques pas dans la piscine pour en ressortir ensuite ? Et d'où venaient ces taches ?

Elle devait sans attendre fourrer le pantalon, les chaussettes et les baskets dans la machine à laver.

Marge n'aurait su expliquer l'élan impérieux qui la poussait à agir ainsi, mais elle savait au fond d'elle-même qu'elle protégeait Jamie.

Les sirènes de la police et de l'ambulance avaient fait sortir les gens de chez eux. La nouvelle se répandit rapidement. *Kerry Dowling trouvée noyée dans sa piscine.* De nombreux voisins, certains une tasse de café à la main, se précipitèrent vers le fond du jardin de Marge d'où on pouvait voir ce qui se passait.

Les voisins de Marge habitaient de grandes propriétés à proximité de la sienne, une petite maison de style Cape Cod que Jack et elle avaient achetée trente ans plus tôt sur un terrain en courbe abondamment boisé. À cette époque, les autres propriétaires du quartier étaient des gens modestes comme eux qui travaillaient dur et dont les habitations étaient semblables à la leur. Au cours des vingt dernières années, l'endroit s'était gentrifié. Les uns après les autres, les habitants avaient vendu leurs petites maisons à des agents immobiliers pour le double de leur prix d'origine. Marge avait été la seule à vouloir rester. Aujourd'hui, elle était entourée de maisons luxueuses et leurs propriétaires – médecins, avocats et financiers de Wall Street – étaient tous fortunés. Ils se montraient aimables avec elle, mais ce n'était plus comme autrefois, lorsque Jack et elle étaient environnés de vrais amis.

Marge alla rejoindre les gens massés sur son terrain. Certains racontaient que la veille, ils avaient entendu de la musique et vu un grand nombre de voitures stationnées dans l'allée et la rue. Mais tous reconnaissaient que les jeunes n'avaient pas été très bruyants et qu'ils étaient tous partis vers 23 heures.

Puis Marge rentra discrètement chez elle.

Je ne peux parler à personne de quoi que ce soit pour le moment, pensa-t-elle. J'ai besoin de temps pour réfléchir. Elle fut prise de panique en entendant le cliquetis des baskets de Jamie tournant dans la machine. Elle alla dans le garage, pressa le bouton d'ouverture automatique de la porte et sortit de son allée en marche arrière. Attentive à ne croiser le regard de personne, elle s'éloigna de la foule et des policiers qui envahissaient la terrasse et le jardin des Dowling.

5

Quand Steve avait sorti le corps de Kerry de l'eau, il l'avait couché sur le sol, avait désespérément tenté de la réanimer et hurlé à Aline d'appeler le 911. Il n'avait interrompu son massage cardiaque qu'à l'arrivée de la police.

Anéantis, priant le ciel, Steve, Fran et Aline regardèrent un policier s'agenouiller près de Kerry et prendre le relais. Moins d'une minute plus tard, une ambulance s'arrêtait dans un crissement de pneus et les infirmiers bondissaient hors du véhicule. L'un d'eux se pencha sur Kerry et continua la réanimation. Elle avait les lèvres serrées et ses bras minces étaient inertes de chaque côté de sa poitrine. Sa robe bain de soleil en coton rouge, gorgée d'eau, était tout entortillée autour d'elle, et ses cheveux dégoulinaient sur ses épaules. Steve, Fran et Aline la regardaient sans comprendre.

« Vous feriez mieux de rentrer dans la maison », leur dit un policier. Aline et ses parents s'exécutèrent en silence. Steve et Aline montèrent rapidement à l'étage pour mettre des vêtements secs.

Sans tarder, les infirmiers fixèrent des électrodes sur la poitrine de Kerry pour prendre ses constantes et les transmettre au service des urgences de l'hôpital de Valley. Le médecin de service confirma très vite ce que tout le monde sur les lieux avait déjà compris. « Encéphalogramme plat. »

Tout à coup, l'infirmier qui avait en vain tenté de réanimer Kerry remarqua une trace de sang sur son cou. Saisi d'un soupçon, il souleva sa tête et distingua une blessure béante à la base du crâne.

Il la montra à la police qui appela aussitôt le bureau du procureur.

6

Michael Wilson, inspecteur en charge des homicides du bureau du procureur du comté de Bergen, était de garde ce jour-là. Il était donc installé, avec quelques journaux à portée de main, sur une chaise longue au bord de la piscine de sa résidence de Washington Township. Il glissait dans le sommeil quand la sonnerie de son téléphone portable l'arracha à sa somnolence. Il écouta son interlocuteur lui communiquer les données de sa prochaine enquête. « Adolescente trouvée morte dans une piscine au 123 Werimus Pines Road à Saddle River. Parents absents au moment de la noyade. La police locale indique qu'une soirée avait lieu ce jour-là dans la propriété. Blessure inexpliquée à la tête. »

Saddle River jouxte Washington Township, pensa-t-il. À dix minutes d'ici à peine. Il se leva et se dirigea vers son appartement. L'odeur de chlore lui collait encore à la peau, il allait prendre une douche pour commencer. L'enquête risque de durer, pensa-t-il, je peux en avoir pour douze ou vingt-quatre heures, voire plus.

Il choisit dans sa penderie une chemise de sport à manches longues et un pantalon de treillis, les jeta sur le lit et alla dans sa salle de bains. Dix minutes plus tard il était habillé, prêt à partir pour Saddle River.

Wilson savait qu'à la minute même où on l'avait appelé, le bureau du procureur avait également dépêché un photographe et un médecin légiste sur la scène du crime. Ils arriveraient peu après lui.

Saddle River, une commune d'un peu plus de trois mille habitants, était l'une des municipalités les plus aisées des États-Unis. Bien qu'entourée de banlieues à forte densité de population, la ville avait su garder une atmosphère bucolique. Les terrains constructibles dépassaient tous les huit mille mètres carrés. Ajouté à cela, l'accès était facile depuis New York, ce qui en faisait l'un des endroits favoris des financiers de Wall Street et des stars du sport. L'ancien président des États-Unis Richard Nixon y avait possédé une maison vers la fin de sa vie.

Mais jusque dans les années 1950, Saddle River avait été un lieu de prédilection pour les chasseurs de la région. Dans un premier temps, on y avait construit de modestes maisons de plain-pied. Par la suite, elles avaient presque toutes été remplacées par des résidences beaucoup plus spacieuses et coûteuses – sans oublier les prétentieuses « McMansions » aux proportions démesurées et construites à la chaîne.

La maison des Dowling était une belle demeure couleur crème de style colonial, aux volets vert pâle. Un policier était en faction dans la rue, et une zone avait été délimitée pour les véhicules autorisés. Mike se gara à l'un des emplacements réservés et traversa la pelouse jusqu'à l'arrière de la maison. Apercevant un groupe de policiers de Saddle River, il demanda lequel d'entre eux s'était présenté en premier sur les lieux. L'agent Jerome Weld, dans son uniforme encore humide, s'avança d'un pas.

Il expliqua qu'il était arrivé sur place le matin même à 11 h 43. Les membres de la famille avaient déjà sorti le corps de l'eau. Bien que certain d'arriver trop tard, il avait tenté une réanimation cardio-pulmonaire. La victime n'avait montré aucun signe de vie.

En compagnie d'autres policiers, il avait déjà procédé à une perquisition préliminaire de la maison. Visiblement, une fête y avait été donnée le soir précédent. Les voisins avaient confirmé qu'ils avaient entendu de la musique en provenance de la maison des Dowling et vu un grand nombre de jeunes gens arriver et repartir en voiture. Au total vingt à vingt-cinq véhicules avaient stationné dans la rue durant la fête.

Le policier poursuivit : « J'ai appelé votre bureau après avoir découvert la blessure à l'arrière de la tête de la victime. Entre-temps, nous avons trouvé près de la piscine un club de golf taché de sang coagulé mêlé de cheveux. »

Mike examina avec soin le club en question. Plusieurs longs cheveux ensanglantés étaient en effet collés sur la tête du putter dont le manche était moucheté de gouttes de sang.

« Mettez-le dans un sac, dit Mike, nous l'enverrons au labo pour le faire analyser. »

Pendant que Mike s'entretenait avec le policier, l'équipe du service médico-légal débarqua sur les lieux. Sharon Reynolds avait déjà travaillé sur plusieurs homicides avec Mike. Il la présenta à l'agent Weld et lui résuma la situation.

Sharon Reynolds s'agenouilla près du corps et commença à prendre des photos. Elle remonta complètement la robe de Kerry en quête d'éventuelles autres blessures puis examina ses jambes. Rien à signaler. Elle retourna le corps et continua à photographier. Puis, déplaçant les cheveux de Kerry sur le côté, elle prit un cliché de la profonde entaille à la base du crâne.

7

Quand Steve et Aline redescendirent après s'être changés, ils trouvèrent Fran dans le salon encore jonché des reliefs de la veille. Weld leur avait donné l'ordre de ne rien nettoyer jusqu'à l'arrivée de l'inspecteur du bureau du procureur chargé de passer au peigne fin la maison et le terrain.

Steve entourait de son bras les épaules de Fran. Ils étaient assis sans bouger sur le canapé. Puis Fran se mit à trembler et elle éclata en sanglots déchirants.

Ils se serrèrent l'un contre l'autre, submergés par le chagrin. « Je n'arrive pas à croire que ce soit un accident. Comment a-t-elle pu tomber dans la piscine tout habillée ? gémit Fran.

— Nous savons qu'elle était sur la terrasse en train de mettre de l'ordre, dit Steve. Peut-être s'est-elle penchée pour attraper quelque chose dans la piscine et a-t-elle perdu l'équilibre. Il était sûrement tard et elle devait être fatiguée. » Ou alors, elle avait trop bu, mais il n'avait pas envie de partager cette pensée avec Fran et Aline.

Pleurant sans bruit, Aline réfléchissait. « Pauvre Kerry, ma pauvre petite sœur. » Elle avait eu de fréquents contacts avec Kerry depuis qu'elle était partie vivre à l'étranger trois ans auparavant. Comment imaginer que jamais plus elle ne la verrait ni ne l'entendrait ! Elle n'arrivait pas à croire qu'une fois encore elle devait faire face à la mort soudaine d'une personne aimée.

Les sanglots de Fran s'étaient atténués.

La sonnerie de l'entrée retentit, puis la porte dont le verrou était tiré s'ouvrit. C'était monseigneur Del Prete, père Frank comme il préférait être appelé, pasteur de leur paroisse Saint-Gabriel. Quelqu'un lui avait visiblement téléphoné car ses premières paroles furent : « Fran, Steve, Aline, je suis profondément désolé. » Comme ils se levaient, il leur prit la main et approcha une chaise. « J'aimerais dire une prière pour Kerry. » Il commença : « Seigneur, en ce moment de grande tristesse… »

Quand il eut terminé, Fran s'écria : « Comment Dieu a-t-il pu permettre une chose pareille ? »

Le père Frank retira ses lunettes, sortit un mouchoir propre de sa poche et s'appliqua à nettoyer les verres. « Fran, c'est la question que tout le monde se pose après une tragédie. Comment Dieu, qui est amour et miséricorde, peut-il nous abandonner, nous et ceux que nous aimons, dans les moments où nous avons le plus besoin de lui ? Je serai franc avec vous. C'est une question qui me tourmente moi aussi.

« La meilleure réponse qui m'a été fournie vient du sermon d'un prêtre âgé que j'ai entendu voilà des années. Il voyageait au Moyen-Orient et avait été impressionné par la splendeur des tapis persans qu'il y avait vus. Ces merveilleuses créations si habilement tissées et ornées de motifs magnifiques. Il s'était trouvé un jour dans un magasin où étaient exposés quelques-uns de ces tapis et s'était glissé derrière l'un d'eux, suspendu au plafond. Alors qu'il examinait l'envers du tapis, il s'étonna à la vue du chaos que formaient les fils. Une telle beauté d'un côté, la confusion totale de l'autre, l'envers et l'endroit d'un même projet. Le message lui apparut clairement. Dans cette vie, nous ne voyons que l'envers du tapis. Nous ne savons pas pourquoi ni comment nos souffrances et nos malheurs font partie d'un ensemble parfait. C'est la raison pour laquelle il importe tant d'avoir la foi. »

Le silence qui suivit fut rompu par un coup frappé à la porte de derrière. Steve se leva, des pas se firent entendre dans l'entrée. Un homme d'une trentaine d'années aux cheveux châtain clair et aux yeux marron pénétrants se tenait devant eux. Il se présenta : « Inspecteur Michael Wilson du bureau du procureur du comté de Bergen. Je vous prie d'accepter mes condoléances. Puis-je vous poser quelques questions ? Nous avons besoin de certaines informations préliminaires. »

Le père Frank se leva et proposa de revenir plus tard.

D'une seule voix Fran et Steve lui demandèrent de rester. Il se rassit en hochant la tête.

« Quel âge avait votre fille ? » demanda l'inspecteur. »

Ce fut Aline qui répondit. « Kerry aurait eu dix-huit ans en janvier. Elle venait de finir ses études secondaires. »

Les questions étaient bienveillantes et il était facile d'y répondre. Steve et Fran confirmèrent qu'ils étaient les parents de Kerry et qu'Aline était sa sœur aînée.

« Quand, pour la dernière fois, avez-vous été en contact avec votre fille, que ce soit par téléphone, e-mail ou texto ? »

Leur dernier échange remontait à la veille, vers 17 heures. Steve expliqua qu'ils avaient passé la nuit précédente chez des amis dans le Massachusetts et s'étaient levés tôt dans la matinée pour prendre Aline à l'aéroport Kennedy à son arrivée d'Europe.

« Saviez-vous qu'elle donnait une fête dans votre maison hier soir ? »

Naturellement, ce n'était pas le cas.

« Il y a des preuves que de l'alcool a circulé pendant la soirée. Votre fille buvait-elle ou prenait-elle des drogues ?

— Non ! protesta Fran, indignée.

— Elle n'a jamais pris aucune drogue, dit calmement Steve. Il est probable qu'elle a bu un verre ou deux de bière ou de vin avec ses amis.

— Nous aimerions interroger ses amis proches. Pouvez-vous nous communiquer leurs noms ?

— La plupart de ses amis font partie de l'équipe de lacrosse de son lycée, dit Steve. L'annuaire est dans la cuisine. Je vais vous le chercher. » Il ajouta : « Pourquoi voulez-vous leur parler ?

— Il semble qu'il y avait beaucoup de gens chez vous hier soir. Nous voulons savoir qui était présent et ce qui s'est passé. Votre fille a une blessure grave à l'arrière de la tête. Nous avons besoin d'en déterminer la cause.

— Pourrait-elle s'être cognée en tombant ?

— C'est une hypothèse. Il est aussi possible qu'elle ait été frappée avec un objet. Nous le saurons lorsque nous aurons reçu le rapport du service médico-légal. »

Quelqu'un l'a délibérément frappée à la tête, se dit Aline. Ils pensent qu'elle a été assassinée.

« Il y avait un club de golf sur une des chaises longues près de la piscine. Il se peut qu'il ait été utilisé comme arme. »

Steve demanda alors d'un ton calme : « Qu'essayez-vous de nous dire ?

— Monsieur et madame Dowling, répondit Wilson, nous en saurons davantage après avoir pris connaissance des conclusions du légiste, mais je dois malheureusement vous dire que les circonstances du décès de votre fille nous paraissent suspectes et que nous conduirons notre enquête en conséquence. »

S'efforçant d'absorber ce qu'elle entendait, Aline protesta : « Je n'imagine pas qu'un seul des jeunes qu'elle avait invités hier soir ait pu vouloir s'en prendre à elle.

— Je comprends votre sentiment, dit Wilson avec sincérité, mais nous devons malgré tout vérifier. »

Il s'interrompit un instant avant de reprendre : « Une autre question. Avait-elle un petit ami, une relation plus particulière avec quelqu'un ? »

La réponse fusa des lèvres de Fran. « Oui, dit-elle d'un ton amer. Il s'appelle Alan Crowley. Il s'est toujours comporté de manière très possessive avec Kerry et il a un caractère épouvantable. Si quelqu'un s'en est pris à mon enfant, je suis sûre que c'est lui. »

Mike Wilson resta impassible. « Pourrais-je voir cet annuaire à présent ? Je voudrais aussi savoir qui étaient ses amis les plus proches.

— Je peux vous renseigner, dit calmement Steve.

— Encore une chose. Nous n'avons pas trouvé de téléphone portable dans les vêtements de votre fille. Savez-vous où il se trouve, et nous permettez-vous de le consulter ?

— Naturellement. Il est sur la table de la salle à manger, indiqua Fran.

— J'ai un mandat dans ma voiture. Je vous demanderai de le signer pour m'autoriser à prendre l'appareil et l'analyser.

— Le code de déverrouillage est le 0112, le mois de sa naissance suivi du mien, dit Aline les yeux pleins de larmes avant de sortir son propre téléphone.

« Inspecteur Wilson, j'ai reçu hier un texto de Kerry : *J'ai quelque chose de TRÈS IMPORTANT à te dire quand tu seras de retour à la maison !!!!* »

Wilson se pencha en avant. « Savez-vous à quoi elle pouvait faire allusion ?

— Je n'en ai aucune idée malheureusement. Kerry pouvait parfois prendre un ton un peu théâtral. J'ai simplement pensé que c'était une histoire de garçon ou de lycée.

— Aline, j'aurai peut-être besoin de vous parler à nouveau dans le courant de l'enquête. Comptez-vous repartir à Londres ? »

Elle secoua la tête. « Non, je suis de retour pour de bon. En réalité, j'ai accepté un poste de conseillère d'orientation au lycée de Saddle River. »

Mike resta silencieux un moment puis fit doucement : « Je sais à quel point tout cela est douloureux pour vous tous. Je vais vous demander de m'aider. Ne parlez à personne de la blessure de Kerry ni de nos soupçons à propos du club de golf. Dans la perspective de l'interrogatoire des témoins dans les jours ou les semaines à venir, il est essentiel de dévoiler le moins de détails possible. »

Les Dowling et le père Frank hochèrent la tête.

« Je vous reparlerai avant de partir. Et je vous en prie, ne nettoyez rien jusqu'à ce que les enquêteurs soient passés et que nous ayons déterminé ce que nous devons emporter. »

8

L'inspecteur Wilson fit signer aux Dowling l'autorisation de consulter le téléphone de Kerry et son ordinateur, puis alla s'entretenir avec les policiers chargés de fouiller la maison et le jardin. Une fois qu'il eut regagné sa voiture, il entra le code de déverrouillage du téléphone et consulta les textos. Les quatre premiers étaient de brefs messages envoyés par des amies pour remercier Kerry du moment agréable qu'elles avaient passé à la fête. L'une d'elles souhaitait à Kerry de se réconcilier avec Alan alors qu'une autre l'encourageait à « larguer ce nul » et espérait qu'elle s'était remise de leur dispute. Mike nota les noms des quatre filles qu'il avait l'intention d'interroger.

Il cliqua ensuite sur le fil de textos échangés avec Alan.

Alan à 22 h 30 : *J'espère que Chris et toi prenez du bon temps. Je suis au Nellie's. Je lui ficherais mon poing dans la gueule si je pouvais. À toi aussi.*

Kerry à 22 h 35 : *Merci d'avoir bousillé ma fête. Tu t'es conduit comme un* CRÉTIN. *Je suis pas ta propriété. Je parle à qui je veux. Fais-moi plaisir. Sors de mon existence.*

Alan à 23 h 03 : *Désolé, j'ai perdu les pédales. Je veux te voir tout de suite. Déjà assez déprimant de savoir que Chris te courra après quand vous serez tous les deux au BC. T'avais pas besoin de commencer ce soir.*

Mike se demanda si BC signifiait Boston College.

Kerry à 23 h 10 : *Ne viens pas. Suis crevée ! Je vais finir de nettoyer le jardin et aller me coucher. On parlera demain.*

Ça va se jouer sur du velours, pensa Mike. Un petit ami jaloux. Elle, prête à passer à autre chose. Pas lui. Et au moins une copine qui lui conseille de le larguer.

Mike posa le téléphone. Utilisant l'ordinateur de son tableau de bord, il se connecta à la base de données des cartes grises. Il entra « Alan Crowley, Saddle River ». Son permis de conduire s'afficha aussitôt sur l'écran.

Son appel suivant fut pour le commissaire responsable de l'unité en charge des homicides du bureau du procureur. Il lui fit un résumé de ce qu'il avait découvert chez les Dowling et de la dispute de Kerry avec son petit ami. « En temps normal, j'aurais voulu m'entretenir avec les jeunes présents à la fête avant d'interroger ce garçon, mais je crains de lui donner le temps de faire appel à un avocat. Il habite Saddle River. C'est à cinq minutes. Mon instinct me dit que je devrais prendre sa déposition sans attendre pour le coincer.

— Êtes-vous sûr qu'il n'est pas mineur ? demanda le commissaire.

— D'après son permis de conduire, il a eu dix-huit ans le mois dernier. »

Suivit un silence. Mike savait qu'il ne fallait pas interrompre son boss quand il réfléchissait. Il savait aussi que, même si Crowley était légalement adulte, les juges se montraient en général plus indulgents avec les prévenus d'à peine dix-huit ans.

« Ok, Mike. Appelez-moi après lui avoir parlé. »

La maison des Crowley se trouvait dans Twin Oaks Road. C'était une vaste demeure blanche en bardeaux, aux volets vert foncé. Très imposante, pensa Mike. D'après ce qu'il pouvait voir du jardin paysagé qui entourait la maison, le terrain mesurait sans doute plus d'un hectare. Pas vraiment fauchés, se dit Mike. Un tracteur tondeuse était rangé au bord de l'allée.

Mike sonna à la porte. Pas de réponse. Il attendit une bonne minute et sonna de nouveau.

Alan Crowley avait tondu la pelouse et était en nage. Il était entré dans la maison pour y chercher une bouteille d'eau. Il jeta un coup d'œil à son téléphone portable qu'il avait laissé sur la table de la cuisine et vit qu'il avait reçu plusieurs messages vocaux, des appels manqués et des textos. Le saisissant d'une main, il s'apprêta à regagner le jardin. Un seul texto suffit à le plonger dans une réalité cauchemardesque.

On sonnait de nouveau à la porte. Kerry était morte. Le bruit courait qu'elle avait été assassinée. Les policiers interrogeaient les voisins, demandaient s'ils connaissaient les noms des jeunes présents à la fête la veille au soir. Ils allaient forcément découvrir que Kerry et lui s'étaient disputés.

Terrifié, il alla ouvrir.

L'homme qui se tenait sur le seuil se présenta, désignant le badge qu'il portait autour du cou. « Je suis l'inspecteur Michael Wilson, du bureau du procureur du comté de Bergen, dit-il d'un ton amical. Êtes-vous Alan Crowley ?

— Oui. »

À voir l'expression du jeune homme, Mike eut la certitude qu'il avait appris la mort de Kerry.

« Êtes-vous au courant de ce qui est arrivé à Kerry Dowling ?

— Vous me demandez si je sais que Kerry est morte ?

— Oui…

— Pourquoi êtes-vous ici ?

— Je suis là pour découvrir ce qui lui est arrivé. Je commence par rencontrer tous ceux et celles qui étaient présents hier soir à la fête. Acceptez-vous que nous bavardions un moment ?

— Ouais, pourquoi pas. Vous voulez entrer ?

— Alan, faisons un saut jusqu'à mon bureau à Hackensack. Nous pourrons parler sans être interrompus. Vous n'y êtes pas obligé, mais ça facilitera les choses. Venez, je vous emmène. Oh, Alan, avant que nous partions, vous rappelez-vous quels vêtements vous portiez à la fête hier soir ?

— Oui. Pourquoi ?

— Simple formalité. »

Alan réfléchit une minute. Mieux valait se montrer coopératif plutôt que sur la défensive. Il n'avait rien à craindre. « Je portais un T-shirt Princeton, un short et des sandales.

— Où sont-ils ?

— Dans ma chambre.

— Verriez-vous un inconvénient à les mettre dans un sac et à me les confier pour quelques jours ? Il s'agit toujours d'une procédure standard. Une fois encore, vous n'y êtes pas obligé, mais nous vous serions vraiment reconnaissants de votre coopération.

— Bon, si vous voulez, dit Alan à contrecœur.

— Je vous accompagne », dit Mike aimablement. Short, T-shirt et sous-vêtements se trouvaient sur le dessus du panier à linge. Alan les fourra dans un petit sac de sport. Il y ajouta ses sandales. Son téléphone dans une main, son sac de gym dans l'autre, il suivit avec raideur l'inspecteur jusqu'à sa voiture.

Mike Wilson n'avait pas l'intention de commencer son interrogatoire avant d'être dans son bureau au tribunal. Plus le garçon serait en confiance, plus il en dirait pendant l'enregistrement.

« Sur le terrain des Dowling, j'ai remarqué un putting green. Les Dowling sont sans doute de grands amateurs de golf. Et vous, vous jouez ?

— J'ai tapé des balles et fait quelques parties. Au printemps et pendant l'été, je joue plutôt au baseball, alors il ne me reste pas beaucoup de temps pour le golf.

— À la soirée de Kerry, y a-t-il eu des gens qui sont allés sur le green ?

— J'ai vu des types qui s'amusaient de ce côté, oui. Mais pas moi.

— Vous portiez un T-shirt Princeton. C'est important pour vous ?

— Très, dit Alan qui détourna le regard vers la fenêtre. Le jour où j'ai été accepté à Princeton, ma mère est allée acheter sur leur site une quantité de vêtements avec le logo de l'université pour moi et des tenues de tennis pour elle et mon père. Ils étaient tellement heureux de me voir intégrer cette université.

— C'est une belle réussite. Vos parents et vous pouvez être fiers. Vous avez hâte de commencer vos études ?

— J'ai hâte de vivre seul, à Princeton ou ailleurs. »

Leur conversation fut interrompue par la sonnerie du téléphone. Quand l'inspecteur répondit, une voix s'éleva du haut-parleur : « Mike, on a un homme de quatre-vingt-treize ans retrouvé mort par un voisin dans son appartement de Fort Lee. Aucune trace d'effraction. »

Mike enleva le haut-parleur et écouta.

Alan accueillit cette diversion avec soulagement. Il avait besoin de réfléchir et de se remémorer point par point ce qu'il avait fait la veille.

La dispute avec Kerry pendant la soirée parce que Chris tournait autour d'elle et lui avait dit qu'il l'aiderait à s'habituer à la vie au Boston College. Le texto *Je lui ficherais mon poing dans la gueule si je pouvais. À toi aussi.*

Je suis allé au Nellie's parce que je savais que mes potes y seraient, pensa-t-il. Puis j'ai dessoûlé et je me suis calmé. Je voulais me réconcilier avec elle. Kerry m'a renvoyé un texto disant qu'elle était trop fatiguée pour me voir. Mais je suis retourné chez elle quand même.

Son sang se figea à cette pensée.

Ils vont croire que c'est moi qui ai tué Kerry. L'inspecteur va tout faire pour que j'avoue. Son esprit cherchait fébrilement une solution. Il n'en trouva qu'une seule. Il faut que les potes qui étaient au Nellie's me couvrent, pensa Alan. S'ils disent que j'étais avec eux jusqu'à 23 h 45, je suis sauvé. Je suis rentré chez moi vers minuit. Papa et maman étaient là et maman m'a crié bonsoir depuis sa chambre. J'ai foncé en voiture. J'ai fait le trajet en moins de dix minutes. Je n'aurais pas eu le temps d'aller chez Kerry à l'autre bout de la ville et de rentrer chez moi en si peu de temps. Je dirai aux garçons de déclarer que je suis resté avec eux jusqu'à ce qu'ils quittent le Nellie's. Ils le feront pour moi. Alan se sentit rassuré à cette idée.

Il s'efforça de rester calme pendant qu'on le conduisait dans une salle d'interrogatoire. Les premières questions furent relativement faciles. Depuis quand Kerry et lui étaient-ils amis ?

« Kerry et moi étions ensemble depuis environ un an. Oh c'est vrai que nous nous disputions. Parfois c'était Kerry qui commençait. Elle aimait me rendre jaloux.

— Vous êtes-vous disputés pendant la soirée ?

— Oui, mais c'était pas grave. Ce type, Chris, essayait de se mettre entre nous. Il n'a pas lâché Kerry d'une semelle pendant la fête.

— C'est sans doute ce qui vous a mis en rage.

— Oui, au début, mais je me suis calmé. C'était déjà arrivé avant, mais nous finissions toujours par nous réconcilier. Comme je l'ai dit, Kerry aimait bien me rendre jaloux. »

En répondant aux questions que lui posait Wilson, Alan pensa : Ce n'est pas aussi terrible que je le craignais.

« Alan, les gens se mettent parfois en colère quand ils sont jaloux. Est-ce votre cas ?

— Parfois, mais ça ne dure pas longtemps.

— Très bien. À quelle heure avez-vous quitté la fête ?

— Avant 22 h 30.

— Et vous y êtes resté combien de temps ?

— Je suis arrivé vers 19 heures.

— Alan, il est important que vous disiez la vérité : avez-vous consommé de l'alcool ou pris des drogues avant d'y aller ou pendant que vous y étiez ?

— Je ne prends jamais de drogue. Il n'y en avait pas à la soirée. J'ai bu deux ou trois bières.

— Quelqu'un est-il parti avec vous ?

— Non, j'étais seul dans ma voiture.

— Où êtes-vous allé ensuite ?

— J'ai mis dix minutes pour aller au Nellie's à Waldwick et j'ai mangé une pizza avec des amis qui étaient déjà sur place.

— Qui sont ces amis ?

— Bobby Whalen, Rich Johnson et Stan Pierce, des copains de l'équipe de baseball.

— Avaient-ils aussi été invités à la fête ?

— Non.

— Aviez-vous prévu de les retrouver au Nellie's ?

— Non, mais je savais qu'ils allaient au cinéma et ensuite au Nellie's. J'étais pratiquement sûr de les y trouver.

— À quelle heure êtes-vous arrivé au Nellie's ?

— Vers 22 h 30.

— Combien de temps y êtes-vous resté ?

— J'ai mangé et je suis resté avec eux environ une heure.

— Qu'avez-vous fait ensuite ?

— Je suis rentré directement chez moi.

— Vos amis sont-ils partis à la même heure ?

— Oui, nous avons quitté le restaurant ensemble.

— À quelle heure êtes-vous arrivé chez vous ?

— Vers minuit. Peut-être un peu avant.

— Y avait-il quelqu'un à la maison ?

— Oui, mon père et ma mère. Ils regardaient la télévision dans leur chambre. Je leur ai crié bonsoir.

— Vous ont-ils entendu rentrer ?

— Oui, ma mère m'a dit bonsoir à son tour.

— À un moment quelconque après avoir quitté la fête, et avant ou après être rentré chez vous, êtes-vous retourné chez Kerry ?

— Non, absolument pas.

— Avez-vous téléphoné ou envoyé un texto à Kerry après votre départ ?

— Je ne lui ai pas téléphoné, mais je lui ai envoyé un texto et elle m'a répondu.

— C'était à propos de votre dispute ?

— Oui, nous étions plutôt à cran tous les deux. »

Wilson n'insista pas davantage car il avait déjà lu les messages sur le téléphone de Kerry. Il savait aussi qu'il obtiendrait l'autorisation du tribunal de consulter les autres messages ou appels téléphoniques provenant du téléphone d'Alan.

« Alan, encore quelques questions seulement. Vous avez un téléphone portable, n'est-ce pas ?

— Bien sûr.

— C'est avec ce portable que vous avez envoyé des textos à Kerry hier, c'est ça ?

— Évidemment.

— Quel est votre numéro ? »

Alan le lui donna.

« Résumons : vous êtes allé à la fête de Kerry, puis au Nellie's, et enfin directement chez vous. Vous aviez votre portable avec vous ?

— Naturellement.

— Alan, les Dowling ont un putting green à l'arrière de la maison. Vous avez vu des gens qui l'utilisaient ?

— Je vous l'ai déjà dit, certains y sont allés pour s'amuser, oui.

— Vous souvenez-vous avoir touché ou pris le club à un moment donné ce soir-là ?

— Non. Je ne suis pas allé sur le green.

— Donc vous n'avez pas touché au putter hier soir ?

— Non.

— Alan, il faisait chaud hier soir. Des gens se sont-ils baignés dans la piscine ?

— Non, pas pendant que j'étais là.

— Vous-même, vous êtes-vous baigné ?

— Non.

— Alan, puisque vous êtes ici, je vais vous demander quelque chose qui nous fera gagner du temps. Il y a de nombreux objets dans la maison de Kerry qui portent des empreintes digitales. J'aurais besoin de savoir à qui correspondent celles que nous avons relevées sur certains de ces objets. Accepteriez-vous que nous relevions les vôtres avant que vous partiez ? Cela nous serait bien utile, même si ce n'est pas obligatoire. »

Mes empreintes digitales ! pensa Alan. Ils me croient coupable. La salle d'interrogatoire lui sembla se rétrécir soudain. La porte était-elle fermée à clé ? Pourquoi avait-il accepté de venir jusqu'ici ?

Alan tentait désespérément de dissimuler son effroi, mais il eut peur de refuser. « Je n'y vois pas d'inconvénient, dit-il.

— Et enfin, Alan, nous aimerions faire un prélèvement de votre salive, pour avoir votre ADN. Pas d'objection sur ce point ?

— Ok. » Hébété, il suivit Wilson dans une autre salle où ses empreintes furent scannées et le prélèvement effectué.

« Alan, je vous remercie de votre coopération. J'ai une dernière requête. Pourriez-vous me confier votre téléphone portable pendant quelques jours ? »

Saisi d'angoisse, Alan sortit son appareil de sa poche et le posa sur la table. « Le voilà, mais je veux rentrer chez moi à présent. »

Ils n'échangèrent pas un mot durant les vingt minutes du trajet jusqu'à Saddle River.

9

À peine Wilson l'eut-il déposé qu'Alan se précipita dans la maison. Ses parents n'étaient pas encore rentrés du golf. Il courut vers le téléphone fixe du salon, chercha hâtivement le numéro de Rich. Rich décrocha aussitôt.

« Rich, c'est Alan. Où sont Stan et Bobby ?

— Ici, à la piscine avec moi.

— Écoute, un inspecteur de police m'a emmené dans son bureau au tribunal. Il m'a posé un tas de questions sur ma dispute avec Kerry. Je lui ai dit que j'étais resté avec vous trois au Nellie's et que nous étions partis tous ensemble. Il faut que tu me jures de me soutenir. Sinon ils penseront que j'ai tué Kerry. Tu sais que je n'aurais jamais pu lui faire de mal. Tu le sais. Demande aux autres maintenant.

— Ils peuvent t'entendre. J'ai mis le haut-parleur.

— Rich, demande-leur. Demande-leur. »

Dans le téléphone, Alan entendit ses trois amis dire : « Bien sûr, mon vieux. On est avec toi, Alan. Ne t'en fais pas.

— Merci, les copains. Je savais que je pouvais compter sur vous. »

Alan raccrocha et éclata en sanglots.

Après son appel, Rich, Bobby et Stan se regardèrent. Tous trois repassaient en détail le film des événements de la veille. Ils avaient encore du mal à croire que Kerry était morte.

Comme Alan, ils partiraient bientôt à l'université. Ils étaient allés voir un film et, en sortant du cinéma, manger une pizza au Nellie's.

Ils étaient là-bas quand, vers 22 h 30, Alan avait fait irruption. Il leur avait suffi de voir son expression pour se rendre compte qu'il était hors de lui. Il avait approché une chaise de la table où ils étaient assis et fait signe à la serveuse. Sans un mot, il lui avait désigné les pizzas individuelles posées sur la table et avait indiqué qu'il en désirait une.

Il avait bu, c'était manifeste. Rich avait demandé s'il avait pris un Uber pour les rejoindre.

Alan avait bafouillé un : « Non, ça va bien. »

La salle était en grande partie vide à cette heure. Les clients qui se trouvaient comme eux dans la partie bar s'étaient rassemblés pour voir le match des Yankees contre Boston, qui en était aux prolongations. Les cris et les applaudissements rendaient leur conversation inaudible depuis les tables voisines.

Stan avait été le premier à parler. « Alan, c'est évident que tu as beaucoup bu. Et les flics ont l'habitude de fréquenter cet endroit. Le commissariat de police de Waldwick est juste au coin de la rue.

— Vous en faites pas pour moi, avait répondu Alan d'un ton hargneux. Je suis arrivé jusqu'ici sans problème, je rentrerai chez moi sans problème.

— Qu'est-ce que tu as ? demanda Bob, irrité par le ton d'Alan. Il n'est même pas 23 heures. Comment était la fête de Kerry ? Elle est déjà finie ?

— C'était nul, dit Alan. Je me suis tiré. Ce débile de Chris Kobel lui tournait autour. Je lui ai dit de laisser tomber et Kerry s'en est prise à moi.

— Elle s'en remettra, dit Bob. Tous les deux, vous passez votre temps à vous chamailler et à vous réconcilier.

— Pas cette fois. Chris lui a proposé devant moi d'arriver avec lui à Boston pour qu'il l'aide à s'installer. Il lui faisait du gringue et s'en foutait que je puisse l'entendre. »

Avant que les trois autres aient pu donner leur avis, Alan avait senti son téléphone vibrer à l'arrivée d'un texto. Il l'avait sorti de la poche de sa chemise pour lire le message rapidement. Il venait de Kerry. Il avait répondu aussitôt.

La serveuse était arrivée avec sa commande. Tandis qu'il dévorait les tranches de sa pizza et buvait lentement le Coca qu'il avait demandé, il avait visiblement peu à peu repris son calme. Les autres avaient compris que les textos échangés l'avaient dégrisé. Ils s'étaient alors intéressés au match des Yankees, regardant chaque équipe enregistrer trois home runs dans la douzième manche.

Au bout d'un quart d'heure, Alan avait repoussé sa chaise. « Kerry a dit que tout le monde devait être parti à 23 heures. Il est 23 h 20. Je vais faire un saut chez elle pour arranger les choses.

— D'accord, avait dit Bob.

— Bonne chance, avait ajouté Stan.

— Tu es sûr d'être en état de conduire ? avait demandé Rich. Pourquoi ne restes-tu pas à regarder le match ?

— Je vais *bien* », avait dit Alan d'un ton qui indiquait clairement que la discussion était close.

Une minute plus tard, la serveuse leur avait apporté l'addition d'Alan. « L'un de vous s'en charge ?

— Donnez-la-moi, avait dit Rich. Il me remboursera demain. À supposer qu'il se souvienne d'être venu ici ce soir. »

Vingt minutes plus tard, les Yankees effectuaient le run de la victoire et ils avaient tous décidé qu'il était temps de regagner leurs pénates. Ils s'étaient entassés dans la voiture de Stan qui les avait déposés chez eux.

10

Il était beaucoup trop tôt pour passer prendre Jamie à son travail. Marge décida d'aller plutôt s'asseoir sur un banc de l'église Saint-Gabriel pour prier. À 14 h 30, elle se rendit en voiture jusqu'au parking du supermarché Acme et parvint à trouver une place d'où elle pourrait l'apercevoir au moment où il sortirait du magasin.

Elle avait passé la demi-heure précédente à prier. « Sainte Mère miséricordieuse, donnez aux Dowling la force d'affronter leur tragédie. Et *je vous en prie* faites que Jamie n'ait rien à voir avec cette histoire. Jack, si seulement tu étais là pour nous aider. Il a besoin de toi. » C'était une prière qu'elle adressait souvent à son mari depuis qu'il avait succombé à une crise cardiaque cinq ans plus tôt.

« Mon Dieu, vous savez qu'il est incapable de faire du mal à une mouche. Mais s'il avait cru que c'était un jeu ? Il est si fort… Je vous en supplie… »

Une image de Jamie maintenant Kerry sous l'eau traversa l'esprit de Marge. Supposons que Jamie l'ait vue dans la piscine et ait commencé à descendre les marches. Et si elle était passée en nageant près de lui et qu'il avait tendu le bras pour l'attraper ? Ils aimaient jouer à celui qui restait le plus longtemps sous l'eau. Et s'il l'avait tenue sous l'eau jusqu'à ce que… ?

Les idées noires de Marge ne cessèrent qu'à la vue de son fils sortant du magasin, un lourd sac de provisions dans chaque main. Elle le regarda accompagner une femme âgée jusqu'à sa voiture. Jamie attendit qu'elle ait ouvert le coffre, souleva les énormes sacs en plastique et les plaça avec précaution dans la malle. Il a tellement de force, pensa-t-elle encore une fois avec un frisson.

Jamie referma le coffre et traversa le parking. Il s'approcha d'un 4 × 4 et serra la main d'un garçon qui travaillait avec lui, Tony Carter. Au moment où ce dernier prenait place à l'arrière, Marge entendit Jamie crier : « Amuse-toi bien ! », tandis que le véhicule démarrait.

Un sourire éclaira son visage à la vue de sa mère. Lui faisant signe de ce geste qui lui était familier, main levée, paume ouverte, il se dirigea vers leur voiture, ouvrit la portière et monta près d'elle.

« Maman, tu es venue me chercher, c'est chic », déclara-t-il d'une voix ravie.

Marge se pencha et embrassa son fils tout en ramenant en arrière ses cheveux blonds.

Mais le sourire heureux de Jamie s'effaça rapidement, et son ton devint très sérieux. « Maman, tu es en colère contre moi ?

— Pourquoi serais-je en colère, Jamie ? »

Une expression inquiète envahit le visage de Marge. Elle le regarda longuement, et comme chaque fois, se dit que son fils était devenu un si beau jeune homme.

Jamie avait hérité de Jack ses yeux bleus et ses traits réguliers, son mètre quatre-vingt-cinq et son allure athlétique. La seule différence était que Jamie avait été privé d'oxygène durant un accouchement difficile, et que son cerveau en avait été affecté.

Elle comprit qu'il tentait de se rappeler ce qui aurait pu la contrarier.

« Mes baskets, mes chaussettes et mon jean étaient mouillés, dit-il avec hésitation. Je te demande pardon. D'accord ?

— Comment les as-tu mouillés, Jamie ? » demanda Marge d'un ton naturel avant de tourner la clé de contact.

Le regard de Jamie était devenu implorant. « Ne sois pas fâchée, maman.

— Oh, Jamie, je ne suis pas fâchée contre toi. J'ai seulement besoin que tu me dises ce qui est arrivé quand tu es allé dans la piscine de Kerry.

— Kerry était en train de nager », dit Jamie en baissant la tête.

Elle était tout habillée, pensa Marge. Je l'ai vue quand Steve l'a sortie de l'eau.

« Tu l'as vue en train de nager dans la piscine ?

— Oui, elle est allée nager », dit-il, évitant le regard de sa mère.

Elle était peut-être encore en vie quand il l'a vue, se dit Marge. « Jamie, as-tu demandé à Kerry si tu pouvais la rejoindre dans la piscine ?

— Oui, je lui ai demandé.

— Qu'est-ce qu'elle t'a répondu ? »

Jamie regardait droit devant lui, essayant de reconstituer dans son esprit les images de la soirée précédente. « Elle a dit "Jamie, tu peux venir nager avec moi quand tu veux". J'ai dit "Merci, Kerry, tu es très gentille". »

Marge eut un soupir de résignation. Le temps était un concept flou pour Jamie. Le souvenir d'un endroit où ils étaient allés une semaine plus tôt se confondait avec ses souvenirs du même endroit visité un an plus tôt. Cette conversation avec Kerry avait-elle eu lieu la veille au soir ou lors des nombreuses fois où elle lui avait proposé de venir nager avec elle ?

« Jamie, pourquoi t'es-tu baigné avec tes baskets et ton jean ?

— Je suis désolé, maman. Je le ferai plus. C'est promis, d'accord ? fit-il d'une voix soudain plus forte et agressive.

— Jamie, est-ce que tu as joué avec Kerry dans la piscine ?

— Kerry est restée sous l'eau pendant longtemps. J'ai dit "Kerry, réveille-toi, c'est Jamie".

— Tu as aidé Kerry à entrer dans l'eau ?

— J'aide toujours Kerry. Je suis son ami.

— Quand tu jouais avec elle, est-ce que tu as tenu Kerry sous l'eau ?

— J'ai dit que j'étais désolé, maman, d'accord ? dit Jamie dont les yeux commençaient à s'emplir de larmes. Je voudrais qu'on y aille maintenant.

— Tout va bien, Jamie », le rassura Marge, voyant que son fils commençait à se refermer sur lui-même. Mais elle devait trouver un moyen de le protéger.

« Jamie, reprit-elle, s'efforçant de prendre un ton enjoué, est-ce que tu peux garder un secret ?

— J'aime bien les secrets, dit Jamie, c'est comme les cadeaux d'anniversaire.

— Tu as raison, quand on achète à quelqu'un un cadeau d'anniversaire, on ne le dit pas. Mais cette fois, le secret qu'il faut garder c'est que tu étais dans la piscine avec Kerry hier soir. Est-ce que cela peut être un secret juste pour toi et moi ? »

Jamie leva l'index et dessina une grande croix sur sa poitrine. « Croix de bois, croix de fer, si je mens je vais en enfer », dit-il avec un large sourire.

Marge poussa un soupir. C'était suffisant pour l'instant. « Veux-tu rentrer avec moi, Jamie ?

— Est-ce que je peux aller regarder l'entraînement ? »

Marge comprit qu'il parlait de football, de base-ball ou d'une équipe quelconque qui jouait sur le terrain du lycée en ce moment même. « Oui, bien sûr. Je vais te déposer. Mais rentre directement à la maison ensuite.

— Promis, maman, et je dirai à personne que j'étais à la piscine. »

Puis, comme pour changer de sujet, il dit : « Tony Carter et son père sont partis quelques jours à la pêche. »

J'espère qu'ils n'attraperont rien à part un bon rhume, songea Marge. Ted Carter, selon la rumeur, racontait autour de lui que le seul problème de Jamie était « qu'il n'avait pas la tête bien vissée ». Une remarque que Marge n'avait jamais oubliée ni pardonnée.

« C'est chouette », parvint-elle tout de même à dire.

Tandis que sa mère conduisait, Jamie regardait par la fenêtre les maisons qui défilaient. C'est un secret, se répétait-il en lui-même. Je ne dirai à personne que je suis allé nager avec Kerry. Je ne dirai à personne que mes baskets, mes chaussettes et mon jean étaient trempés, et je ne parlerai à personne du Grand Bonhomme qui a donné un coup sur la tête de Kerry et l'a poussée dans la piscine. Parce que ça aussi c'est un secret.

11

Au moment où il s'engageait dans l'allée de leur maison, Doug Crowley sentit la colère monter en lui. « J'avais pourtant dit à Alan que la pelouse devait être tondue pour notre retour. Regarde-moi ça ! Il n'a fait que la moitié du devant ! »

La consternation que reflétait le visage de June était égale à celle de son mari. La passion du tennis les maintenait en bonne forme. Tous deux étaient plutôt de petite taille. Doug, un mètre soixante-douze, des cheveux poivre et sel rabattus de façon à couvrir un début de calvitie, des traits réguliers sur lesquels flottait en permanence une expression maussade. Quant à June, ses cheveux bruns coupés court ne suffisaient pas à adoucir la sévérité de ses lèvres minces et la mine réprobatrice qu'elle arborait la plupart du temps.

June, infirmière diplômée de Rutgers, et Doug, ingénieur informaticien, avaient trente-trois ans quand ils s'étaient mariés. Ils étaient animés du même désir de posséder une belle maison, d'être membres d'un club de sport haut de gamme et de prendre leur retraite à soixante ans. Ambitieux et déterminés, ils poussaient leur fils unique à leur ressembler.

Arriver chez eux, découvrir le travail à moitié fait et la tondeuse abandonnée au bord de l'allée les irrita autant l'un que l'autre. June suivit son mari qui poussait la porte d'entrée en appelant leur fils. N'obtenant pas de réponse, ils inspectèrent les différentes pièces et le découvrirent allongé sur son lit, en pleurs. Ils se précipitèrent vers lui.

« Alan, qu'est-il arrivé ? Que se passe-t-il ? »

Alan, d'abord incapable de répondre, finit par tourner les yeux vers eux. « Kerry a été retrouvée morte dans sa piscine, et la police croit que c'est moi le coupable. »

Doug se retint de hurler. « Pourquoi pensent-ils que c'est toi ?

— Parce que nous nous sommes disputés à sa fête. Devant un tas de gens. Et quand l'inspecteur est venu...

— Un inspecteur ici ! glapit June. Tu lui as parlé ?

— Oui. Pendant quelques minutes. Il m'a emmené à son bureau et m'a posé des questions. »

Doug regarda sa femme. « Un inspecteur en a-t-il le droit ?

— Je ne sais pas. Il est majeur depuis le mois dernier. » Elle regarda son fils. « Alan, qu'est-il arrivé exactement à Kerry ? »

D'une voix entrecoupée, Alan leur raconta ce qu'il avait appris. Kerry avait été trouvée morte dans sa piscine le matin même.

June fut sur le point de dire à Alan qu'ils savaient à quel point Kerry avait compté pour lui. Mais il serait temps de compatir plus tard. Il fallait avant tout protéger leur fils coûte que coûte.

Elle sentait l'affolement la gagner.

12

Après avoir déposé Jamie au lycée, Marge rentra directement chez elle. Grace, sa voisine, l'observait depuis le pas de sa porte. Dès que Marge eut garé sa voiture, elle lui fit signe de la rejoindre.

« C'est incroyable ! Cette pauvre petite Kerry, assassinée ! Après une de ces fêtes que font les jeunes quand leurs parents sont en voyage. La police interroge tous les voisins. Ils ont sonné à votre porte. Ils m'ont demandé si je savais qui habitait votre maison. Je leur ai parlé de vous et de Jamie et j'ai dit que je ne savais pas où vous étiez. »

Marge tenta de dissimuler son inquiétude.

« Grace, leur avez-vous parlé de Jamie ?

— Je leur ai dit que c'était un très gentil garçon qui avait besoin d'une attention particulière et qui n'allait plus au lycée. Je suppose qu'ils veulent parler avec tous les gens du quartier qui peuvent avoir été témoins de quelque chose.

— Probablement, dit Marge. À bientôt. »

Quand Jamie rentra quelques heures plus tard, Marge comprit que quelque chose le préoccupait. Il parla sans qu'elle eût besoin de lui poser de questions. « Les filles de l'équipe de foot étaient tristes parce que Kerry est partie au ciel.

— Jamie, un policier va venir nous parler de Kerry parce qu'elle a été malade dans la piscine et est allée au ciel. Souviens-toi que tu ne dois pas lui dire que tu es allé à la piscine. »

Elle venait à peine de prononcer ces paroles que la sonnette de la porte retentit. Jamie monta dans sa chambre. Quand Marge ouvrit, elle trouva devant elle non pas un policier en uniforme, mais un homme en civil.

« Je suis l'inspecteur Michael Wilson, du bureau du procureur du comté de Bergen, annonça-t-il.

— Oui, entrez, inspecteur, dit Marge en le précédant. Nous serons mieux dans le salon pour parler. »

Une fois qu'ils furent installés dans deux fauteuils qui se faisaient face, Mike commença : « Comme vous le savez certainement, madame Chapman, votre voisine Kerry Dowling a été trouvée morte ce matin dans la piscine de sa maison.

— Je sais, soupira Marge. C'est une terrible tragédie. Une jeune fille si charmante.

— D'après ce que je sais, vous vivez ici avec votre fils.

— Oui, je suis seule avec lui.

— Étiez-vous chez vous hier soir après 23 heures ?

— Oui, nous y étions tous les deux.

— Il n'y avait personne avec vous ?

— Non, personne.

— Laissez-moi vous expliquer pourquoi je tiens particulièrement à vous parler ainsi qu'à votre fils. Lorsque j'ai été appelé chez les Dowling ce matin, je me suis arrêté près de leur piscine derrière la maison et j'ai regardé autour de moi. Au-dessus des arbres, j'ai pu voir distinctement la pièce à l'étage à l'arrière de votre maison. J'en ai alors conclu que quelqu'un se tenant dans cette pièce aurait pu voir quelque chose d'utile pour notre enquête.

— Bien sûr, dit Marge.

— J'aimerais voir cette pièce avant de partir. Est-elle occupée actuellement ?

— C'est une chambre.

— Votre chambre ?

— Non, celle de Jamie.

— Puis-je lui parler ?

— Naturellement. »

Marge alla jusqu'à l'escalier et appela Jamie.

L'inspecteur Wilson l'arrêta. « Madame Chapman, voyez-vous un inconvénient à ce que je parle à Jamie dans sa chambre ?

« — Aucun inconvénient », dit Marge en commençant à monter l'escalier, suivie par l'inspecteur. Elle frappa avec hésitation à la porte de Jamie puis l'ouvrit. Il était affalé sur son lit et regardait une vidéo.

« Jamie, je te présente l'inspecteur Wilson.

— Hello, Jamie », dit Mike, la main tendue. Jamie se leva. « Enchanté, monsieur », dit-il tandis qu'ils se serraient la main. Il se tourna vers Marge, quêtant son approbation. Le sourire de sa mère lui confirma qu'il s'était conduit très poliment.

Jamie et Marge s'assirent sur le lit. Mike alla à la fenêtre. Les jardins des Dowling et des Chapman étaient mitoyens. Il regarda la piscine des Dowling, puis s'assit sur la chaise en face du lit.

« Jamie, je voudrais te parler quelques minutes. Tu connaissais Kerry Dowling, n'est-ce pas ?

— Oui. Elle est au ciel. »

Wilson sourit. « C'est cela, Jamie. Elle est au ciel. Mais ses parents et la police voudraient savoir ce qui s'est passé avant qu'elle monte au ciel. Il y avait une fête la nuit dernière dans la maison de Kerry.

— Kerry ne m'a pas invité.

— Je sais que tu n'y étais pas, Jamie, je voulais juste…

— C'était pour les jeunes qui venaient de finir le lycée. Je suis plus vieux. J'ai vingt ans. Je viens de fêter mon anniversaire.

— Eh bien, bon anniversaire, Jamie. » Wilson alla de nouveau à la fenêtre. « Jamie, je peux voir le jardin et la piscine de Kerry d'ici. Si tu étais dans ta chambre hier soir, tu pouvais les voir toi aussi.

— Je suis pas allé nager avec Kerry », dit Jamie en regardant sa mère avec un sourire complice.

Mike sourit. « Je sais que tu n'y es pas allé, Jamie. Est-ce que tu as vu Kerry hier soir dans son jardin en train de nettoyer après la fête ?

— J'aide à nettoyer à l'Acme, je travaille de 11 heures à 15 heures.

— Donc tu n'as pas vu Kerry dans son jardin et tu ne l'as pas vue aller dans sa piscine hier soir ?

— Je suis pas allé nager avec Kerry, je le jure », dit Jamie en passant son bras autour des épaules de sa mère et en l'embrassant.

« Très bien. Merci, Jamie. Madame Chapman, je vais vous laisser ma carte. Il arrive que certains détails reviennent en mémoire plus tard. Si vous ou Jamie pensez à quelque chose qui pourrait être utile à notre enquête, contactez-moi, s'il vous plaît. »

Ils redescendirent et accompagnèrent Wilson jusqu'à la porte d'entrée. Lorsque Marge eut refermé derrière lui, Jamie eut un sourire triomphant et s'exclama : « J'ai gardé le secret ! »

Elle posa un doigt sur ses lèvres « Chuutttt ! ». Puis, terrifiée à l'idée que l'inspecteur ait pu s'attarder dans la véranda et entendre Jamie, elle gagna la fenêtre la gorge serrée. Avec un soupir de soulagement, elle vit Wilson monter dans sa voiture au bout de l'allée.

Mike mit le contact mais attendit un instant avant de démarrer. Pourquoi avait-il l'impression que les réponses de Jamie n'étaient pas spontanées ?

13

Pendant que Mike Wilson se concentrait sur les quatre filles dont il avait lu les textos sur le portable de Kerry, un groupe d'inspecteurs du bureau du procureur se rendait chez les autres invités. Dans la plupart des cas, le père ou la mère, voire les deux, assistaient à l'entretien. Ils s'asseyaient sur le canapé de chaque côté de leur fils ou de leur fille et les serraient contre eux.

L'inspecteur Harsh, chargé d'amorcer l'interrogatoire, commençait par une déclaration destinée à les mettre à l'aise. « Sachez que cette enquête n'a absolument pas pour but d'inculper ou d'arrêter quiconque ayant commis une infraction au règlement de la consommation d'alcool par des mineurs. Nous savons que ça a été le cas de beaucoup d'entre vous. Il y avait des bouteilles de vodka et de bière dans toute la maison et le jardin des Dowling. Nous ignorons si quelqu'un a pris de la drogue. Mais nous devons vous poser la question car l'une ou l'autre de ces substances pourrait avoir affecté votre perception des événements ou votre mémoire. Je le répète, nous n'avons aucunement l'intention de vous inculper pour cette raison. Nous cherchons seulement à savoir si des disputes ou des bagarres ont eu lieu pendant la soirée, en particulier concernant Kerry Dowling. »

Trente et une personnes avaient assisté à la fête de Kerry. Huit filles avaient vu Kerry et Alan se disputer. Aucune d'entre elles n'avoua avoir bu plus d'un ou deux verres de bière. Elles nièrent toutes vigoureusement que de la drogue ait pu circuler pendant la soirée.

L'une d'entre elles, Kate, déclara qu'elle était la meilleure amie de Kerry. Elle raconta en pleurant : « Alan s'est mis en rage parce que Chris Kobel tournait autour de Kerry et passait son temps à parler de ce qu'ils feraient ensemble au Boston College. Il était clair qu'il avait l'intention de sortir avec elle. J'espérais qu'ils ne tarderaient pas à le faire. Je trouvais qu'Alan se conduisait comme un abruti.

— Pour quelle raison pensiez-vous ça ?

— Il était tellement possessif avec Kerry ! En juin, quand il a appris que Chris avait proposé de l'emmener au bal de fin d'année des terminales, il a dit à Chris qu'elle était sa petite amie et qu'il ne s'avise pas de l'inviter de nouveau. Chris est bien plus sympa qu'Alan et elle aurait mieux fait de prendre les devants et de le plaquer. Je ne me suis pas privée de le lui dire.

« Puis, à la soirée, Alan a bu énormément de bière. Il a commencé à se bagarrer avec Chris. Kerry s'est interposée et s'est mise à invectiver Alan. Il est parti brusquement sans se retourner.

— Comment a réagi Kerry ?

— Elle a paru décontenancée pendant une minute, puis elle a semblé l'ignorer et a dit : "Laisse tomber."

— À quelle heure Alan est-il parti ?

— Je ne sais pas exactement. 22 h 15, peut-être 22 h 30.

— Est-il revenu ?

— Non.

— Et à quelle heure la fête s'est-elle terminée ?

— Nous sommes tous partis à 23 heures. C'est l'heure où les voisins appellent les flics s'il y a du bruit.

— Certains d'entre vous ont-ils aidé Kerry à ranger ?

— Elle a dit qu'elle s'en occupait. Elle voulait que toutes les voitures qui stationnaient dans la rue soient parties à 23 heures. Kerry était très inquiète de voir la police débarquer avant que la fête soit terminée.

— J'ai deux dernières questions : êtes-vous sortie sur la terrasse à un moment donné de la soirée ?

— Oh, bien sûr.

— Avez-vous remarqué la présence d'un club de golf ?

— Oui, tout à fait. Les Dowling sont de grands golfeurs. Ils ont un practice le long de leur pelouse. Deux ou trois garçons se sont amusés à jouer avec le putter. »

14

Ce qui était arrivé à Kerry semblait irréel. C'était un cauchemar qui hanta les quelques heures de somnolence où sombra Aline l'après-midi du dimanche. Depuis l'instant où elle avait découvert le corps de sa sœur dans la piscine, les événements s'étaient précipités comme un film en accéléré.

Le policier qui tentait de la réanimer puis secouait la tête.

L'inspecteur qui les faisait entrer dans la maison.

Parvenir à assimiler l'impensable.

Le père Frank s'efforçant de trouver un sens à ce qui n'en avait aucun.

Les voisins qui arrivaient en foule, offraient d'aider autant qu'ils le pouvaient. Aider à quoi ?

Le grand-père Dowling en maison de retraite en Floride, trop faible pour faire le voyage.

La mère et le père de maman arriveraient en avion le lendemain.

Les gens apportant de la nourriture qu'ils pouvaient à peine avaler.

Les sanglots ininterrompus de maman.

Papa, lèvres serrées, blanc comme un linge, le visage ravagé, essayant de nous réconforter, maman et moi.

L'épuisement du vol de retour et du décalage horaire lui avait tout de même permis de dormir une heure ou deux.

Puis elle avait de nouveau été assaillie par le kaléidoscope de ses pensées.

À 7 heures du matin, Aline se redressa dans son lit, rejeta ses couvertures et se força à se lever. Le ciel couvert et chargé de pluie était en accord avec ses sentiments.

Elle avait attaché ses longs cheveux bruns avec un chouchou, mais il avait glissé pendant la nuit. Elle s'approcha du miroir de la coiffeuse en face du lit. Elle avait l'impression que Kerry se tenait à côté d'elle et la regardait dans la glace. Kerry ressemblait à maman, avec ses cheveux dorés, ses yeux bleu vif. Des traits parfaits.

Aline était la fille de son père. Yeux noisette, visage délicat et cheveux châtain foncé. Couleur terre, pensa-t-elle.

Ses yeux étaient pleins de chagrin, son teint très pâle. Son pyjama flottait sur elle. Kerry lui aurait jeté un coup d'œil et aurait dit à sa manière espiègle : « Regardez un peu cet oisillon tombé du nid ! » Elle ne put réprimer un sourire éphémère.

Elle descendit sur la pointe des pieds et se prépara du café. Ted Goldberg, un médecin ami de ses parents, était venu tard dans l'après-midi et leur avait donné des sédatifs pour la nuit. Aline espérait qu'ils avaient fait de l'effet et leur avaient assuré un minimum de repos.

Elle s'était chargée la veille de téléphoner aux membres de la famille et aux amis proches. Certains avaient déjà appris la nouvelle aux informations. Elle avait lu avec émotion le flot d'hommages qui apparaissaient sur le compte Facebook de sa sœur. Dans la soirée, leur voisine leur avait apporté de quoi dîner. Personne n'avait faim, mais ils s'étaient sentis un peu mieux après avoir grignoté.

Son père avait allumé la télévision à 18 h 30. Une photo de leur maison était apparue à l'écran. L'émission s'ouvrait sur le meurtre de Kerry. Il s'était précipité pour éteindre.

Aline mettait généralement les informations du matin dès qu'elle pénétrait dans la cuisine. Mais elle ne voulait pas entendre parler de Kerry. Pas encore. Plus jamais.

Elle avait laissé son téléphone portable dans le salon après avoir passé ses appels la veille. Emportant sa tasse de café, elle alla le chercher. Il y avait un message vocal dans sa boîte, un numéro qu'elle ne connaissait pas. Il datait d'une heure à peine. Il était de Mike Wilson, l'inspecteur chargé de l'enquête sur Kerry. Son image lui revint tout à coup à l'esprit. Bel homme, un peu plus d'un mètre quatre-vingts, des yeux brun foncé, intenses, une silhouette élancée et athlétique. Une façon de se pencher en avant, les mains jointes, comme s'il ne voulait rien manquer de ce qu'on disait.

Elle écouta le message : « Mademoiselle Dowling, je sais que tout cela doit être horriblement pénible pour vous, mais j'ai besoin de vous parler. J'espère que je ne vous appelle pas trop tôt. J'ai cru comprendre que vous êtes la nouvelle conseillère d'orientation au lycée de Saddle River. Je pense que vous pouvez m'être d'une grande aide. Auriez-vous l'amabilité de me rappeler dès que vous aurez reçu ce message ? »

Sans tenter d'analyser en quoi elle pouvait être à même d'aider l'inspecteur, Aline le rappela aussitôt. Mike n'y alla pas par quatre chemins. « D'après ce que j'ai appris jusqu'à présent, il y avait une trentaine d'invités à la fête, et j'ai la majorité de leurs noms. La plupart sont de la promo de Kerry, ce qui signifie qu'ils vont partir très prochainement à l'université. Je voudrais savoir dans quelles universités ils sont inscrits et à quelle date ils vont partir. Évidemment, je souhaiterais parler en premier à ceux dont le départ est imminent. Pouvez-vous m'aider sur ce point ?

— Heureusement que vous m'appelez, dit Aline. J'avais complètement oublié que je dois être au lycée aujourd'hui même à 13 heures pour une réunion d'information. Je pense pouvoir vous aider. La réunion d'aujourd'hui comprend une séance de formation au système informatique.

— Vous comptez y assister ?

— Franchement, j'aimerais me changer un peu les idées. Vous m'avez demandé quand reprennent les cours à l'université. Grosso modo, les établissements du Sud commencent à la mi-août. Leur rentrée est donc passée. Pour les écoles catholiques, la rentrée a lieu aux environs de la fête du Travail. Les grandes universités reprennent à la mi-septembre. Et pour la plupart des autres, c'est à peu près en ce moment, la dernière semaine d'août.

— Je vous remercie infiniment. Je suis désolé de vous demander d'aller là-bas un jour seulement après… »

Elle l'interrompit : « Je suis heureuse de pouvoir me rendre utile. Envoyez-moi la liste des noms et je trouverai où ces élèves sont inscrits.

— Ce serait formidable, mademoiselle Dowling.

— Je vous en prie, appelez-moi Aline.

— Très bien, Aline. Et une dernière requête : pouvez-vous aussi chercher leurs dates de naissance dans vos archives ? Il faut que je sache lesquels sont majeurs et lesquels sont mineurs.

— Je peux obtenir ça aussi. Vous aurez toutes ces informations à la fin de l'après-midi. »

Aline eut une impression étrange en garant sa voiture sur un emplacement réservé au CORPS ENSEIGNANT. Le parking était presque désert.

Elle frappa à la porte entrouverte de la directrice. Pat Tarleton se leva vivement de son bureau, vint vers elle et la prit dans ses bras. « Je suis tellement triste, ma chérie. Comment tes parents et toi supportez-vous tout ça ?

— Nous sommes sous le choc, encore incapables d'encaisser. Je me suis dit que me concentrer sur autre chose me ferait du bien, et j'ai décidé de venir à notre rendez-vous. »

Pat conduisit Aline à un fauteuil près du sien et elles s'installèrent côte à côte en face de l'écran de l'ordinateur posé sur le bureau. Elle lui tendit une feuille de papier sur laquelle était griffonnée une formule. « C'est ton mot de passe pour accéder au système informatique. Je vais te montrer comment cela fonctionne. »

Aline assimila rapidement les explications de Pat. Par chance, le système était très semblable à celui qu'elle utilisait à l'École internationale de Londres. Quand elles eurent terminé, Pat lui tendit une liste qu'elle venait d'imprimer. « Voici les noms de tous les professeurs de l'école et leurs coordonnées. »

En parcourant la liste, Aline eut l'agréable surprise de voir que beaucoup de ses anciens professeurs étaient encore présents. « J'ai l'impression de me retrouver au bon vieux temps », dit-elle à Pat avec un pâle sourire.

15

Marge ne savait pas quoi faire. L'inspecteur s'était-il rendu compte que Jamie ne disait pas la vérité ? La façon dont Jamie la regardait sans cesse, quêtant son approbation, pouvait paraître bizarre. Et l'inspecteur, Mike Wilson, lui avait semblé plutôt perspicace.

Comme toujours quand elle était inquiète, Marge prit son rosaire. Avant de réciter le premier des mystères douloureux, l'agonie de Jésus à Gethsémani, elle pensa à Jack. Son souvenir n'était jamais loin de son cœur et de son esprit. Elle l'avait rencontré dans un parc d'attractions à Rye. Il était en terminale au lycée All Hallows et elle en première à St. Jean. Elle habitait le Bronx et prenait le métro pour aller à l'école dans la 75ᵉ Rue Est de Manhattan. Il vivait dans la 200ᵉ Rue Ouest et s'apprêtait à intégrer Fordham en septembre. Elle lui avait raconté qu'elle projetait d'aller à Marymount dans deux ans.

Nous ne nous sommes pas quittés d'une semelle jusqu'à ce que son groupe revienne sur le bateau et que les sœurs nous ordonnent de regagner notre bus.

Jack était le plus beau jeune homme que j'avais jamais vu, grand avec des cheveux blonds et des yeux bleus. Et Jamie est son portrait tout craché. Il lui avait raconté que le nom de Chapman était gravé sur de très anciennes tombes à Cape Cod, où étaient enterrés ses ancêtres. Ils n'étaient pas sur le *Mayflower*, mais étaient arrivés peu de temps après. Il en était si fier, pensa-t-elle tendrement.

Son père à elle, un Irlandais, venait d'une famille de fermiers de Roscommon. Il était le cadet, ce qui signifiait que son frère aîné hériterait de la ferme. À l'âge de vingt ans, il avait donc dit au revoir à ses parents et à ses frères et sœurs et s'était embarqué pour New York. C'est là qu'il avait rencontré sa mère, qui avait dix-neuf ans quand ils s'étaient mariés – lui vingt-deux.

Comme nous quand nous nous sommes mariés, pensa Marge. J'avais vingt ans quand j'ai quitté l'université en deuxième année. Jack en avait vingt-deux. Il avait interrompu ses études à la fac à la fin de la première année, préférant passer sa licence d'électricien. Il aimait travailler dans le bâtiment. Oh, Jack, j'aimerais tant que tu sois là !

Ils avaient perdu l'espoir d'avoir un enfant quand elle était tombée enceinte à quarante-cinq ans. Après toutes ces années à espérer, à accepter que Dieu refuse de nous donner un enfant, c'était un miracle. Nous étions si heureux, se souvint-elle. Puis nous avons failli perdre Jamie au moment de la naissance. Il avait manqué d'oxygène, mais il était à nous.

Jack était mort d'une crise cardiaque quand Jamie avait quinze ans. Le pauvre enfant ne cessait de le chercher partout en pleurant.

Jack, moi aussi j'ai besoin que tu m'aides, implora Marge. Jamie a peut-être cru jouer avec Kerry, la malheureuse petite. Mais elle avait une blessure à la tête. Il n'aurait jamais été capable de faire ça. J'en suis certaine.

Pourtant, s'ils apprennent qu'il a voulu la rejoindre dans la piscine, les flics pourraient facilement retourner son histoire contre lui. Tu l'imagines en prison, Jack ? Il serait terrifié, et les autres abuseraient d'un garçon comme lui.

Non. Ça ne peut pas arriver. C'est tout simplement impossible.

Marge contempla le rosaire qu'elle tenait à la main. Au moment où elle commençait à prier, Jamie descendit de sa chambre où il regardait la télévision.

« Je n'ai dit à personne que j'étais allé nager avec Kerry, dit-il. J'ai bien fait, hein ? »

16

Aline aimait bien ses grands-parents maternels qui, à plus de soixante-dix ans, s'étaient installés dans l'Arizona à cause de l'arthrite chronique de sa grand-mère. Elle savait aussi que leur arrivée serait à la fois une source de réconfort et de tension.

Dès qu'ils eurent franchi la porte, sa grand-mère, voûtée, serrant une canne dans ses doigts déformés par les rhumatismes, gémit : « C'est moi qui aurais dû partir. Pourquoi cette belle enfant ? Pourquoi ? »

Parce que tu ne mets jamais les pieds dans une piscine ! fut la première pensée d'Aline. Son grand-père, robuste et en pleine santé pour son âge, ajouta : « J'ai appris qu'elle avait donné une fête pendant votre absence. Voilà ce qui arrive quand on laisse les jeunes sans surveillance ! »

C'était manifestement plus une accusation qu'une consolation. « C'est ce que j'ai dit à Steve », approuva Fran.

Aline échangea un regard avec son père. Elle n'ignorait pas que ses grands-parents avaient toujours regretté que sa mère n'épouse pas l'homme auquel elle avait été brièvement fiancée trente ans plus tôt. Il avait créé une start-up dans la Silicon Valley et était aujourd'hui milliardaire. Son père, associé dans un cabinet comptable, gagnait très bien sa vie, mais n'avait ni jet privé, ni yacht, ni propriété dans le Connecticut, ni villa à Florence.

En temps normal, il laissait passer la critique sans commentaire. Aujourd'hui, elle craignait sa réaction. Il resta silencieux, se contentant de lever les yeux au ciel comme pour dire : Ne t'inquiète pas, ils seront partis dans trois ou quatre jours.

Le mercredi, Aline proposa à son père de l'aider à organiser une veillée funèbre le jeudi et l'enterrement le vendredi matin. Elle avait peur de voir sa mère s'effondrer si elle devait faire le choix du cercueil. Ce fut pourtant elle qui décida que Kerry serait enterrée dans la robe qu'elle avait portée à son bal de promo. C'était une robe longue en organdi d'un ravissant bleu pâle qui lui allait à merveille.

Le jeudi à 13 heures, vêtue de deuil, la famille se réunit solennellement dans le funérarium. En voyant le corps de Kerry exposé dans le cercueil, Fran s'évanouit.

« Pourquoi ? Pourquoi ? » gémissait la grand-mère d'Aline, tandis que Steve empêchait sa femme de s'effondrer. Fran parvint ensuite à rassembler ses forces pour accueillir les visiteurs quand ils commencèrent à se présenter.

Sous l'œil des photographes postés de l'autre côté de la rue, arrivèrent peu à peu les voisins, professeurs, élèves et amis de toujours. À 15 heures, la file faisait le tour du pâté de maisons.

Aline parcourut l'assistance du regard, cherchant à repérer la présence d'Alan Crowley. Mais il n'y avait aucun signe de lui. Devait-elle en être soulagée ou irritée ? Connaissant les sentiments de sa mère à son égard, il était peut-être préférable qu'il ne se soit pas montré.

Quelques-unes des filles de l'équipe de lacrosse de Kerry arrivèrent avec leur entraîneur, Scott Kimball. Séduisant, un corps d'athlète, des cheveux bruns. Juchée sur de hauts talons, Aline avait la même taille que lui.

Les larmes aux yeux, il prit sa main dans la sienne lors des condoléances.

« Je sais ce que vous ressentez, dit-il. Mon petit frère a été tué par un chauffard à l'âge de quinze ans. Il n'y a pas un jour où je ne pense pas à lui. »

Comment imaginer la vie sans Kerry ?

Mais qui était l'assassin ? C'était la question qui hantait tous les esprits. Aline entendit sa mère clamer sur tous les toits qu'elle était certaine de la culpabilité d'Alan Crowley. « J'ai tout fait pour l'en détourner, murmurait-elle. Avec tous les garçons qui s'intéressaient à elle, je ne comprends pas qu'elle ait choisi celui-là. Il était d'une jalousie effrayante. Il avait mauvais caractère. Maintenant, voilà ce qu'il a fait. »

La promesse d'un automne précoce flottait dans l'air le matin de l'enterrement. Un vent frais soufflait en dépit du soleil. En suivant le cercueil dans l'allée centrale de l'église, Aline éprouvait encore le même sentiment d'irréalité et de détachement. Kerry et moi, nous devrions être à la piscine en ce moment, à réfléchir aux affaires qu'elle emporterait à l'université. Pas ici.

L'homélie du père Frank l'apaisa. « Nous ignorons le pourquoi de ces tragédies. Seule la foi est à même de nous apporter le réconfort dont nous avons besoin », commença-t-il avant de faire à nouveau allusion à l'endroit et l'envers du tapis persan. Pour Aline, cette anecdote prenait encore plus de sens que le jour où Kerry avait été trouvée morte dans la piscine.

Elle se demandait encore si Alan aurait l'audace d'apparaître à l'église. Elle observa la file des gens qui recevaient la communion, soulagée de n'y voir ni lui ni ses parents. Elle se répéta que sa présence aurait mis sa mère hors d'elle. Peu après, alors qu'elle suivait le cercueil à la sortie de l'église avec ses parents, elle l'aperçut brièvement. Il était agenouillé à l'extrémité du dernier banc, la tête enfouie dans ses mains.

17

À cause de la nouvelle affectation profession-
nelle de son beau-père, Valerie Long et sa famille
avaient quitté Chicago pour venir s'installer à
Saddle River. Le changement avait été d'autant
plus pénible qu'ils avaient déménagé à l'époque
de Noël et que Valerie avait intégré le lycée en
janvier.

Bien que grande pour son âge, elle paraissait
plus jeune que ses seize ans. Avec ses yeux verts,
ses cheveux d'un noir brillant et sa peau claire, elle
promettait d'être plus tard une vraie beauté. Elle
était fille unique et sa mère veuve s'était remariée
quand elle avait cinq ans. Son beau-père, âgé de
quinze ans de plus que sa mère, avait deux enfants
adultes qui vivaient en Californie et venaient
rarement le voir. Valerie était sûre qu'il la considérait comme un excédent de bagages. D'une

nature réservée et secrète, elle était devenue d'une extrême timidité.

L'hiver avait été difficile, elle s'était retrouvée au milieu de bandes d'amis déjà formées et avait eu du mal à s'y adapter. Mais au printemps les choses avaient commencé à changer.

Rapide, dotée d'une excellente coordination, elle s'était fait remarquer dans l'équipe de lacrosse de son lycée précédent. Elle espérait se faire de nouvelles amies en entrant dans l'équipe de Saddle River. Mais, comme toujours, les choses ne s'étaient pas déroulées comme prévu.

L'entraîneur, Scott Kimball, avait immédiatement remarqué son talent et l'avait affectée à l'équipe officielle du lycée qui était composée uniquement de terminales, à l'exception de deux élèves de première et d'elle. Elle aurait préféré jouer dans l'équipe des plus jeunes, de seconde et de première, mais elle n'avait pas voulu décevoir son entraîneur ni ses coéquipières.

C'était Kerry, capitaine de l'équipe, qui avait été la première à remarquer l'agilité de Valerie sur le terrain, et à prendre conscience de sa timidité. Elle s'était efforcée d'aller vers elle, la félicitant pour son jeu. Elle était devenue en quelque sorte une sœur protectrice pour elle, une confidente.

La mort brutale de Kerry était un coup terrible pour Valerie. Elle n'eut le courage d'assister ni à la veillée ni à l'enterrement, et resta seule de l'autre côté de la rue à regarder le cercueil quitter l'église et s'éloigner dans le corbillard. Elle s'en alla de son côté, incapable d'éprouver le soulagement des larmes.

18

L'une des meilleures amies de Marge était Brenda, la domestique des Crowley. Brenda et son mari Curt, plombier à la retraite, vivaient à Westwood, dans le New Jersey, à quelques kilomètres de Saddle River. Curt Niemeier avait souvent travaillé sur des chantiers avec Jack Chapman. Comme Jack et Marge, les Niemeier avaient habité une modeste maison à Saddle River avant que les prix de l'immobilier explosent. Ils avaient alors vendu et s'étaient installés dans les environs à Westwood, et avaient aussi acheté une petite maison sur la côte du New Jersey.

Alors que Curt profitait pleinement de sa retraite, l'inactivité pesait à Brenda. Dans les premières années de leur mariage, elle avait fait des ménages ici et là pour améliorer leurs revenus et s'était rendu compte que ce travail ne lui déplaisait pas et qu'elle le faisait bien. « Certains vont à la salle

de sport, moi je fais de l'exercice en nettoyant. »
Elle avait alors décidé de chercher un emploi de
ce genre pour occuper ses journées. Résultat, elle
travaillait trois jours par semaine chez les Crowley,
s'occupant du ménage et de la cuisine.

Brenda et Marge étaient restées proches au cours
de ces années et quand elle rapportait une rumeur à
Marge, Brenda savait qu'elle la garderait pour elle.
De taille moyenne et menue, les cheveux grison-
nants, elle aimait son travail mais beaucoup moins
ses patrons. Elle jugeait June Crowley arrogante et
mesquine, et son mari imbu de lui-même et parfaitement ennuyeux. La seule personne pour laquelle
elle avait de la sympathie était Alan. Le pauvre
gosse était coincé entre ses deux parents. À leurs
yeux, il ne faisait jamais rien de bien. Quand il
avait un A à l'école, on lui reprochait de ne pas
avoir eu un A+.

Je sais qu'il a mauvais caractère, pensait souvent Brenda, mais je jure que c'est à cause de ces
deux-là.

Ils espéraient fermement qu'en septembre Alan
serait accepté dans l'une des grandes universités
du pays, pour pouvoir s'en vanter auprès de leurs
amis.

« Ils sont toujours après lui, confia Brenda à
Marge. À sa place, je me serais inscrite à l'université de Hawaï, juste pour être loin d'eux.

« Bien sûr, je n'étais pas là pendant le week-end où cette pauvre fille a été tuée. Mais je crois savoir que lorsqu'ils ont découvert qu'un flic était venu chez eux et avait parlé à Alan, ils ont explosé de fureur. Et maintenant tout le monde le croit coupable.

« À la façon dont les Crowley se comportent, je me demande s'ils ne le croient pas eux-mêmes. »

19

Il leur fallait réapprendre à vivre après la mort de Kerry. Ramasser les morceaux. Aline avait aidé sa mère à écrire des mots de remerciement aux personnes qui avaient envoyé des fleurs à la veillée.

Sans se concerter, elles avaient fermé la porte de la chambre de Kerry. Le lit, qui n'avait pas été défait, était recouvert de la courtepointe bleu et blanc qu'elle avait choisie elle-même quand elle avait seize ans.

Ses vêtements étaient rangés dans la penderie. La Lassie en peluche qu'elle emportait partout quand elle était petite était posée sur un banc devant la fenêtre.

Ils avaient d'abord pensé la mettre dans le cercueil avec elle, mais au dernier moment, Fran avait dit à Steve et Aline qu'elle voulait la garder.

Fran avait voulu faire venir une entreprise pour démolir la piscine, faire comme si elle n'avait jamais été là. Steve l'avait persuadée d'accepter un compromis. Ils fermeraient la piscine pour la saison, et décideraient au printemps suivant s'ils voulaient la faire disparaître définitivement.

Pendant les dix jours précédant la rentrée scolaire, Aline avait essayé de mettre ses idées au clair. Kerry et moi étions deux oiseaux différents issus de la même couvée, pensait-elle. Kerry avait été une enfant ravissante dès l'instant où elle avait ouvert les yeux.

J'avais dix ans alors, trop maigre, avec des dents de travers, et des cheveux d'un châtain terne qui retombaient mollement sur mes épaules.

Mais j'adorais ma petite sœur. Aucune rivalité entre nous. Nous étions simplement différentes. Moi, lectrice insatiable, je me plongeais littéralement dans les livres. Je voulais être Jane Eyre, ou Catherine courant sur la lande avec Heathcliff. Je désirais par-dessus tout montrer que j'étais intelligente. Dès les plus petites classes il fallait que je sois la première et j'y parvenais.

Je détestais le sport, à part le tennis, que j'aimais plus que tout parce qu'il était synonyme d'esprit de compétition. « Quarante-zéro » était une musique délicieuse à mes oreilles.

J'avais été admise à Columbia, l'université de mon choix. C'est là que j'ai obtenu un mastère en psychologie.

Et je me suis fiancée avec Rick, déjà en premier cycle à la fac quand nous avons fait connaissance. Le coup de foudre. Il était si grand que je me sentais toute petite à côté de lui, comme protégée.

Il était plus ou moins de la région, de Hastingson-Hudson, à quarante minutes seulement de Saddle River. Son ambition était d'obtenir son doctorat puis d'enseigner à l'université, se souvenait Aline. Pour ma part, je voulais être professeur de lycée ou devenir conseillère d'orientation. Je venais d'obtenir mon mastère et lui son doctorat quand nous avons fixé la date de notre mariage.

C'était il y a quatre ans. Nous avions fait tous les préparatifs pour le grand jour. Maman et moi avions choisi ma robe. Je devais porter son voile de mariée. Nous avons dîné à la maison ce soir-là puis Rick est rentré chez lui.

Son père nous a téléphoné trois heures plus tard. Rick avait été heurté de front par un chauffard, et était mort à l'hôpital. Le chauffard s'en était tiré sans une égratignure.

Aline avait compris qu'elle devait partir. Sous peine de ne jamais réussir à surmonter ce traumatisme. C'est pourquoi elle avait pris un poste à l'École internationale de Londres.

Trois ans. En ne revenant à la maison que pour Thanksgiving et Noël. Trois ans à attendre que la douleur s'apaise, qu'elle finisse par se réveiller sans que Rick soit sa première pensée.

Trois ans de rencontres passagères, sans jamais s'attacher.

Puis, cette dernière année, le besoin de rentrer à la maison, de retrouver sa famille, de revoir tous les amis qu'elle avait laissés derrière elle.

Mais elle était revenue pour découvrir sa petite sœur adorée victime d'un meurtre. S'il y a une chose que je peux faire, pensa-t-elle, c'est rester ici pour les soutenir. Elle avait envisagé de s'installer dans un appartement à Manhattan, mais cela pouvait attendre.

Qui avait supprimé Kerry ? Qui avait pu s'attaquer à une jeune fille si prometteuse qui avait toute la vie devant elle ?

Cela n'arrivera plus, se jura Aline. Celui qui l'a tuée en payera le prix. Je crois Mike Wilson intelligent et capable. Il faut que je trouve le moyen de l'aider.

La plupart des jeunes qui assistaient à la soirée ont repris leurs études. Si certains d'entre eux en savent plus qu'ils ne l'ont dit à Mike et aux policiers, peut-être seront-ils avec le temps plus bavards avec moi.

La police se concentrait sur Alan Crowley. Toutefois, d'après ce qu'elle avait appris, les éléments à charge contre lui étaient nombreux, mais pas vraiment convaincants.

Heureusement, Aline était restée en contact avec la directrice, Pat Tarleton.

Elle lui avait proposé exactement le job dont elle avait envie, et le calendrier était parfait. Kerry aurait passé son diplôme de fin d'études, et elle n'aurait pas à se sentir gênée par la présence de sa grande sœur dans le même lycée.

20

Marge vivait dans un état d'angoisse permanent. Non seulement, lorsque l'inspecteur Wilson était passé les voir le jour où le corps de Kerry avait été découvert, Jamie s'était constamment tourné vers elle, cherchant son approbation. Mais si elle était certaine qu'il n'avait dit à personne qu'il était allé dans la piscine de Kerry, il était toujours possible qu'il laisse échapper l'information devant quelqu'un. Et elle était inquiète lorsqu'il lui glissait à tout bout de champ :

« Mom, je n'ai dit à personne que j'étais allé nager avec Kerry. »

Elle le rassurait aussitôt et ajoutait d'une voix douce : « C'est notre secret, chéri. Les secrets, on n'en parle pas. »

Chaque jour, quand elle le déposait devant le supermarché Acme, elle retenait son souffle jusqu'à ce qu'elle revienne le chercher. Instinctivement, elle avait pris l'habitude de le conduire en voiture à l'aller et au retour, au lieu de lui laisser faire le trajet à pied.

Une fois à la maison, elle lui demandait à qui il avait parlé pendant son travail. Parfois il accompagnait sa réponse d'un sourire triomphant et d'un : « Et je n'ai dit à personne que je suis allé nager avec Kerry. » Marge était partagée. D'un côté, elle voulait connaître les noms de tous ceux à qui il avait parlé. De l'autre, ces conversations ne risquaient-elles pas de mettre l'accent sur ce qu'il valait mieux oublier ?

Tout avait empiré quand il s'était mis soudain à parler du « Grand Bonhomme » dans les bois. C'était le surnom affectueux que Jack donnait jadis à Jamie, « mon Grand Bonhomme ». Marge poursuivit l'air de rien : « Que s'est-il passé avec le Grand Bonhomme, Jamie ?

— Il a frappé Kerry et l'a poussée dans la piscine », répondit froidement celui-ci.

Épouvantée, Marge se força à lui demander de préciser sa pensée : « Jamie, qui est le Grand Bonhomme ?

— Papa m'appelait son Grand Bonhomme. Tu t'en souviens, Mom ? »

La gorge de Marge se noua. Elle murmura : « Je m'en souviens, Jamie. Je m'en souviens. »

Comment supporter seule un tel fardeau ? Elle avait beau redouter que la police puisse croire

Jamie coupable, surtout depuis qu'il leur avait dit qu'il nageait parfois dans la piscine avec Kerry, sa conscience lui dictait de ne pas leur cacher la vérité.

La veille au soir, Jamie avait été plus loin dans son récit : il lui avait raconté qu'un grand bonhomme était sorti des buissons quand l'autre garçon était parti, et qu'il avait donné un coup à Kerry sur la tête avant de la pousser dans la piscine.

Mais si Jamie racontait ça à la police, ils feraient la comparaison avec Alan Crowley, car Alan était de taille moyenne et plutôt mince. Jamie mesurait un mètre quatre-vingt-cinq, et était costaud sans être gros et il lui arrivait parfois de se nommer « Grand Bonhomme » quand il parlait de lui. De là à penser que le Grand Bonhomme décrit par Jamie était en fait lui-même, il n'y avait qu'un pas. Et ils l'arrêteraient.

Il aura tellement peur, trembla Marge. Il est tellement influençable. Toujours à vouloir faire plaisir. Il dira sans hésiter ce qu'ils voudront entendre.

Marge ressentit de nouveau cette sensation d'oppression familière. Son médecin lui avait prescrit un cachet de nitroglycérine chaque fois qu'elle en souffrait. À la fin de la journée, elle en était à trois.

Seigneur, faites qu'il ne m'arrive rien. Il a besoin de moi, aujourd'hui plus que jamais.

21

L'étape suivante de son enquête mena Mike chez les quatre filles qui avaient envoyé un texto à Kerry après la fête. Tous les parents avaient accepté que leur fille soit interrogée.

Il sonna en premier chez Betsy Finley. Ses parents l'invitèrent à entrer au salon. Betsy s'assit sur un canapé flanquée de son père et de sa mère. Wilson s'installa sur un fauteuil en face d'eux.

Comme l'avait fait l'inspecteur Harsh lors de son interrogatoire, il commença par les rassurer, dit qu'il n'avait aucunement l'intention de procéder à des arrestations pour consommation d'alcool ou usage de drogue, mais qu'il était très important que Betsy lui parle franchement. Il souligna que son seul souci était de découvrir ce qui était arrivé à Kerry.

Il s'efforça de donner un ton décontracté à ses questions. Après que Betsy eut admis timidement avoir bu une ou deux vodkas, ils déterminèrent l'heure à laquelle elle était arrivée à la fête et l'heure à laquelle elle en était partie.

Naturellement, Betsy lui raconta qu'Alan et Kerry s'étaient disputés parce qu'elle flirtait avec Chris Kobel. Et qu'après leur querelle, Alan était parti avant tout le monde. Elle ajouta que tous les autres étaient partis ensemble à 23 heures pour les raisons déjà évoquées.

L'interrogatoire se transforma finalement en une simple vérification de ce que Mike savait déjà après avoir interrogé Alan et lu ses textos.

Sa dernière question fut : « Savez-vous qui a apporté la bière et la vodka ? » Betsy secoua la tête.

« Tout était déjà là quand je suis arrivée, et j'étais la première. »

Les deux filles suivantes firent des réponses similaires. Celle qui avait envoyé le texto *Largue ce nul* déclara énergiquement qu'Alan n'était pas simplement irrité ou énervé, il était carrément enragé.

C'est la dernière des quatre qui se révéla la plus intéressante pour Mike. Quand il lui demanda qui avait apporté l'alcool à la fête, elle répondit : « Kerry m'a raconté que le type qui avait réparé le pneu crevé de sa voiture la semaine précédente lui avait dit que, si elle donnait une fête un jour, il pourrait lui fournir tout l'alcool qu'elle voudrait. »

Mike resta impassible.

« Connaissez-vous le nom de l'homme qui a réparé ce pneu crevé ?

— Non.

— Kerry l'a-t-elle décrit, a-t-elle dit où elle l'avait rencontré ?

— Je pense qu'elle a crevé sur la Route 17 à Mavah, et il s'est arrêté pour l'aider.

— A-t-elle dit quand elle l'avait revu pour lui commander de l'alcool pour la fête ?

— Non, mais elle m'a dit que quand elle était allée chercher les bouteilles, il les avait mises dans le coffre de sa voiture. Et au moment où elle l'a refermé, il lui a demandé s'il pouvait venir à la soirée. Elle lui a répondu qu'elle avait invité uniquement ses amis du lycée, qu'il n'y aurait personne de son âge. Elle a ajouté que ce type avait environ vingt-cinq ans. Ensuite il lui a dit : "Bon, alors on pourrait peut-être se voir quand vos amis seront rentrés chez eux." Bien sûr, elle a refusé. Alors il l'a attrapée et a essayé de l'embrasser.

— Vous a-t-elle décrit cet homme ?

— Non. Après lui avoir dit d'aller se faire voir, elle est montée dans sa voiture et a démarré.

— Et elle n'a pas dit à quel endroit était le rendez-vous ?

— Je ne crois pas. Je ne m'en souviens pas. »

Mike se tourna vers les parents. « Je vous suis très reconnaissant d'avoir permis cet entretien avec votre fille. »

Il les quitta et regagna sa voiture. En s'éloignant, il rumina le fait qu'un nouveau suspect venait d'apparaître dans l'affaire Kerry Dowling.

22

Le soleil dardait ses rayons à travers les fenêtres du presbytère. Marge était assise en face du père Frank. Au lieu de prendre place derrière son bureau, il avait tiré une chaise près d'elle.

« Marge, je suis heureux de votre visite. Au son de votre voix au téléphone, j'ai compris que vous étiez bouleversée. Que se passe-t-il ?

— C'est Jamie, il a des problèmes. »

Il y eut un silence. Puis Marge, d'une voix tremblante, expliqua : « Mon père, Jamie a observé la fête chez les Dowling depuis sa fenêtre. Quand Kerry est tombée ou a été poussée dans la piscine, il a cru qu'elle allait nager et il a voulu la rejoindre pour nager avec elle.

— C'est ce qu'il vous a dit ?

— Pas tout de suite. Le lendemain matin, j'ai remarqué que son pantalon était mouillé, ainsi que ses baskets et ses chaussettes. Quand je l'ai interrogé, il m'a dit qu'il avait vu quelqu'un s'approcher de Kerry par-derrière, la frapper et la pousser dans la piscine. Croyant toujours qu'il pouvait se baigner avec elle, il est allé jusqu'à la piscine et a commencé à descendre les marches du bassin. »

Marge prit une longue inspiration.

« Je ne savais pas quoi faire, mon père. J'ai assisté à cet horrible spectacle, quand Steve Dowling et Aline ont découvert Kerry noyée dans la piscine. J'ai eu peur pour Jamie. Ses baskets et son pantalon étaient trempés. Peut-être ai-je mal agi, mais je devais le protéger. Je lui ai fait promettre de ne parler à personne de ce qui était arrivé ce soir-là.

— Marge, ce qu'a vu Jamie pourrait être d'une grande aide pour la police.

— Oui, mais cela pourrait aussi nuire à Jamie. » Marge inspira à nouveau une longue goulée d'air. « Mon père, ce n'est pas tout. Vous vous souvenez que Jack appelait Jamie son "Grand Bonhomme" ?

— Bien sûr que je m'en souviens.

— Eh bien, Jamie m'a parlé d'un "Grand Bonhomme" qui aurait poussé Kerry dans la piscine. Alan Crowley est de taille moyenne et plutôt frêle. Jamie parle parfois de lui-même en s'appelant le "Grand Bonhomme". Il confond tout quand il est bouleversé. J'ai peur que s'il dit ça à la police… » Elle se tut.

« Marge, y a-t-il une possibilité que Jamie s'en soit pris à Kerry ?

— Jamie était déçu et peut-être même en colère de ne pas avoir été invité à la fête, mais je n'imagine pas une seconde qu'il lui ait fait du mal.

— Mais quand il dit qu'un "Grand Bonhomme" a poussé Kerry dans la piscine, pensez-vous qu'il puisse parler de lui-même ? »

Marge soupira. « Je ne sais que penser. Il l'adorait. Je ne peux pas croire qu'il lui ait fait du mal. Un inspecteur est venu nous interroger. Je ne crois pas qu'il soupçonne Jamie, mais je ne sais vraiment pas.

— Marge, je ne veux pas vous donner un conseil trop rapidement, au risque de me tromper. Laissez-moi réfléchir calmement à tout ce que vous m'avez dit.

— Merci infiniment, mon père. Et priez pour moi, ainsi que pour Jamie.

— Je le ferai, Marge. N'en doutez pas. »

23

Tout excités en ce début d'année scolaire, les élèves s'égaillaient dans les couloirs. En passant devant Aline, beaucoup s'arrêtaient pour lui témoigner leur compassion. Contenant ses larmes à grand-peine, elle les écoutait lui dire qu'ils n'arrivaient pas à croire ce qui était arrivé à sa sœur. « Moi non plus », répondait-elle.

La journée s'écoula dans une sorte de confusion. Une fois les bus scolaires arrivés et repartis, et les professeurs rentrés chez eux, Aline s'attarda dans son bureau. Elle essaya de se familiariser avec les noms des élèves en terminale cette année. Elle savait que sa tâche était de les aider à choisir dans quelle université s'inscrire.

Mais elle était inquiète. Son premier geste en arrivant avait été de récupérer sur l'ordinateur les informations demandées par Mike Wilson. Si on découvrait ce qu'elle lui avait communiqué, son premier jour au lycée de Saddle River pourrait être le dernier. Elle espérait que non.

On frappa à la porte. Pat Tarleton ouvrit et entra. « Alors, Aline, comment s'est passé le premier jour ?

— Comme je m'y attendais, dit Aline avec une sorte d'ironie amère. Cela dit, je suis contente d'être ici. Et j'attends avec impatience de connaître tous les élèves ainsi que mes collègues.

— À ce propos, j'ai remarqué que tu bavardais avec Scott Kimball dans la salle des professeurs. Il est arrivé l'année dernière – c'est une recrue importante pour l'établissement. Sa classe de mathématiques est très appréciée par les élèves. Et son arrivée a été une aubaine pour l'équipe de lacrosse des filles.

— Il est venu à la veillée accompagné de quelques-unes des joueuses, dit Aline d'un ton évasif.

— Et je me souviens que Kerry disait que c'était un formidable entraîneur. Bien, je voulais juste te saluer en passant. À demain matin. »

La porte se fermait à peine derrière Pat que déjà le téléphone d'Aline sonnait. C'était Mike Wilson.

« Aline, quand vous vous êtes entretenue avec Kerry, que ce soit par téléphone, mail ou texto, a-t-elle mentionné que quelqu'un s'était arrêté un jour pour l'aider à changer un pneu crevé ? »

Aline se remémora rapidement les récents e-mails de Kerry. « Non, je ne me souviens de rien de tel. J'imagine qu'il y a une raison à votre question.

— J'essaye seulement de ne rien négliger. Une des amies de Kerry m'a dit qu'un homme l'avait aidée à changer une roue crevée et qu'il s'était montré agressif quand elle avait refusé de l'inviter à sa fête. Ça ne mènera probablement à rien. Mais je veux trouver le nom de cet individu.

— Croyez-vous qu'il puisse être celui…

— Aline, nous suivons toutes les pistes. C'est pourquoi j'aurais besoin d'interroger vos parents à propos de cette crevaison.

— Bien sûr.

— Comment vont-ils ?

— Mon père a trouvé un certain réconfort dans la reprise du travail. Ma mère n'est vraiment pas bien.

— Seront-ils chez eux ce soir ? Kerry aurait pu leur parler de cette histoire de pneu et de la personne qui l'a aidée. Savez-vous quelle heure les dérangerait le moins ?

— Papa rentre en général vers 18 h 30. Nous ne dînons jamais avant 19 h 30. Le mieux serait de venir vers 18 h 45.

— Très bien. Je vous verrai donc en même temps. »

Aline éteignit son ordinateur. Elle allait se lever de son fauteuil quand on frappa de nouveau à sa porte. Scott Kimball entra dans son bureau.

L'entraîneur de l'équipe de lacrosse était aussi professeur de maths. Engagé en remplacement d'un professeur qui partait à la retraite, il entamait sa deuxième année au lycée. Le directeur sportif s'était réjoui de découvrir en Kimball un joueur de lacrosse prêt à entraîner l'équipe. Il était rapidement devenu l'entraîneur en chef de l'équipe féminine.

« Simple visite de courtoisie, dit-il. Comment allez-vous ?

— Mes grands-parents sont repartis chez eux en Arizona. Ils me manquent, mais d'une certaine façon c'est plus facile sans eux. Mon père a repris son travail. Ma mère a du mal à surmonter son chagrin. Comme nous tous, bien sûr. Mais elle reste occupée autant qu'elle le peut.

— Aline, je sais que le moment est peut-être mal choisi, prématuré, mais je me lance quand même. J'aimerais beaucoup vous inviter à dîner. Je meurs d'envie d'essayer un nouveau restaurant français qui vient d'ouvrir sur l'Hudson à Nyack. On dit que la cuisine et la vue y sont exceptionnelles. »

Aline hésita. Il ne faisait aucun doute que Scott était séduisant. Mais elle n'était pas sûre qu'il soit judicieux d'avoir une relation d'ordre privé – en tout cas d'accepter un rendez-vous – avec un collègue. « Je ne suis pas encore prête à me distraire. Pouvons-nous en reparler dans une quinzaine de jours ?

— Bien sûr. Comme vous le savez, je serai dans les parages. »

Avec un geste de la main, il sortit du bureau.

Aline pensa à ce que Kerry lui avait dit et à son opinion au sujet de Kimball à la fin de la dernière saison. C'est un super entraîneur et un type très gentil. Tellement mieux que le précédent, Don Brown, qui ne savait même pas ce qu'il devait faire. Un point pour toi, Kerry, pensa Aline. Tu aurais sûrement approuvé que je dîne avec Scott Kimball dans ce grand restaurant.

Elle ferma la porte à clé derrière elle et se dirigea vers le parking.

24

Comme cela avait été prévu, Mike Wilson sonna chez les Dowling à 18 h 45. Aline avait prévenu ses parents de sa visite. La réaction de sa mère fut immédiate : « Il vient nous dire qu'ils ont arrêté Alan Crowley.

— Non, il ne s'agit pas du tout de cela. Il veut juste vous poser une question. »

Steve demanda : « À propos de Kerry ?

— Oui, au sujet d'un jour où Kerry a crevé un pneu de sa voiture.

— Kerry n'a jamais eu de pneu crevé, dit Steve fermement.

— Bon, tu le diras à l'inspecteur. »

Quand Mike arriva, Aline voulut éviter que la réunion se tienne dans la salle de séjour. C'était là qu'ils se tenaient tous les trois quand Mike leur avait annoncé que la mort de Kerry n'était pas un accident. Elle suggéra de s'installer plutôt au petit salon.

Mike expliqua ensuite la raison de sa présence, et exposa ce qu'il avait déjà dit à Aline. Steve affirma : « Kerry n'a jamais parlé de crevaison. Mais je l'avais prévenue qu'un des pneus arrière de sa voiture était très usé. Je voulais qu'elle aille au garage et le fasse changer le plus vite possible. Si elle a crevé avant de le faire, elle aura préféré nous le cacher.

— A-t-elle fini par remplacer ce pneu ? demanda Mike.

— Elle m'a montré le pneu neuf il y a une dizaine de jours.

— Cela peut-il correspondre à la date à laquelle elle a rencontré le type qui lui a changé sa roue et vendu de la bière ? demanda Aline.

— Et voulu la brusquer, ajouta Steve d'un ton amer.

— C'est possible, à condition qu'elle ait fait remplacer le pneu sitôt après avoir crevé. » Mike se leva. « Retrouver la trace de cet homme me paraît essentiel.

— C'est Alan Crowley sur lequel vous devriez vous concentrer ! » intervint Fran les yeux brillants de larmes.

Aline reconduisit Mike à la porte. « Vous savez, ma mère n'a peut-être pas tort d'accuser ainsi Alan Crowley.

— Il ne faut pas se focaliser sur un seul suspect. Nous sommes décidés à suivre toutes les pistes qui paraissent intéressantes. » Il répéta la question que Pat Tarleton avait déjà posée. « Comment s'est passée votre première journée ?

— Un peu éprouvante, naturellement. Mais je voudrais vous demander une chose. Quelqu'un sait-il que je vous ai fourni des informations sur les dates de naissance des jeunes qui étaient à la fête et les universités où ils se sont inscrits.

— Absolument personne ne sait d'où je tiens ces informations.

— Bien. Si vous n'y voyez pas d'inconvénient, j'aimerais que ça ne se sache jamais.

— Naturellement. Bonne nuit. »

Aline le regarda s'éloigner, monter dans sa voiture et démarrer.

Valerie avait passé le jour de la rentrée dans le brouillard. À chaque instant elle avait l'impression que Kerry était à côté d'elle. Kerry sur le terrain de lacrosse. Kerry le bras passé autour de ses épaules, l'entraînant vers le vestiaire.

Elle aurait tellement voulu pouvoir pleurer. Mais les larmes restaient bloquées dans sa gorge. Comme elle changeait de salle de cours, elle aperçut dans le couloir la sœur de Kerry, la nouvelle conseillère d'orientation. Elle portait une veste et un pantalon bleu foncé et lui parut très jolie. Plus grande que Kerry, avec des cheveux châtain foncé, mais toutes les deux se ressemblaient beaucoup.

Je regrette tellement. Je suis désolée, Kerry.

25

Ainsi qu'ils en avaient décidé, les parents d'Alan Crowley avaient pris rendez-vous avec le célèbre avocat pénaliste Lester Parker. Alan les accompagna à contrecœur.

« Alan, reprenons depuis le début ce qui s'est passé, dit Parker. Kerry Dowling était ta petite amie, n'est-ce pas ?

— Oui.

— Cette relation, hmm, durait depuis combien de temps ?

— Un an.

— Est-il vrai que vous vous disputiez fréquemment ?

— Nous en plaisantions ensuite. Kerry aimait bien s'amuser avec d'autres garçons et me rendre jaloux. Mais on se réconciliait toujours.

— Et le soir de la fête ? Vous êtes-vous querellés ?

— Kerry avait bu une ou deux vodkas. Elle ne tenait pas très bien l'alcool, même un verre ou deux de vin. Alors quand Chris Kobel a commencé à tourner autour d'elle, elle s'est mise à flirter avec lui.

— Et toi, tu avais bu ?

— Seulement deux bières.

— Deux ?

— Peut-être trois ou quatre. Je ne sais plus. »

Alan était conscient des regards noirs que lui jetaient ses parents.

« Je crois savoir que tu es parti avant la fin de la fête. Où es-tu allé ?

— Je savais que certains de mes copains devaient se retrouver dans une pizzeria du coin, Nellie's, à Waldwick. Je les ai rejoints.

— Es-tu resté avec eux jusqu'au moment où tu es rentré chez toi ?

— Non.

— Tu t'es rendu directement chez Kerry en sortant du restaurant ?

— Oui.

— Où était-elle quand tu es arrivé chez elle ?

— Sur la terrasse, à l'arrière de la maison, en train de ranger.

— Qu'a-t-elle dit en te voyant ?

— Rien. J'ai seulement dit : "Kerry, je suis désolé. Je voudrais juste t'aider à mettre de l'ordre."

— Et qu'a-t-elle répondu ?

— "Je suis crevée. Je dois me lever tôt demain matin. Je préfère aller me coucher tout de suite."

— Tu es parti ?

— Elle disait la vérité, c'était évident. Elle bâillait. Alors j'ai dit : "À demain."

— Et qu'as-tu fait ensuite ?

— Je l'ai prise dans mes bras, je l'ai embrassée et je l'ai laissée.

— À quelle heure es-tu arrivé chez toi ? »

June prit la parole. « Nous étions dans notre chambre. J'ai regardé le réveil. Il était exactement 23 h 51. »

Une expression de contrariété passa sur le visage de Parker. « C'est bien ça, Alan ? Il était 23 h 51 ?

— Non, je crois qu'il était un peu plus tard.

— Il était exactement 23 h 51, insista June. Nous avons regardé le réveil quand Alan est rentré. »

Il y eut un moment de silence, puis Lester Parker se tourna vers les Crowley. « Verriez-vous un inconvénient à attendre à l'extérieur ? La meilleure façon d'aider Alan est de l'entendre exposer les faits lui-même. »

Quand la porte se referma derrière eux, Parker s'adressa à Alan : « Ce que tu me diras ici restera confidentiel, secret professionnel oblige. As-tu frappé Kerry, l'as-tu poussée dans la piscine ?

— Non, non et non. » À l'expression d'Alan on devinait qu'il était farouchement sur la défensive. « Comment vous sentiriez-vous si tout le monde en ville pensait que vous êtes un meurtrier ? s'exclama-t-il. Comment vous sentiriez-vous si vos parents étaient tellement sûrs que vous allez être arrêté qu'ils ont fait appel à un avocat renommé pour vous défendre ? Comment vous sentiriez-vous si votre petite amie, que vous aimiez vraiment, était morte assassinée ? »

Ses lèvres tremblaient. Lester Parker l'étudia avec attention. Il avait entendu beaucoup de prévenus plaider leur innocence et était la plupart du temps capable de déterminer qui mentait et qui disait la vérité. Il réservait encore son jugement sur Alan Crowley, tout en se préparant à élaborer sa défense.

« Quand as-tu appris la mort de Kerry ?

— Le dimanche vers midi. J'étais dans le jardin en train de tondre la pelouse et mon téléphone était resté à l'intérieur de la maison. Quand je suis allé chercher une bouteille d'eau, j'ai vu que j'avais de nombreux messages et des textos. J'en ai lu un et j'ai appris ce qui était arrivé. Au même moment, un inspecteur s'est présenté à la maison et m'a demandé d'aller à Hackensack avec lui.

— Lui as-tu dit exactement ce que tu viens de me dire ?

— Oui, exactement.

— Alan, cela a dû être très éprouvant pour toi de te rendre au bureau du procureur et d'être filmé. Au cours de cet entretien, as-tu dit quelque chose qui ne soit pas vrai ? »

Alan hésita.

« Ne crains rien, Alan, dit Parker. Tu peux me le dire.

— J'ai dit à l'inspecteur que j'étais resté tout le temps au restaurant avec mes amis et que j'étais rentré directement à la maison. Je ne lui ai pas raconté que je m'étais arrêté chez Kerry en chemin.

— Récapitulons. Le dimanche tu te réveilles. Si j'ai bien compris, tes parents étaient partis la veille jouer au golf. Tu as tondu la pelouse jusqu'à l'arrivée de l'inspecteur et tu l'as laissé t'emmener avec lui à Hackensack. Es-tu allé ailleurs ou as-tu parlé à quelqu'un d'autre après être revenu d'Hackensack et avant le retour de tes parents ? »

Alan resta silencieux un moment. Parker posa son stylo et dit doucement : « Alan, si tu veux que je te défende avec efficacité, il faut que tu sois sincère avec moi.

— En revenant d'Hackensack, j'étais paniqué. J'avais besoin que quelqu'un confirme mon histoire, témoigne que j'étais rentré directement chez moi en sortant de la pizzeria.

— Qu'as-tu fait ?

— J'ai appelé un des copains que j'étais allé rejoindre au Nellie's. Les deux autres étaient avec lui. Je leur ai demandé de témoigner que j'avais quitté la pizzeria en même temps qu'eux.

— Sais-tu s'ils l'ont dit à la police ?

— Oui, ils l'ont dit.

— Bon. »

Alan donna à Parker les noms de ses trois amis et leurs coordonnées, puis il dit : « Écoutez, je sais que j'ai paniqué et tout fait de travers. Et je sais qu'en mentant, j'ai aggravé ma situation. Que puis-je faire maintenant pour arranger les choses ? »

Parker planta ses yeux dans ceux de son client. « Il y a deux choses à faire. À partir de maintenant, tu ne parles à personne de l'affaire, en dehors de tes parents et moi. Si quelqu'un te contacte, tu m'avertis immédiatement. »

Alan hocha la tête.

« Ensuite, il faut que tu confies à tes parents ce que tu viens de me raconter. Ils le découvriront de toute façon, donc il vaut mieux te débarrasser tout de suite de ce poids. »

26

Le lendemain matin, au petit déjeuner, Steve annonça qu'il rentrerait tôt et emmènerait Fran au cinéma. Fran n'était pas encore descendue de sa chambre. Avalant rapidement son deuxième café, il dit à Aline : « Cela fera du bien à ta mère de sortir un peu. Je le lui ai proposé hier soir après le départ de l'inspecteur Wilson, et elle a accepté. Elle est tellement persuadée que c'est Alan Crowley qui a tué Kerry qu'elle le clame à qui veut l'entendre. Je lui ai dit que nous devions réserver notre jugement jusqu'à ce que la preuve formelle soit apportée. Même après ce que Wilson nous a révélé sur cet homme qui a vendu la bière à Kerry, elle est toujours convaincue de la culpabilité d'Alan Crowley. »

Steve emporta sa tasse vide jusqu'à l'évier. « Un soir par semaine, un cinéma de Norwood projette des vieux classiques. Greer Garson reste une des actrices préférées de ta mère. Elle sera ravie de voir *Prisonniers du passé* sur grand écran. Il passe à 17 heures et ensuite je l'emmènerai dîner. Veux-tu venir avec nous au cinéma, au dîner ou les deux ?

— Merci, papa, mais j'ai du travail à rattraper au lycée. J'achèterai de quoi manger un morceau en rentrant à la maison. »

La journée d'Aline au lycée fut plus détendue que la veille. Aline avait toujours eu la mémoire des noms et des visages. Croisant une élève dans le hall, elle se rappela l'avoir vue peu auparavant. C'était la jeune fille qui se tenait de l'autre côté de la rue à la sortie de la messe des funérailles de Kerry. Pourquoi n'était-elle pas entrée dans l'église ?

Elle resta dans son bureau jusqu'à 18 heures. Elle avait laissé sa porte entrouverte et Scott Kimball passa la tête dans son bureau. « Visiblement vous travaillez encore tard, dit-il.

— Un peu, répondit-elle.

— Y a-t-il une chance que vous dîniez avec moi lorsque vous aurez fini ? Je sais que je vous l'ai proposé pas plus tard qu'hier, mais je viens juste d'y repenser. Cela vous changerait les idées.

— Essayez-vous de me tenter avec le restaurant français dont vous m'avez parlé ?

— Exactement.

— Alors ma réponse est oui. »

Ils partirent d'un même rire.

Scott lui proposa de l'emmener, mais elle préféra prendre sa propre voiture pour se rendre au restaurant La Petite. En outre, Scott lui avait dit qu'il habitait Fort Lee. Il aurait dû faire un long détour pour la raccompagner jusqu'au lycée afin qu'elle récupère sa voiture.

En chemin, elle eut des remords. Pourquoi avait-elle accepté de dîner avec lui ? Il était risqué d'avoir des relations autres que professionnelles avec le personnel enseignant d'un même établissement, elle le savait. Cela pouvait compromettre leur travail. Juste une fois, se dit-elle. Cette fois seulement.

Elle se détendit au restaurant. La Petite méritait l'éloge qu'en avait fait Scott. Durant les trois années où elle avait enseigné à l'École internationale de Londres, Aline avait souvent pris le train pour Paris. Elle descendait dans un petit hôtel de la rive gauche avec vue sur Notre-Dame, visitait les musées, faisait des tours en bateau-mouche sur la Seine.

Elle s'était aussi découvert une véritable passion pour la cuisine française. En même temps, elle avait mis à profit son don pour les langues, décidée à parler français couramment et sans accent. Si bien que lorsque leur serveur s'adressa à eux en bon français, elle y vit une occasion de s'exercer.

Elle fut stupéfaite d'entendre Scott lui emboîter le pas. Sa connaissance du français était excellente, même si son accent américain était nettement perceptible.

Après avoir écouté la liste des spécialités du jour, ils passèrent leur commande. Pendant qu'ils dégustaient le bordeaux qu'il avait choisi, Scott expliqua : « J'ai passé un semestre en France quand j'étais étudiant. Je suivais des cours en français et habitais chez une famille française.

— L'immersion totale, dit Aline.

— C'était le but. Mais dès que je me trouvais avec les autres étudiants, je recommençais à parler anglais.

— J'aurais aimé avoir une occasion semblable, dit Aline.

— En tout cas, quoi que vous ayez fait, votre français est meilleur que le mien.

— Pour une raison simple. » Et elle lui raconta ses fréquentes visites à Paris.

Ils comparèrent leurs souvenirs des différents endroits qu'ils avaient visités, à Paris et dans les environs. Puis la conversation s'orienta vers le lycée et Scott lui fit part de ses impressions sur ses collègues et l'administration. Ce n'est qu'au moment du café qu'il mentionna le nom de Kerry.

« Aline, j'ai passé un moment délicieux ce soir. J'aurais voulu vous parler de Kerry, vous dire que c'était une fille formidable, mais j'hésite à aborder ce sujet si douloureux pour vous.

— Non, parlez-moi d'elle. Je voyais Kerry à travers mes yeux de sœur aînée. Si j'avais le choix à présent, je ne serais pas partie de la maison aussi longtemps. Vous étiez son entraîneur. Que pensiez-vous d'elle ?

— Elle était vraiment extraordinaire. Pas la meilleure joueuse de l'équipe, malgré son très bon niveau, mais c'était une meneuse dans l'âme. Le plus grand compliment que l'on puisse faire à une joueuse, c'est que ses coéquipières sont encore meilleures quand elle est sur le terrain. »

Quand ils se séparèrent à la fin de la soirée et qu'Aline rentra chez elle de son côté, elle reconnut qu'elle avait pris beaucoup de plaisir à ce dîner. Scott était un homme charmant et un convive très agréable.

27

L'autopsie révéla que Kerry était morte instan-tanément après avoir été frappée d'un coup violent à l'arrière du crâne. Ses poumons ne contenaient que très peu d'eau, signe qu'elle ne respirait plus après avoir reçu ce coup. Son alcoolémie était de 0,6 gramme, l'équivalent de deux ou trois verres pour une personne de sa taille. Aucune preuve d'agression sexuelle.

L'examen du club de golf par le laboratoire de l'État permit de confirmer que c'était l'arme du crime. Les cheveux qui adhéraient à la tête du club étaient ceux de Kerry. Les traces de sang relevées sur le club contenaient l'ADN de Kerry.

Les empreintes digitales sur le grip du club n'avaient pu être relevées, mais cinq autres sur le manche étaient exploitables.

Mike commença le processus d'identifica-tion des empreintes par une visite à Steve et Fran

Dowling. Comme il s'y attendait, l'entrevue fut difficile. De nouveau il se présenta à 18 h 45, heure à laquelle Steve devait déjà être de retour. Quand il expliqua les raisons de sa présence, Fran réagit violemment et entra dans une rage proche de l'hystérie. « Êtes-vous en train de dire que notre club de golf a été utilisé pour tuer notre enfant ?

— Fran, l'inspecteur Wilson nous dit simplement qu'il a besoin d'identifier les empreintes qui se trouvent sur le club. Visiblement, il a besoin des nôtres pour pouvoir les éliminer.

— Vous avez la possibilité de vous rendre au commissariat de police de Saddle River, dit Mike. Ils prendront vos empreintes et les transmettront au bureau du procureur.

— Nous irons dès demain matin », lui assura Steve.

Aline passa son bras autour des épaules de sa mère. « Maman, la seule chose qui importe est de découvrir l'assassin de Kerry. »

Fran répéta avec obstination ce qu'elle avait déjà dit : « C'est Alan Crowley. » Se tournant vers Wilson elle ajouta : « Avez-vous pris ses empreintes digitales ?

— Oui, mais nous attendons d'avoir l'analyse de toutes les empreintes. »

Comme la première fois, Aline le reconduisit à la porte. « Mike, je n'arrête pas de penser au texto que Kerry m'a envoyé la veille de sa fête. J'aimais

Kerry de tout mon cœur, mais elle avait tendance à dramatiser. Qu'il s'agisse d'une querelle avec son petit ami ou d'une dispute avec un professeur, elle était directe et n'y allait pas avec le dos de la cuillère. Dans ce texto elle fait allusion à quelque chose de *très important*, mais sans en dire plus. Ce n'était pas son habitude.

— Aline, dit Mike sans faire de commentaire sur ce qu'elle venait de lui confier, je sais l'épreuve que vous traversez. Et je suis certain que vous êtes d'un grand réconfort pour vos parents. »

Il effleura sa main au moment où elle lui ouvrait la porte. « Aline, je vous le promets, à vous et à vos parents, nous allons trouver l'auteur de ce crime, et on n'entendra plus parler de lui pendant très longtemps.

— Peut-être alors pourrons-nous reconstruire nos vies », dit Aline, mais le doute perçait dans sa voix.

28

Bobby, Rich et Stan avaient tous les trois mauvaise conscience d'avoir menti pour disculper Alan. L'inspecteur les avait interrogés séparément, et chacun s'en était tenu au même récit. Alan était arrivé au Nellie's vers 22 h 30 et en était reparti en même temps qu'eux vers 23 h 45.

Rich avait ajouté qu'Alan lui avait dit qu'il irait voir Kerry le lendemain matin et se réconcilierait avec elle.

Stan avait raconté à Mike Wilson qu'Alan était hors de lui à son arrivée mais qu'il s'était ensuite calmé. Quant à Bobby, il avait rapporté qu'Alan disait que Kerry aimait bien le faire enrager pour le plaisir de se réconcilier ensuite.

Lorsque Mike leur demanda s'ils savaient qui avait vendu de la bière à Kerry, ils répondirent franchement qu'ils n'en avaient aucune idée.

Mais après leur entretien avec Mike, ils se réunirent tous les trois et évoquèrent la possibilité qu'Alan flanche, avoue qu'il avait quitté le Nellie's plus tôt, était retourné à la fête et avait tué Kerry.

Dans ce cas, que leur arriverait-il ? Seraient-ils jugés coupables d'avoir menti ?

Ils tentèrent de se rassurer mutuellement, mais l'inquiétude les rongeait. Ils s'imaginaient déjà arrêtés et jetés en prison.

29

Aline avait compris pourquoi Marge était venue sans Jamie à l'enterrement de Kerry. Depuis la naissance de Jamie, les Dowling et les Chapman s'étaient liés d'amitié. Kerry avait été l'amie de Jamie. Le pauvre garçon avait dû être bouleversé en comprenant qu'elle était partie pour toujours.

Kerry avait dix ans quand Steve avait fait construire la piscine. Jamie voulait toujours s'y baigner avec elle. Quand elle le voyait dehors dans le jardin, Kerry demandait à Marge s'il pouvait venir nager. Il la suivait dans le bassin, imitant ses mouvements, et il avait fini par devenir bon nageur.

Aline savait qu'il avait une véritable adoration pour Kerry et qu'elle allait beaucoup lui manquer. Le jour où les ouvriers vinrent fermer la piscine pour l'hiver, elle vit Jamie les observer depuis la haie qui séparait les jardins des deux maisons. Elle se dirigea spontanément vers lui.

« Comment vas-tu, Jamie ? demanda-t-elle.

— Je suis triste.

— Pourquoi es-tu triste, Jamie ?

— Parce que Kerry est allée nager et qu'ensuite elle est montée au ciel.

— Je sais, Jamie. Je suis très triste moi aussi.

— Mon papa aussi est monté au ciel, et Kerry est avec lui. »

Les yeux de Jamie se remplirent de larmes. Aline refoula son émotion. Elle ne voulait pas pleurer devant lui. Elle le salua et regagna brusquement sa maison.

30

Mike Wilson décida que sa prochaine visite serait pour le Nellie's. Il voulait vérifier les dires d'Alan et de ses amis. Il téléphona à la pizzeria et on lui répondit que l'équipe qui était de service le samedi serait sur place pour le dîner.

Il n'eut aucun mal à trouver la serveuse à laquelle il voulait parler. Glady Moore avait raconté à qui voulait l'entendre que c'était elle qui avait servi Alan Crowley le soir où cette pauvre jeune fille avait été assassinée. Wilson arriva au restaurant à 19 heures, échangea quelques mots avec Glady qui l'informa qu'elle pourrait prendre le temps de s'entretenir avec lui dans une quinzaine de minutes.

Une odeur alléchante de pizza lui rappela qu'il avait faim. Il commanda une margherita et une bière.

Comme promis, Glady vint le trouver à sa table un quart d'heure après et s'assit en face de lui.

« Kerry venait souvent ici avec ses amis, dit-elle. Une vraie beauté. Quand je pense qu'elle a été assassinée le soir où je servais leurs pizzas à ces garçons.

— Vous souvenez-vous de l'heure à laquelle ils sont arrivés au restaurant ?

— Trois d'entre eux sont arrivés vers 22 heures. Alan Crowley, le petit ami de Kerry, n'était pas avec eux. Les Yankees jouaient ce soir-là, et ils ont pris une table près du bar pour suivre le match.

— Quand Alan les a-t-il rejoints ?

— À environ 22 h 30. Vous auriez dû voir l'expression sur son visage.

— Que voulez-vous dire ?

— Il avait l'air hors de lui. On aurait dit qu'il était prêt à tuer quelqu'un. Il a été franchement désagréable avec moi. Il ne m'a pas adressé la parole, m'a juste désigné du doigt la pizza que les autres mangeaient pour indiquer qu'il voulait la même. Entre vous et moi, je pense qu'il évitait de parler parce qu'il avait bu. Quand je lui ai apporté sa commande, il tapait un texto sur son téléphone portable.

— Très bien, dit Mike. Il est arrivé à 22 h 30. Disons que vous avez pris sa commande à 22 h 35. Combien de temps faut-il pour préparer une pizza ?

— À peu près dix minutes.

— Donc vous lui avez apporté sa commande à 22 h 45. Que s'est-il passé ensuite ?

— Quand il a eu terminé, il est simplement parti sans payer.

— Dans votre souvenir, il était quelle heure ?

— Voyons. Il a parlé aux garçons pendant un moment. J'ai remarqué qu'il avait utilisé son téléphone, envoyé un autre message.

— Quelle heure était-il selon vous quand il est parti ?

— Je sais qu'il était un peu plus de 23 heures, pas plus tard que 23 h 45.

— Revenons à ses trois amis. Vous souvenez-vous de l'heure de leur départ ?

— Ils sont restés jusqu'à la fin du match. »

Mike avait vérifié. Le match s'était terminé à 23 h 46.

« Merci, Glady. Vous m'avez été très utile. Je vous demanderai sans doute un peu plus tard de venir jusqu'à mon bureau pour faire une déposition officielle. »

Un sourire radieux illumina le visage de Glady. « Je le ferai avec plaisir. Quand vous voudrez. »

Au moment de s'en aller, Mike demanda : « La pizza d'Alan a-t-elle été payée ?

— Un de ses amis s'en est chargé. »

Mike retourna au bureau du procureur où l'attendait le substitut, Artie Schulman. Artie dirigeait l'unité en charge des homicides. « Artie, pouvons-nous parler dans mon bureau ? demanda Mike. Ce sera plus pratique. »

Il avait fixé plusieurs tableaux blancs sur son mur. Sur le premier étaient inscrits par ordre alphabétique les noms des jeunes qui avaient assisté à la fête de Kerry. La plupart étaient écrits en noir. Les sept noms en rouge étaient ceux des moins de dix-huit ans.

À gauche de chaque nom était notée la date à laquelle Mike ou un membre de son équipe avait interrogé l'élève. Sept noms étaient suivis d'un R. Mike expliqua que cela signifiait soit qu'ils avaient refusé d'être interrogés, soit, s'ils étaient mineurs, que leurs parents s'y étaient opposés. À droite de chacun, une date en août ou septembre indiquait le départ de l'étudiant pour son université.

Sur le deuxième tableau blanc apparaissaient huit autres noms. Ceux des élèves qui avaient déclaré avoir été témoins de la dispute entre Alan et Kerry. Un T à droite de leur nom désignait les filles qui avaient envoyé un texto à Kerry après la fête.

Sur le troisième tableau figuraient les noms des trois soutiens du supposé alibi d'Alan Crowley.

Artie examina les tableaux.

« Deux des élèves qui ont été témoins de la dispute vont partir dans le Midwest, un autre en Californie, précisa Mike. Je présume que pour des raisons budgétaires Matt Koenig voudra que je procède aux interrogatoires ici dans le New Jersey plutôt qu'à l'autre bout du pays, ajouta-t-il, faisant allusion au procureur du comté.

— Sans aucun doute », répondit Artie.

Mike le tint au courant de l'avancement de l'enquête. « Nous avons obtenu l'ordonnance du tribunal permettant d'avoir accès aux relevés téléphoniques d'Alan Crowley. Il ment sur le temps qu'il a passé à la pizzeria. Son téléphone a été localisé à côté de la maison de la victime à l'autre bout de Saddle River le soir à 23 h 25. Il est évident qu'il est retourné à la maison de la victime après avoir quitté le Nellie's.

— Et ses amis qui lui ont fourni un alibi ?

— Il est certain qu'il leur a demandé de mentir pour le couvrir, et que c'est ce qu'ils ont fait. Je vais les contacter tous les trois et les convoquer ici pour qu'ils fassent une déposition officielle. Quand je leur aurai remonté les bretelles en leur expliquant à quoi on s'expose quand on ment à un enquêteur, je suis sûr que cela leur rafraîchira la mémoire.

— Nous avons eu confirmation que le club de golf était bien l'arme du crime, rappela Schulman. A-t-on progressé au sujet des empreintes qui y ont été relevées ?

— Oui, mais on va avoir un problème, lui dit Mike.

— Lequel ? »

Mike prit un rapport sur son bureau. « Selon le laboratoire, il y avait cinq empreintes distinctes et identifiables sur le putter. Toutes sur le manche en acier. Les multiples empreintes sur le grip en caoutchouc sont tellement brouillées qu'elles sont inutilisables.

— Rien sur la tête du putter ?

— Non.

— Concrètement, ça nous mène où ?

— On a trouvé l'empreinte du pouce d'Alan Crowley sur le putter. Les parents de Kerry, les Dowling, nous ont fourni leurs empreintes. Chacun a une empreinte sur le putter. Il nous en reste encore deux à identifier.

— Et que comptez-vous faire à présent ?

— C'est le problème. Quand j'ai interrogé les jeunes invités, plusieurs d'entre eux ont reconnu s'être entraînés sur le green. J'ai aussi obtenu le nom des garçons qui s'étaient amusés à taper des balles.

— Ils sont donc nombreux à avoir manipulé l'arme du crime ?

— Affirmatif. Parmi les huit garçons dont j'ai la certitude qu'ils se sont servis de ce putter, aucun n'a de casier.

— Par conséquent leurs empreintes ne figurent dans aucun fichier ?

— Même si la majorité des élèves ayant assisté à la fête a accepté d'être interrogée, je suis persuadé que nous rencontrerons une plus grande résistance si nous entreprenons de relever leurs empreintes digitales. »

Artie hocha la tête. « À partir du moment où ils ne sont pas suspects, nous ne pouvons pas demander à un juge de les obliger à nous fournir leurs empreintes.

— Exact.

— Avez-vous pu établir l'heure du décès ?

— Le rapport du légiste n'est pas d'une grande aide sur ce point. L'eau de la piscine était à 30 degrés. À une telle température les tissus corporels se dégradent rapidement. Nous savons seulement qu'elle était en vie à 23 h 10 le samedi soir, quand elle a envoyé son dernier texto. La famille l'a trouvée dans l'eau à 11 h 15 le dimanche matin. Elle est donc restée dans l'eau au moins douze heures.

— Par conséquent, elle aurait pu être tuée à 4 heures du matin.

— Oui, mais c'est très peu probable. Dans sa déposition, Alan Crowley dit qu'elle s'apprêtait à finir de ranger à l'extérieur de la maison puis à aller se coucher. Le texto qu'elle lui a envoyé dit la même chose. J'ai examiné la propriété. En dix minutes elle aurait pu terminer ce qui restait à ranger dans le jardin.

— Bref, rien n'indique qu'elle aurait pu aller se coucher et que Crowley l'aurait forcée à ressortir ?

— Non. En revanche, on a la preuve qu'elle n'est jamais allée se coucher ce soir-là. Nous avons vérifié sa chambre. Le lit n'était pas défait.

— Cela ne prouve pas grand-chose. Elle aurait très bien pu dormir sur le canapé.

— C'est vrai. Mais l'autopsie a montré qu'elle portait ses lentilles de contact au moment de sa mort.

— Les gens oublient parfois de les ôter, surtout s'ils ont bu.

— J'ai parlé à la sœur de la victime. D'après elle, Kerry ne les aurait jamais oubliées. Il lui était arrivé une fois de les garder toute une nuit, et elle avait souffert d'une sérieuse infection. Elle était particulièrement méticuleuse sur ce point.

— Alors, à quelle heure le meurtre a-t-il été commis, d'après vous ?

— Entre 23 h 10, quand elle a envoyé son dernier texto, et 23 h 20, heure à laquelle elle aurait dû finir de débarrasser le jardin derrière la maison.

— Précisément à l'heure où Crowley est revenu sur les lieux.

— Artie, je pense que lorsque nous aurons interrogé les amis de Crowley et eu confirmation qu'ils ont menti, nous aurons suffisamment d'éléments pour arrêter Alan Crowley. Il était à la fête. Il était jaloux. Il a envoyé des messages furieux à Kerry. La localisation de son téléphone a permis de montrer qu'il est retourné à la maison des Dowling après la fête et a menti à ce sujet. Il a demandé à ses amis de mentir. Ses empreintes ont été relevées sur l'arme du crime. Il a nié l'avoir touchée le soir de la fête.

— Où en est-on avec le bon Samaritain qui a changé le pneu ?

— Une amie de Kerry a dit qu'il s'était montré agressif envers Kerry quand elle était venue chercher la bière et qu'il avait essayé de l'embrasser. Mais deux autres prétendent qu'elle aimait bien flirter. Elle en faisait peut-être un peu trop. C'était une très jolie fille. En tout cas, nous n'avons toujours pas retrouvé ce type.

— J'aurais bien aimé lui mettre la main dessus, mais jusqu'à présent tous les indices semblent nous mener à Alan Crowley.

— Et nous ne pouvons pas le cuisiner davantage parce que Lester Parker ne nous y autorisera pas.

— Ok. Revenez me voir après avoir interrogé ses trois copains. Quand pensez-vous pouvoir leur parler ? »

Wilson examina son tableau. « L'un d'eux a pris un congé d'un semestre. Les deux autres sont dans une université des environs. Ils ont tous les trois accepté de revenir. Je dois les rencontrer cet après-midi. »

31

Bobby, Stan et Rich avaient chacun reçu l'appel téléphonique qu'ils redoutaient. Mike leur avait dit que les informations qu'ils avaient données lors de leur entrevue initiale étaient de première importance pour l'enquête. Il désirait qu'ils viennent à Hackensack faire une déposition officielle. Tous trois avaient accepté de se rendre ensemble au bureau du procureur à 16 h 30.

Mike les conduisit dans la salle d'interrogatoire. Les témoins étaient en général questionnés individuellement, mais il jugea plus efficace de les confronter tous les trois ensemble. Les mains moites de transpiration, ils s'assirent l'un après l'autre sur les chaises disposées d'un côté de la table pendant qu'il branchait la caméra vidéo.

Mike commença avec douceur : « Alan est votre ami, n'est-ce pas ? Vous jouez ensemble au base-ball. »

Ils hochèrent la tête.

« Il est tout naturel pour des amis de vouloir aider un camarade qui est dans l'embarras. Ça m'est aussi arrivé. Je suis convaincu que c'est ce que chacun de vous a fait lors de notre dernier entretien. Mais les choses sont différentes désormais. J'en sais beaucoup plus sur ce qui s'est passé cette nuit-là, sur qui était où et à quelle heure. Aussi vais-je vous poser des questions précises. Vous avez aujourd'hui l'occasion de vous rattraper. Si vous me mentez, vous serez accusés de faux témoignage et d'entrave à l'exercice de la justice. » Mike s'interrompit. « Et éventuellement de complicité de meurtre. Maintenant, commençons. »

Les mots jaillirent aussitôt de la bouche des trois garçons. « Alan a quitté le restaurant avant nous. On ne pensait pas qu'on allait s'attirer des ennuis. Quand Alan a téléphoné, il avait l'air affolé. Dès l'instant où nous avons menti pour l'aider, on a tous compris qu'on faisait une erreur. »

Mike dit : « Bon, reprenons. À quelle heure Alan est-il parti du Nellie's ? »

Cherchant désespérément à être précis, les trois garçons répondirent d'une même voix qu'il était 23 h 20.

« A-t-il dit où il allait ? questionna Mike.

— Kerry lui avait envoyé un texto lui demandant de ne pas venir avant le lendemain, répondit

Stan. Mais il a dit qu'il voulait quand même se réconcilier avec elle le soir même.

— Vous avez donc eu l'impression qu'il partait du Nellie's pour se rendre directement chez Kerry ?

— Oui.

— Quand Alan est venu vous rejoindre à la pizzeria, pouvez-vous me dire s'il avait bu ? »

Il y eut un moment de silence. Puis tous les trois hochèrent la tête.

« Un peu ? Beaucoup ? Combien ?

— Il était plutôt éméché quand il est arrivé, mais après avoir mangé sa pizza et bu son soda, il était redevenu à peu près normal », expliqua Rich.

Les trois garçons affirmèrent ensuite qu'ils s'étaient retrouvés à la piscine de Rich le dimanche après-midi et qu'Alan avait téléphoné pour leur demander de mentir en sa faveur.

Mike les remercia d'être venus. « Vous avez choisi la bonne voie en disant la vérité. »

En les regardant partir, il pensa que personne ne lui avait jamais paru aussi heureux de quitter les lieux que ces trois-là.

Il regagna son bureau et appela Artie. Le moment était venu d'arrêter Alan Crowley.

Rassurés après leur entretien avec Lester Parker, les Crowley rentrèrent directement chez eux. June s'installa dans le petit salon avec un soupir de soulagement. Doug et Alan la suivirent.

« Lester Parker se fait peut-être payer très cher, mais je pense qu'il le vaut », fit remarquer June. Son visage s'assombrit. « Fran Dowling clame sur tous les toits que c'est toi qui as tué Kerry, dit-elle en regardant Alan. Je vais demander à Parker de lui envoyer une lettre la menaçant de poursuites si elle n'arrête pas ses propos diffamatoires.

— Tu as raison », acquiesça Doug.

Ils se tournèrent vers Alan, s'attendant à son approbation.

« Maman, papa, il y a quelque chose que je dois vous dire. »

Oh mon Dieu, il va nous dire qu'il l'a tuée, pensa June dont le sang se glaça.

« Je vous ai menti et j'ai menti à l'inspecteur à Hackensack. C'est vrai, je suis bien allé au Nellie's après avoir quitté la fête, mais avant de rentrer à la maison je me suis arrêté chez Kerry.

— Alan, ne nous dis pas que tu l'as tuée », implora June.

Doug pâlit et s'agrippa aux accoudoirs de son fauteuil, se préparant au pire.

« Que je l'ai tuée ? C'est donc ce que vous pensez depuis le début ! protesta Alan. Je vais vous dire ce qui s'est réellement passé. J'y suis retourné pour me réconcilier avec Kerry et l'aider à nettoyer. Nous avons parlé quelques minutes. Elle m'a dit qu'elle était fatiguée et qu'elle allait se coucher, qu'elle se lèverait tôt le lendemain matin pour ranger. Je l'ai embrassée avant de partir et suis rentré directement ici.

— Dans ces conditions, pourquoi as-tu menti à l'inspecteur ? demanda Doug.

— Parce que je savais qu'il me soupçonnerait. Nous nous étions disputés à la fête et tout le monde l'avait vu. J'avais envoyé des textos blessants à Kerry et les flics les ont sûrement lus. Si j'avouais que j'étais repassé chez elle, j'aggravais mon cas.

— Alan, dit June, tu sais que ton père et moi te soutiendrons toujours, quoi qu'il arrive.

— Quoi qu'il arrive ! Ça veut dire quoi ? Que vous serez à mes côtés même si je l'ai tuée ? » Alan se leva. « Eh bien, vous devez savoir que je n'ai pas menti qu'à l'inspecteur. J'ai aussi demandé à mes copains de mentir et de dire que j'étais au Nellie's avec eux alors que j'étais en réalité chez Kerry. »

Doug et June furent trop abasourdis pour réagir. Alan regarda sa mère. « Tu ferais mieux de ne pas envoyer cette lettre à Mme Dowling », dit-il amèrement en sortant, furieux, de la pièce.

33

Brenda était dans la cuisine quand elle entendit des éclats de voix parvenant du petit salon. Curieuse de nature, elle connaissait suffisamment la maison pour savoir où se poster quand elle voulait écouter les conversations de ses patrons. Elle sortit de la cuisine sur la pointe des pieds et se glissa dans le cabinet de toilette adjacent au salon au fond du couloir. Elle feindrait de faire le ménage si on la surprenait.

Les mots : « Il a menti à l'inspecteur » lui tournaient dans la tête. Toujours prête à prendre le parti d'Alan face à ses parents exigeants, elle ne savait quoi penser. Pourquoi aurait-il menti à la police ? Il était impossible qu'il s'en soit pris à Kerry.

Elle brûlait d'impatience d'aller en parler à Marge lorsqu'elle aurait fini de préparer le dîner.

En arrivant chez Marge, elle vit avec satisfaction que sa voiture était dans la rue. Son amie lui ouvrit la porte et la fit entrer, lui désignant le plafond du doigt : « Brenda, dit-elle d'un ton las, Jamie a passé une mauvaise journée. Il pleure parce que Kerry n'est plus là.

— Oh, Marge, je suis vraiment désolée pour lui.

— Cela lui arrive par accès. Elle lui manque tellement. Je pense qu'avoir perdu Kerry réveille la tristesse que lui a causée la mort de Jack.

— Bien sûr, il les aimait tellement, dit Brenda avec compassion. Mais attends de connaître les dernières nouvelles. »

Elle-même attendit qu'elles se soient assises toutes les deux dans la cuisine et que Marge ait branché la bouilloire pour faire du thé. « Marge, dit-elle alors, tu ne vas pas me croire quand je vais te raconter ce qu'Alan a dit à ses parents. »

34

Le lendemain à 6 h 45, Fran et Steve furent réveillés par la sonnerie du téléphone posé sur leur table de nuit. Fran tâtonna pour le saisir et s'assit dans son lit. C'était Michael Wilson. La police était en route pour procéder à l'arrestation d'Alan Crowley accusé du meurtre de Kerry. « Il sera conduit aujourd'hui à la prison du comté à Hackensack et inculpé dans les deux jours qui viennent. La lecture de l'acte d'accusation par le juge sera publique, et vous pourrez y assister. »

Mike ajouta : « Madame Dowling, nous serons sur place dans quelques minutes. Ne communiquez à personne cette information jusqu'à ce que je vous aie rappelée pour confirmer qu'Alan était bien à son domicile et qu'il est désormais placé en garde à vue. »

Fran raccrocha et s'écria : « Steve, c'est fantastique ! Je l'ai toujours su. Alan Crowley vient d'être arrêté pour le meurtre de Kerry. »

Quinze minutes plus tard, June et Doug Crowley furent réveillés en sursaut par le carillon insistant de l'entrée accompagné de coups assénés sur la porte. S'attendant instinctivement au pire, June enfila sa robe de chambre et se précipita en bas de l'escalier.

Deux hommes en civil se tenaient sur le seuil, accompagnés d'un policier. Elle ne s'aperçut pas qu'un autre policier était posté dans le jardin à l'arrière pour s'assurer qu'Alan ne tenterait pas de prendre la fuite.

« Madame, je suis l'inspecteur Wilson du bureau du procureur du comté de Bergen. Nous avons un mandat d'arrêt contre Alan Crowley et un mandat de perquisition concernant votre résidence. Votre fils est-il ici en ce moment ?

— Mon fils est représenté par son avocat, Lester Parker. Lui avez-vous parlé ?

— Votre fils sera autorisé à parler à son avocat plus tard. Nous sommes ici pour l'arrêter. »

Sans y être invité, Wilson poussa la porte, passa devant June Crowley et entra dans la maison. L'autre inspecteur et le policier le suivirent.

Doug et Alan étaient au moment même en train de dévaler l'escalier. Ils arrivèrent juste à temps pour entendre le mot « arrêter ». Alan s'accrocha au bras de son père tandis qu'il assimilait l'information. Il ne portait qu'un T-shirt et un caleçon.

Il regarda Mike Wilson. « Est-ce que je peux au moins m'habiller ?

— Vous pouvez vous habiller, répondit Mike Wilson. Nous allons vous accompagner dans votre chambre. »

Accompagné de l'autre inspecteur, il monta l'escalier à la suite d'Alan et parcourut le couloir qui menait à sa chambre. Deux valises à moitié faites étaient posées sur le sol près de la fenêtre. À côté, un sac de sport contenant plusieurs battes de bois et deux gants de baseball.

« Vous partiez en voyage, Alan ? demanda Mike, bien qu'il connût déjà la réponse.

— Je rentre à l'université après-demain. Je pourrai quand même y aller ?

— On va d'abord voir comment se passe la journée », répondit Mike froidement.

Il regarda Alan aller dans sa penderie et y prendre un jean et une paire de baskets.

« Désolé, Alan. Pas de lacets, pas de ceinture, pas de montre. »

Dans sa chambre, June composait fébrilement le numéro du cabinet de Lester Parker. Frustrée de se trouver connectée à une boîte vocale, elle hurla : « Ici June Crowley. La police est chez nous avec un mandat d'arrêt contre Alan. Rappelez-moi sur mon portable. Au plus vite. » Elle prit à la hâte une tenue de jogging dans sa penderie.

De son côté, Doug enfilait un pantalon et une chemise. Tous les deux déboulèrent au rez-de-chaussée au moment où Alan, encadré par les inspecteurs, sortait de la maison et se dirigeait vers les voitures stationnées dans l'allée.

« Où l'emmenez-vous ? » hurla June. Elle étouffa un cri en s'apercevant qu'Alan avait les mains menottées derrière le dos.

Mike répondit : « À la prison du comté de Bergen, à Hackensack. »

June vit deux de ses voisins debout dans leur allée en train d'observer la scène qui se déroulait sous leurs yeux.

« L'un de nous peut-il l'accompagner ? cria-t-elle à Mike Wilson.

— Non, mais vous pouvez nous suivre jusqu'à la prison. »

June courut vers son fils. Elle le saisit par le bras au moment où Wilson ouvrait la portière arrière de la voiture banalisée. « Alan, j'ai téléphoné à Lester Parker. Il va me rappeler tout de suite. Souviens-toi de ce qu'il t'a dit. Ne réponds à aucune question en dehors de sa présence. »

Alan la regarda, les yeux pleins de larmes. Il n'eut pas le temps de répondre, la main de Wilson le forçait à baisser la tête et le poussait à l'intérieur de la voiture. Une grille séparait les compartiments avant et arrière du véhicule.

June garda les yeux rivés sur lui aussi longtemps qu'elle le put tandis que la voiture reculait lentement dans l'allée. En la voyant disparaître, toute son énergie l'abandonna. « Mon enfant, ô mon Dieu, mon enfant », sanglota-t-elle tandis que Doug l'entourait de son bras et la conduisait doucement vers sa voiture.

Après avoir quitté Hollywood Avenue, la voiture de police s'engagea rapidement sur la Route 17. La circulation était fluide, ce n'était pas encore l'heure de pointe.

Anéanti, Alan essayait d'assimiler ce qui lui arrivait. À peine quelques jours plus tôt il était dans cette même voiture avec l'inspecteur Wilson, en direction de Hackensack. Mais il occupait alors le siège avant du passager et ne portait pas de menottes. Un instant, il essaya de se persuader que toute cette histoire n'était qu'un long cauchemar. Quand il se réveillerait, il irait trouver Kerry, se réconcilierait avec elle et se dépêcherait de rentrer chez lui pour tondre la pelouse. Et il finirait ses valises pour partir à l'université. Mais non, ça ne marchait pas comme ça. Ce n'était pas un cauchemar, c'était réel.

Wilson et les autres inspecteurs ne firent aucun effort pour lui parler. Il les entendait discuter de l'incroyable home run qu'Aaron Judge, le joueur des Yankees, avait réussi la veille. Alan l'avait vu. Pour eux il s'agissait d'une journée comme les autres, pensa-t-il. Pour moi, ma vie est finie.

Les formalités à la prison se déroulèrent dans le flou. La violence des flashs pendant qu'on le photographiait, de face et de profil. De nouvelles empreintes digitales. Le déluge de questions.

Il fut conduit dans une pièce aveugle. On lui ôta ses menottes. On lui remit un sac dans lequel il fut prié d'enfourner ses vêtements. Il supposa qu'il était autorisé à garder ses sous-vêtements. Il dut ensuite enfiler une combinaison orange qui était posée sur le comptoir devant lui.

Puis on le conduisit dans une cellule de détention commune occupée par une douzaine de prisonniers. Des bancs étaient disposés le long des murs et il y en avait un supplémentaire au centre de la cellule. Au fond de la pièce sur la droite, visible de tous, un siège de toilettes en acier inoxydable. Le banc à côté était vide. Alan choisit le banc près de la porte.

Près de la moitié des occupants de la cellule semblaient avoir son âge, ou un peu plus. Un prisonnier, seul dans un coin, puait horriblement. La plupart des autres étaient assis tête baissée, seuls quelques-uns parlaient. Une grande gueule faisait part de ses expériences à un nouveau venu dont c'était la première arrestation. Alan en entendit un autre expliquer la différence entre la détention et la prison. « Si on te garde pas plus de 364 jours, tu es en détention ; au-delà, c'est la prison. »

Alan n'avait pas pris de petit déjeuner et avait faim. Il croisa le regard d'un homme d'une quarantaine d'années assis sur le banc en face de lui. « Est-ce qu'il faut réclamer pour avoir à manger, ou apportent-ils un repas quand ça leur chante ? »

L'homme sourit : « Ils l'apportent, mais crois-moi, c'est pas quelque chose que tu aurais envie de réclamer. »

Il n'y avait aucune horloge en vue, et les montres n'étaient pas autorisées. Après ce qui lui parut plusieurs heures, un garde déverrouilla la porte de la cellule. Derrière lui, un homme plus âgé poussait un chariot chargé d'une quantité de sacs en papier brun. On en distribua un à Alan. Il y avait quelque chose enveloppé dans du papier sulfurisé à l'intérieur. Le posant sur ses genoux, il le déplia et découvrit un petit pain rassis et deux tranches de mortadelle. Il présuma que la substance blanche visqueuse était de la mayonnaise.

L'homme qui lui faisait face avait remarqué sa grimace. « Sans doute qu'ils avaient plus de filet mignon », ironisa-t-il en mordant dans son sandwich.

Craignant que le dîner ne soit pas meilleur que le déjeuner, Alan se força à en manger la moitié. Dans le sac, offerte par l'État du New Jersey, se trouvait une bouteille d'eau en plastique.

Plus tard, on le conduisit dans la salle commune ouverte aux prisonniers ordinaires. Une vingtaine de détenus étaient assis sur des chaises pliantes et regardaient CNN. De petits groupes se tenaient à l'écart et jouaient aux échecs, aux cartes ou aux dames. L'heure de la récréation, pensa Alan amèrement.

À la fin de la journée, on les emmena dans une sorte de réfectoire. Alan imita les premiers de la queue qui prenaient un plateau et défilaient devant les serveurs qui versaient une louche de nourriture dans leur assiette. Les couverts étaient en plastique.

Il repéra une table à moitié inoccupée où les détenus semblaient avoir son âge. Ils se racontaient pourquoi ils avaient été arrêtés. Deux avaient été pris en possession d'héroïne. Un autre pour avoir conduit en état d'ivresse, pour la troisième fois. Ils le regardèrent. C'était son tour. « Ma petite amie est morte dans un accident. Ils me croient coupable.

— Qui est ton juge ?

— J'en sais rien. »

Après le dîner, ils repartirent en groupes dans la salle commune. Un des détenus demanda à Alan : « Tu sais jouer aux échecs ?

160

— Oui », dit-il en le suivant jusqu'à une table. Ce fut la première fois depuis son arrivée que le temps lui parut moins long.

Quelques minutes après la fin de la partie, les prisonniers se levèrent et se mirent en rang le long du mur. « Retour à la cellule, annonça à Alan le joueur d'échecs. À demain. »

Le gardien ouvrit une cellule et l'y fit entrer. Des banquettes superposées le long du mur de gauche. Des toilettes d'acier dans l'angle droit. Une fenêtre minuscule donnant sur le parking à l'arrière du tribunal.

Un homme d'une trentaine d'années, allongé sur la couchette inférieure, le regarda entrer, mais se replongea sans un mot dans la lecture de son livre. Alan aurait aimé savoir où trouver quelque chose à lire, mais il était trop nerveux pour poser la question.

La couchette supérieure était la sienne. Alan hésita. Il n'y avait pas d'échelle. Pour se hisser dessus, il lui fallait prendre appui sur la banquette du dessous. Devait-il demander la permission à son occupant ?

À la réflexion, mieux valait ne pas le déranger. Il posa un pied à l'extrémité de la banquette et s'élança vers sa couchette. Il attendit avec inquiétude des protestations venant d'en bas, mais il n'y en eut aucune.

Le matelas était mince et déformé. Le drap et la couverture empestaient le désinfectant.

Les mains croisées derrière sa tête sur le petit oreiller, Alan resta des heures à contempler le plafond et finit par s'endormir, malgré les ronflements sonores qui montaient jusqu'à lui.

Il fut réveillé en sursaut par des bruits de voix, de pas, de claquements de porte. À la suite d'une colonne de prisonniers, il se rendit au réfectoire où il avait dîné la veille, cette fois pour le petit déjeuner.

Il venait de rejoindre la file qui se dirigeait vers la salle commune quand un gardien aboya : « Alan Crowley ! »

Alan leva timidement une main. « Par ici », dit le gardien, lui faisant signe de le suivre. Ils parcoururent un long corridor flanqué de portes au-dessus desquelles était fixée une plaque portant l'inscription PARLOIR AVOCAT et un numéro. Le gardien ouvrit la porte numéro 7. Alan vit Lester Parker assis à la table, sa serviette posée à côté de lui. Il prit une chaise en face de l'avocat.

« Alan, comment ça va ? demanda Parker en lui serrant la main.

— Je suis imbattable aux échecs », répondit Alan ironiquement.

Parker sourit. « J'ai parlé au substitut du procureur. Il a passé en revue avec moi les charges retenues contre toi. Tu comparaîtras devant le tribunal demain à 11 heures. J'y serai.

— Et ensuite, est-ce que je sortirai d'ici ?

— Je ne peux pas prévoir exactement ce qui se passera demain, mais je plaiderai pour que tu sois autorisé à rentrer chez tes parents.

— Seront-ils présents au tribunal ?

— Oui, et ils sont aussi désireux de te voir rentrer à la maison que tu l'es toi-même. À demain. Et rappelle-toi, ne parle à personne de ton affaire. »

35

La nouvelle de l'arrestation d'Alan Crowley avait commencé à se répandre dans l'après-midi. Aline vit des élèves durant la pause entre les cours, dans les vestiaires, consulter leurs téléphones. NorthJersey.com avait été le premier site à diffuser la nouvelle. Elle décida pour sa part d'attendre un peu avant d'appeler sa mère.

Steve arriva alors qu'elle venait de se garer dans l'allée de leur maison, peu avant 18 heures. Sans même prendre le temps de le saluer, Aline lança à son père : « Je suis sûre qu'ils vont parler de l'arrestation d'Alan aux informations du soir à la télévision. »

Steve hocha la tête. « J'étais en train de penser la même chose. »

Fran avait allumé la télévision dans le bureau. Channel 2 repassait les nouvelles qui avaient été diffusées au bulletin de 17 heures. Ils regardèrent en silence.

Steve s'avança rapidement et passa son bras autour des épaules de sa femme. « Ça va ? demanda-t-il.

— Oui, répondit-elle. En fait je suis… » Elle s'interrompit. « "Contente" n'est pas le mot qui convient. Je ne serai jamais vraiment en paix, mais savoir Alan en prison me donne un peu le sentiment que justice a été faite.

— Maman, dit Aline, Alan est seulement soupçonné de ce crime. Cela ne veut pas dire… »

Steve l'interrompit. « En général, on n'arrête pas quelqu'un sans avoir suffisamment de preuves de sa culpabilité.

— Aline, pourquoi le défends-tu ? s'étonna Fran d'un ton sec. Il a tué ta sœur, et ensuite il a menti.

— Maman, papa, je vous en prie. Je ne veux pas de conflit. Mais quand Kerry et Alan sortaient ensemble, ils se disputaient sans arrêt, se séparaient et se réconciliaient. Ils ont répété ce scénario je ne sais combien de fois. Après s'être querellés à la fête de Kerry, il serait revenu pour la tuer ? Je ne sais pas. Ça n'a vraiment aucun sens.

— Qu'est-ce qui n'a pas de sens ? s'emporta Fran. Il a menti et dissimulé qu'il était revenu ici après la fête.

— Je sais, mais écoute-moi. Ces jeunes ont à peine dix-huit ans et sont terriblement peu sûrs d'eux. Je travaille avec eux tous les jours. Ils croient être adultes, mais sont loin de l'être. Confrontés à un problème, ils cherchent le moyen le plus facile de s'en sortir, quitte à mentir. » La voix d'Aline monta d'un ton. « Je ne serais pas tranquille si un flic se présentait aujourd'hui et m'emmenait pour m'interroger. Alors j'imagine à quel point j'aurais été paniquée il y a dix ans, quand j'avais dix-huit ans. »

Fran ne voulait rien entendre. « Tu peux expliquer ça comme tu veux. Qu'il soit jeune, qu'il ait paniqué, peu m'importe. Alan Crowley a tué Kerry, et il devra payer pour son crime.

— Fran, Aline, les interrompit Steve, calmez-vous. Ça ne sert à rien de se disputer. C'est au procès que la vérité éclatera. »

Fran eut le dernier mot. « Au procès quand on le déclarera coupable, tu veux dire. »

36

On fit sortir Alan de la prison pour le conduire au tribunal voisin, où il fut présenté au juge à 11 h 30. Les gardiens le placèrent sur le banc à côté de Lester Parker qui l'attendait.

Ses parents étaient assis sur un côté de la salle du tribunal, au premier rang de l'espace réservé au public. Sa mère étouffa un cri quand elle l'aperçut dans sa combinaison orange. Cette fois, ses mains étaient menottées devant lui.

De l'autre côté de la salle, au premier rang également, étaient assis Fran et Steve Dowling. Quand il les vit, Alan détourna les yeux.

Le substitut du procureur lut les charges qui pesaient contre lui. Homicide volontaire avec objet contondant – le club de golf – et subornation de témoins. Le juge, un magistrat au cheveu rare, les lunettes remontées sur le front, se tourna vers

Lester Parker. « Maître, votre client plaide-t-il coupable ou non coupable ?

— Non coupable, Votre Honneur. »

Se tournant vers le substitut du procureur, le juge déclara : « Le ministère public demande de garder en détention le prévenu dans l'attente de son procès. »

Le substitut commença. « Votre Honneur, l'État possède des arguments très solides contre Alan Crowley. Notre enquête a révélé qu'il a participé à une fête au domicile de Kerry Dowling le soir de sa mort et s'est montré extrêmement jaloux en voyant un autre jeune homme lui parler. Nous présumons que plus tard dans la soirée, lorsque tout le monde était parti, il est revenu sur les lieux et l'a frappée à la tête avec un club de golf. Elle est tombée dans la piscine située derrière la maison de ses parents. La famille y a découvert son corps le lendemain matin. Alan Crowley a menti à un inspecteur sur l'endroit où il se trouvait au moment du crime et il a incité plusieurs camarades à mentir en sa faveur. Ils l'ont depuis avoué. Il a aussi menti en disant qu'il n'avait pas touché le club de golf ce soir-là. On y a relevé ses empreintes digitales. »

Il poursuivit : « Votre Honneur, nous avons de sérieuses raisons de craindre que le prévenu ne prenne la fuite s'il était relâché. Il risque la

168

condamnation à perpétuité. Il a déjà suborné des témoins et pourrait récidiver. »

Alan baissa la tête et ferma les yeux en écoutant le portrait ignominieux que l'on dressait de lui.

La défense de Parker fut vive et ferme. « Votre Honneur, mon client est vierge de toute condamnation. Il n'a même jamais eu la moindre contravention. Il n'a jamais non plus manifesté le moindre signe de violence. Il vit au domicile de ses parents à Saddle River depuis sa naissance. Il a obtenu son baccalauréat il y a trois mois et il doit intégrer l'université de Princeton dans quelques jours. Il ne dispose d'aucune ressource financière personnelle. »

Puis il ajouta : « Votre Honneur, j'ai eu connaissance de certaines conclusions de l'enquête. Le procureur ne l'a pas mentionné, le crime n'a eu aucun témoin. Il n'a pas non plus précisé qu'il y a au moins deux empreintes digitales non identifiées sur le club de golf. L'une d'elles peut appartenir à l'auteur de cet abominable crime.

« Les conclusions indiquent en outre que Kerry avait été en contact avec un homme qui s'était arrêté pour l'aider à réparer un pneu crevé. La victime a raconté à ses amies que l'homme s'était montré agressif envers elle quand elle avait refusé de l'inviter à la fête. Cet individu n'a jamais été identifié mais devrait être considéré comme un témoin essentiel dans cette enquête.

« Votre Honneur, nous ne disposons plus désormais du système de mise en liberté sous caution. Soit vous gardez le prévenu en détention, soit vous le libérez. Ce serait une parodie de justice de le maintenir en prison pendant un an ou davantage en attendant son procès. Nous avons l'intention de le défendre vigoureusement contre ces accusations. L'État n'a aucun élément d'aucune sorte qui lui permette de le considérer comme une menace pour la communauté ou de le juger susceptible de prendre la fuite. »

Le juge considéra longuement et solennellement les arguments de la défense. « C'est une décision difficile. Le prévenu est accusé d'un crime odieux. Je considère avec conscience les arguments du procureur en faveur de la détention. Mais la défense présente également des arguments sérieux. Le prévenu est âgé de dix-huit ans. Je ne pense pas que le risque de fuite soit à retenir dans son cas. Il n'y a aucune preuve qu'il représente une menace particulière pour la communauté ou une personne déterminée. La défense a souligné qu'il n'y a eu aucun témoin du crime et que les éléments à charge reposent sur des présomptions. Prenant ces divers facteurs en considération, je délivre l'ordonnance suivante : le prévenu est mis en liberté, mais devra se plier à plusieurs obligations. Il devra porter un bracelet électronique en toutes circonstances. Il lui est interdit de quitter l'État du New Jersey sans l'autorisation du tribunal. Il devra habiter avec ses parents à leur adresse de Saddle River à moins qu'il ne réside à l'université qui se trouve dans l'État du New Jersey. Il ne devra avoir aucun contact avec la famille de la victime.

« Le prévenu sera reconduit à la prison du comté de Bergen, où il sera équipé du bracelet électronique et ensuite relâché. »

Les épaules d'Alan s'affaissèrent sous l'effet du soulagement. Parker passa son bras autour de ses épaules et murmura : « C'est bien, Alan. Rentre chez toi et prends un peu de repos. Je t'appellerai demain. Souviens-toi qu'à l'exception de tes parents, tu ne dois parler à personne de ton affaire. »

Pour éviter que les familles ne tombent nez à nez, l'huissier du palais de justice permit à la famille Dowling de partir la première. Une fois qu'ils furent dans l'ascenseur, les Crowley se levèrent à leur tour.

37

June Crowley cachait mal son émotion et sa colère quand elle rentra chez elle en voiture avec Doug et Alan. Il avait fallu attendre deux heures après la lecture de l'acte d'accusation pour qu'Alan soit reconduit à la prison puis relâché. Les yeux fermés, Alan feignait de dormir. Durant les vingt-cinq minutes de trajet, pas un mot ne fut échangé. Ils étaient tous morts de faim. Doug et June n'avaient pratiquement pas pris de petit déjeuner, à part deux cafés au tribunal, et ils n'avaient rien mangé de toute la journée. Alan était tellement nerveux avant l'audience qu'il n'avait pas pu avaler une bouchée le matin à la prison.

Ils pénétrèrent ensemble dans la cuisine, heureux de voir que Brenda avait déjà préparé de quoi dîner. Comme toujours, elle avait allumé la petite télévision de la cuisine pendant qu'elle travaillait.

Ils se figèrent en entendant le nom de « Crowley ». Alan apparaissait à l'écran, menotté, en combinaison orange, conduit devant le juge. Le journaliste disait : « Alan Crowley, le petit ami de la jeune victime Kerry Dowling, a été présenté au tribunal ce matin.

« Le juge Paul Martinez a donné lecture des chefs d'accusation retenus contre lui : homicide volontaire avec objet contondant et subornation de témoins. Alan a plaidé non coupable. Après avoir été placé sous surveillance électronique, il a été libéré et confié à la garde de ses parents.

« J'ai pu parler à June Crowley, la mère du prévenu, à la sortie du tribunal. Pour elle, il est impossible que son fils ait commis un tel crime. » « Il aimait Kerry, voyait-on ensuite June expliquer au micro du journaliste. S'il est revenu chez elle le soir de la fête c'était seulement pour l'aider à ranger et s'assurer qu'elle allait bien. Il a à peine dix-huit ans, il a été terrifié par la police. Ils sont venus le chercher à la maison un dimanche matin quand mon mari et moi étions absents, ils l'ont emmené au bureau du procureur, l'ont interrogé et intimidé. Et maintenant, parce qu'il a menti, on dit qu'il l'a tuée. »

Elle fut interrompue par l'avocat, Lester Parker, visiblement contrarié, qui la prit par le bras et l'éloigna du micro pour déclarer à son tour d'un ton ferme : « La défense va présenter des arguments extrêmement solides en faveur de l'innocence d'Alan Crowley. Quand tous les faits seront connus, il sera innocenté. Il n'y aura aucune autre déclaration de la part de la famille avant le procès. »

Ils restèrent tous silencieux jusqu'à ce que le présentateur passe au sujet suivant.

Brenda dit : « Il faudra juste réchauffer le pain de viande, les légumes et les pommes de terre. » Elle adressa à Alan un sourire bienveillant. « Tu vas pouvoir manger tranquillement », puis elle se hâta vers la porte.

38

Marge et Jamie dînaient à la cuisine quand Marge alluma la télévision pour regarder les informations de 18 heures. La nouvelle du jour était la comparution d'Alan Crowley au tribunal. Marge vit Alan, pâle et tendu, quitter la salle d'audience assailli par les journalistes et les photographes.

« C'est Alan Crowley, dit Jamie.

— Je ne savais pas que tu connaissais Alan, dit Marge.

— C'est l'ami de Kerry, avant qu'elle soit montée au ciel.

— Oui, c'est lui.

— C'est lui qui l'embrasse.

— Oui, bien sûr, dit Marge.

— Il l'a embrassée avant qu'elle aille nager et qu'elle monte au ciel.

— Jamie, est-ce que tu parles de la soirée de Kerry, quand tu es allé nager avec elle ?

— J'ai promis de pas en parler.

— Cette fois c'est permis, Jamie. Qu'a fait Alan après avoir embrassé Kerry ?

— Il l'a prise dans ses bras et il est rentré chez lui.

— Et que s'est-il passé ensuite, Jamie ?

— Le Grand Bonhomme a frappé Kerry et l'a poussée dans la piscine.

— Jamie, tu en es sûr ?

— Croix de bois croix de fer. Papa m'appelait Grand Bonhomme, hein, Mom ?

— Oui, Jamie, c'est vrai. Mais on ne parle à personne de ce qui est arrivé le soir où Kerry est montée au ciel. C'est notre secret.

— Croix de bois, Mom. Je l'ai dit à personne. »

Comme toujours après le dîner, Jamie monta à l'étage pour regarder la télévision. Le cœur lourd, Marge resta assise à la table de la cuisine et se prépara un autre thé. Elle était atterrée par ce que Jamie venait de lui raconter. Si ce qu'il décrivait était ce qu'il avait vraiment vu le soir de la mort de Kerry, dans ce cas elle était encore en vie quand Alan l'avait quittée. Alan avait-il pu revenir et la tuer ? C'est possible, pensa-t-elle, mais pourquoi ? Le Grand Bonhomme dont parle Jamie n'est pas Alan. Mais qui est-ce ?

Elle ne cessait de ressasser la pensée que, si Jamie parlait du Grand Bonhomme à l'inspecteur, et lui racontait que Jack l'appelait « mon Grand

Bonhomme », ils supposeraient sans doute que c'était de lui-même qu'il parlait. J'imagine ce que doivent ressentir les Dowling en ce moment. Que ressentirais-je si Jamie était arrêté ? Il serait tellement terrifié. Que faire ? Je suis totalement perdue.

39

Incapable de trouver le repos, Mike Wilson tournait et retournait une question dans sa tête. Il y avait un point particulier dans l'enquête qu'il n'était pas parvenu à élucider.

Aucune information ne lui avait permis d'identifier l'homme qui avait vendu de la bière à Kerry pour le moment. D'après l'amie de Kerry qui lui avait rapporté l'incident, il aurait proposé à Kerry d'aller la retrouver chez elle lorsque la fête serait terminée.

Supposons qu'il soit venu après le départ d'Alan. Il s'était déjà montré agressif à son égard. Si elle l'a repoussé une seconde fois, il a pu se montrer violent.

Peut-être tout n'avait-il pas été mis en œuvre pour retrouver sa trace.

Le lendemain, Mike appela Aline à son travail. « Aline, bien qu'Alan ait été inculpé, j'ai encore besoin de vérifier quelques points et vous pouvez peut-être m'aider.

— Volontiers, dit Aline.

— J'aimerais pouvoir vous parler tranquillement.

— Bien sûr. Voulez-vous venir à la maison ?

— Non. Je préférerais avoir cette conversation avec vous seule.

— Quand cela vous conviendrait-il ?

— Êtes-vous libre ce soir, par hasard ?

— Oui, tout à fait.

— Il vaudrait mieux nous éloigner un peu de Saddle River, où quelqu'un pourrait nous reconnaître. »

Ils convinrent de se retrouver à l'Old Hook Road à Westwood.

Quand Aline arriva à 17 h 30 précises, Mike lui fit signe depuis le box d'angle. Elle se glissa à côté de lui.

« Après vous avoir parlé, je me suis dit que j'aimerais mieux un endroit où boire un verre plutôt qu'un café, dit-il.

— Pour tout vous dire, j'y ai pensé moi aussi. En fait, je bois trop de café. »

Mike sourit. « Aline, un pub irlandais vient d'ouvrir juste à côté. Nous pourrions y aller à pied. Qu'en pensez-vous ?

— Très bonne idée. »

Cinq minutes plus tard, ils étaient assis au O'Malley's, à une table près du bar. Aline trempa les lèvres dans un pinot gris tandis que Mike prenait une gorgée de bière.

« Aline, je sais que votre mère est persuadée de la culpabilité d'Alan Crowley, c'est pourquoi je n'ai pas voulu avoir cette conversation en sa présence. Je crois qu'il est coupable, mais il y a deux incertitudes que j'ai vraiment besoin de lever. La première concerne cet homme qui a aidé Kerry à remplacer son pneu crevé.

— Comment puis-je vous aider sur ce point ?

— Sept des filles qui étaient à la fête sont encore en terminale au lycée. Elles sont mineures. Leurs parents ont refusé de les autoriser à me parler. Dans votre travail de conseillère d'orientation, j'imagine que vous serez amenée à être en contact avec certaines d'entre elles.

— Tout à fait, j'aurai probablement à les rencontrer.

— Il serait logique qu'elles en viennent à vous parler de Kerry.

— Sans doute, oui.

— Kerry a parlé à l'une de ces filles de l'individu qui l'avait aidée à changer son pneu. Elle peut également en avoir parlé à d'autres. Si vous évoquez Kerry avec elles, pourriez-vous glisser ce sujet dans la conversation ? »

Aline laissa échapper un long soupir. « Vous savez que d'un point de vue purement éthique, cela me met très mal à l'aise. En matière de protection de la vie privée, les conseillers d'orientation sont soumis à des règles très strictes.

— Je le comprends. Je ne cherche pas d'informations personnelles sur ces filles. Peut-être n'ai-je même pas besoin de connaître le nom de celle qui vous fera une confidence. Mais si l'une d'entre elles sait quelque chose qui pourrait me conduire à cet homme, cela m'aiderait énormément. Si je vous communique la liste de leurs noms, pouvez-vous les amener à parler de lui ? »

Aline réfléchit une minute. D'un côté elle savait qu'elle courait le risque de perdre son job. De l'autre elle avait vu l'expression d'incrédulité peinte sur le visage d'Alan Crowley quand il avait été photographié quittant le tribunal dans sa tenue de prisonnier, menottes au poignet. S'il y avait une chance, même infime, qu'il soit innocent…

« C'est d'accord », dit-elle fermement.

Le visage grave de Mike s'éclaira.

« Merci. C'est une piste qui ne mènera peut-être nulle part, mais je me dois de la suivre. »

Il saisit la chope de bière posée sur la table devant lui. « Une bonne bière, il n'y a rien de tel pour finir la journée, dit-il.

— Ainsi qu'un verre de bon vin. »

Il inclina son verre vers elle. « Ça vaut un toast. »

Ils trinquèrent.

« Vous avez dit qu'il y avait autre chose dont vous vouliez me parler ? » Le ton d'Aline était interrogateur.

« C'est peut-être sans importance, mais le dernier e-mail que Kerry vous a envoyé le jour de la fête m'est resté à l'esprit. Vous avez dit qu'elle avait tendance à tout dramatiser, mais savez-vous à quoi elle pouvait faire allusion ?

— C'est une question que je ne cesse de me poser, dit lentement Aline. Kerry aurait d'ordinaire écrit un truc du genre "formidable, j'ai eu des A+ dans deux matières…" ou "je suis tellement fière des trois victoires successives de notre équipe". Mais une phrase énigmatique comme "quelque chose de *très important* dont il faut que je te parle", ça c'était une première.

— Aline, au cours de mes entretiens, j'ai appris que Kerry et Alan passaient leur temps à rompre et à se réconcilier. Son message pouvait-il avoir un rapport avec ça ? »

Aline secoua la tête. « La réponse est simple : je n'en sais absolument rien.

— Bon, je m'en doutais. »

Mike but une gorgée de bière. « Je voudrais vraiment que vous encouragiez les filles à vous parler de Kerry. Peut-être que l'une d'elles savait ce qui était tellement *important*. »

Cette fois, Aline n'hésita pas. « D'accord pour ça aussi.

— Nous sommes donc sur la même longueur d'onde. » Mike se tut puis ajouta : « Je commence à avoir faim. Si nous restions dîner ? J'ai découvert ce restaurant le mois dernier. J'ignore d'où vient le chef, mais sa cuisine est excellente. »

Deuxième invitation, pensa Aline, amusée.

Ses parents dînaient à leur club avec des amis. Pourquoi pas ? se dit-elle. « J'espère qu'ils ont du corned-beef au chou, dit-elle à Mike.

— C'est un must dans un pub irlandais. J'en ai mangé la semaine dernière. Ils le font très bien.

— Eh bien, me voilà convaincue. »

Le dîner fut aussi bon que l'avait promis Mike. Ils parlèrent de tout et de rien, comparèrent leurs parcours. Aline commença : « J'ai fait mes études à Columbia. J'avais toujours voulu être enseignante ou travailler dans l'action sociale. Mais alors que je préparais mon mastère, j'ai décidé que le métier de conseillère d'orientation était ce qui me convenait. J'aime aider les jeunes à choisir leur carrière.

— Je suis aussi de la région. J'ai grandi à Washington Township, joué dans l'équipe de football de St. Joe's à Montvale et suis allé à l'université du Michigan. Mais non, je n'ai pas joué au football là-bas.

— Vos parents ou des membres de votre famille vivent-ils encore à Washington Township ?

— Non. Je suis fils unique et à la fin de mes études secondaires mes parents se sont installés à New York. Mon père peut se rendre à pied à son cabinet juridique et ma mère y satisfaire son goût pour l'art.

— Et qu'avez-vous fait après l'université du Michigan ?

— Après avoir passé mon diplôme, j'ai décidé que c'était la justice pénale qui m'intéressait. C'est pourquoi j'ai passé un mastère à John Jay College à New York. Puis j'ai fait partie de la police de Waldwick pendant deux ans avant d'obtenir ce poste au bureau du procureur. En juin dernier, j'ai enfin terminé l'école de droit de Setton Hall. Des cours du soir pendant quatre ans.

— Vous semblez avoir beaucoup d'ambition. Qu'allez-vous faire avec votre diplôme de droit ?

— D'abord passer l'examen du barreau. Ensuite, je ne sais pas. Mais si je veux gravir les échelons dans la police, le diplôme de droit sera très utile.

— Avez-vous déjà travaillé sur des cas comme le nôtre ?

— Durant mes six années d'expérience au bureau du procureur, de nombreuses fois, malheureusement.

— En tant que conseillère d'orientation, je suis censée être plus ou moins experte en techniques de soutien. La situation est douloureuse pour moi, mais mon père et ma mère sont littéralement déchirés. Je me demande s'ils retrouveront la paix un jour.

— Quand le procès est terminé et que la justice a été rendue, c'est alors que le véritable apaisement commence.

— Je l'espère, dit Aline. C'est certainement ce qui m'a permis de sortir de l'enfer. »

Devant le regard interrogateur de Mike, elle lui raconta comment elle avait perdu Rick dans un accident de voiture.

« Qu'est-il advenu du conducteur qui l'a tué ?

— Il a été déclaré non coupable grâce au mensonge d'un de ses amis. Personne n'avait été témoin de l'accident. Nous croyons que son passager et ami, qui lui était sobre, a pris sa place avant l'arrivée de la police. D'autres invités à la même soirée ont en effet rapporté que lorsqu'il est parti, à peine quelques minutes avant l'accident, il était à moitié ivre et avait pris le volant. C'était *sa* voiture. Mais je pense que le jury a eu des doutes, et ne l'a pas condamné.

— Cela arrive parfois. »

Aline hésita puis dit d'une voix tremblante : « Aujourd'hui il est marié, a deux enfants, un bon job à Wall Street, et il vit heureux.

— Comment avez-vous traversé cette épreuve ? demanda Mike.

— Au début, je n'arrivais pas à surmonter ma colère et mon ressentiment. C'est pour cette raison que j'ai pris ce job à Londres, à l'École internationale. Je voulais m'éloigner. Je n'ai longtemps ressenti que de l'amertume. Mais un jour je me suis réveillée et j'ai pris conscience que je détruisais ma vie en refusant d'accepter la réalité. Et que ma colère et mon amertume ne changeraient rien. Aussi cruelles et injustes que soient les choses, il fallait que ma vie continue si je ne voulais pas devenir folle.

— Heureusement que vous avez fait ce choix. Je suis sûr que c'est ce que votre fiancé aurait voulu.

— Sans doute. » Aline resta un moment perdue dans ses pensées. Puis son expression s'éclaira. « Je viens de me rendre compte d'une chose. La première fois que vous êtes venu chez mes parents, votre visage m'a paru familier. Quand j'étais en seconde au lycée, mes amies et moi avons assisté à la pièce que donnaient les élèves de St. Joe's au printemps. C'était *West Side Story*. Peut-être y jouiez-vous ?

— *Je viens juste de rencontrer une fille qui s'appelle Maria*, chantonna Mike.

— C'était vous ! J'adore cette chanson. Vous étiez formidable. J'ai une assez bonne voix de soprano. Je la chanterais bien avec vous, mais je ne veux pas qu'on nous mette à la porte du pub.

— Si celle-là ne leur plaît pas, nous pourrions leur chanter "Danny Boy" à la place. »

Aline éclata de rire. C'était la première fois qu'elle se sentait vraiment détendue depuis la tragédie.

40

Le lendemain de sa comparution devant le tribunal, Alan se réveilla sonné. Il avait rêvé de Kerry
et des dernières minutes qu'il avait passées avec
elle. Un rêve très vivant. Son hésitation, après
avoir fait le tour de la maison. Le baiser qu'il lui
avait donné avant de partir. L'enterrement. Kerry
qui lui demandait : « Alan, pourquoi as-tu des
menottes ? » Les journalistes. Les questions qu'on
lui posait en criant.

Quand il ouvrit les yeux, il était 7 h 45. Les idées
soudain plus claires, il prit conscience de la réalité.
Qu'allait-il arriver à présent ? Il était censé se présenter à Princeton le lendemain.

Il regarda de l'autre côté de la pièce ses valises
à moitié faites. Pourrait-il enfin les boucler ? se
demanda-t-il en allant se doucher.

Quand il descendit, sa mère et son père étaient
assis devant un café à la table de la cuisine. Ils

avaient visiblement passé une nuit agitée. À cause de moi, bien sûr, pensa-t-il amèrement. L'ordinateur de son père était ouvert devant lui.

Levant les yeux de son écran, il lui demanda sans préambule : « Alan, tu as lu tes e-mails ce matin ?

— Non, pourquoi ? »

Ses parents échangèrent un regard. « Alan, ton père et moi avons reçu un e-mail de Princeton, lui dit sa mère. Tu es en copie. Il vient du doyen des admissions. Ils ont besoin d'organiser une téléconférence avec nous trois aujourd'hui même.

— Aujourd'hui ? dit Alan. Ça veut dire qu'ils veulent nous parler avant que nous partions pour Princeton demain. Ils vont probablement dire qu'ils ont changé d'avis et ne peuvent plus m'accepter.

— Alan, dit son père, ne paniquons pas. J'ai répondu que nous aurions un entretien avec eux à 9 heures ce matin.

— Nous devrions peut-être demander à Lester Parker de se joindre à nous, suggéra June.

— Voyons d'abord ce qu'ils ont à dire avant de faire intervenir les avocats. »

Il n'irait pas à Princeton le lendemain. C'était foutu. Il ne dit rien de cette conviction à ses parents, bien qu'à voir leur expression il était clair qu'ils la partageaient. Et dire qu'ils lui avaient rabâché combien il était essentiel d'avoir de bonnes notes ! Uniquement parce qu'ils croyaient que sortir d'une des universités de l'Ivy League vous garantissait la réussite à vie. Et maintenant, Princeton allait lui dire de rester chez lui.

Sa mère proposa de lui préparer du pain perdu, son petit déjeuner préféré. Le ton de sa voix rappela à Alan le jour où elle lui avait payé une glace après son opération des végétations. Malgré tout, il avait faim.

« Je veux bien, merci », dit-il.

Ils mangèrent leur petit déjeuner sans dire un mot. À 8 h 59, son père entra le numéro de téléconférence indiqué dans l'e-mail. Il mit le téléphone sur haut-parleur.

David Willis se présenta comme le doyen des admissions à Princeton. « J'ai également à mon côté Lawrence Knolls, conseiller juridique principal de l'université de Princeton. »

Les salutations d'usage furent échangées avant que Willis en vienne au fait.

« Alan, nous sommes au courant de la situation regrettable dans laquelle vous vous trouvez. Nous sommes arrivés à la conclusion qu'il serait préférable pour tout le monde que vous retardiez votre inscription jusqu'à ce que votre situation personnelle soit résolue de manière satisfaisante. »

June l'interrompit : « Mais nous devions le conduire demain pour son inscription en première année.

— Je sais, madame Crowley. C'est pourquoi nous avons tenu à avoir cette conversation
aujourd'hui. »

Doug intervint : « Vous avez dit "il serait préférable que vous retardiez votre inscription". Cette
décision est-elle laissée au choix d'Alan, ou lui est-
elle imposée ?

— Je suis désolé si je ne me suis pas montré
clair. Il serait embarrassant dans les circonstances
présentes qu'Alan intègre la classe de première
année.

— Cela signifie quoi exactement ? demanda
June.

Cette fois ce fut le conseiller juridique qui
répondit. « Cela signifie que lorsque toutes les
accusations formulées contre Alan auront été
retirées il pourra réitérer sa demande d'admission. »

« J'avais bien dit que nous aurions dû demander
à Lester Parker de nous épauler », dit June, jetant à
Doug un regard furieux.

« Les sommes que vous avez versées à ce jour
vous seront naturellement remboursées », ajouta
Willis.

Alan demanda : « Comment avez-vous appris ce
qui m'était arrivé ? »

Lawrence Knolls lui répondit : « Nous nous
efforçons de nous maintenir en contact avec tous

nos nouveaux étudiants, je ne vous en dirai pas davantage. »

Lorsque la téléconférence s'acheva, Knolls téléphona à Willis pour un entretien privé. Celui-ci prit la communication immédiatement. « David, dit-il, je pense que tout s'est passé aussi bien que possible.

— Croyez-vous qu'ils vont attaquer notre décision ?

— J'en doute. N'importe quel avocat, après examen de nos conditions d'admission, verra que nos clauses de moralité nous accordent une grande latitude sur le choix des étudiants que nous intégrons.

— À propos, ajouta Willis, notre service de surveillance des réseaux d'information semble avoir bien fonctionné. J'ai reçu un e-mail de notre agence de relations publiques ce matin. Ils nous font parvenir un article d'un journal du New Jersey concernant Alan Crowley, "inscrit à Princeton", qui vient d'être arrêté pour meurtre.

— Bien, c'est rassurant de voir qu'ils effectuent leur travail correctement, dit Knolls.

— Oui, en effet », fit Willis.

Mais l'intervention du service de surveillance n'avait pas été nécessaire en l'occurrence. Deux appels concernant Alan Crowley parvenus au doyen des admissions de l'université avaient été suffisants. Le premier était poli, presque gêné. Le second était agressif et remettait en question le genre d'étudiants que Princeton admettait de nos jours.

41

Plus les jours passaient, plus Marge s'inquiétait pour Jamie. Ordinairement joyeux le matin, impatient de partir travailler, il était devenu très silencieux. Quand elle tentait d'aborder un sujet, quel qu'il soit, il évoquait invariablement le nom de Kerry. « Kerry est au ciel avec papa. Je veux y aller aussi.

— Tu iras un jour, mais pas avant longtemps. J'ai besoin de t'avoir ici avec moi, Jamie.

— Tu peux y monter avec nous. »

Une autre fois, il avait demandé de façon inattendue : « Au ciel, est-ce que les gens vont nager comme le faisait Kerry ?

— Peut-être. » Mon Dieu, faites qu'il ne parle pas sans arrêt de Kerry, implora Marge. Elle tenta de changer de sujet. « Maintenant que le football a repris, as-tu envie d'aller suivre les entraînements ?

— Ce sont aussi des Grands Bonshommes.

— Y a-t-il quelqu'un qui t'appelle Grand Bonhomme, Jamie ?

— C'était papa.

— Je sais. Personne d'autre ? »

Jamie sourit. « Moi-même, je m'appelle le Grand Bonhomme. »

Un jour ou l'autre, il allait parler à quelqu'un et s'attirer des ennuis. Marge était désespérée.

42

Aline se trouva prise dans le tourbillon studieux du lycée. Fidèle à la promesse faite à Mike, elle s'efforça de rencontrer les sept filles présentes à la fête mais que la police n'avait pu interroger. Elle avait peu progressé quand un coup de pouce inattendu lui fut donné par Pat Tarleton, qui passait par son bureau un matin.

« Bonjour, Aline. Comment va la famille ? »

Aline poussa un soupir. « Pas trop mal, je suppose.

— Quelque chose te tourmente ?

— Hier soir pendant le dîner, ma mère et moi avons eu… » Elle hésita un instant. « … Disons, une franche explication.

— Oh ! Et à quel sujet ?

— Maman nous a raconté qu'elle avait appelé Princeton pour leur dire ce qu'elle avait sur le cœur et leur donner son opinion sur le genre d'étudiants qu'ils acceptaient. Bien entendu, elle faisait allusion à Alan Crowley. Je lui ai dit qu'elle avait tort. Il est seulement accusé d'un crime, il n'a pas été jugé coupable. Je lui ai dit qu'elle ne devrait pas se mêler de ça. Inutile de dire qu'elle l'a très mal pris.

— Aline, je regrette…

— Ce n'est pas grave, Pat. Nous nous sommes reparlé depuis.

— Ce n'est pas ça, Aline, je regrette de ne pas t'avoir prévenue que c'était moi qui avais appelé Princeton pour m'assurer qu'ils étaient au courant de l'arrestation d'Alan.

— Pat, je ne comprends pas. Pour quelle raison…

— Parce que je suis responsable vis-à-vis de ce lycée et de nos étudiants présents et futurs. Chaque parent dans cette ville espère que son fils ou sa fille sera accepté dans une des universités de l'Ivy League ou dans les universités de Notre Dame et de Georgetown. Comme tu le sais, la concurrence pour entrer dans ces établissements est rude. Il est essentiel que le lycée de Saddle River maintienne de bonnes relations avec eux, y compris Princeton. Si nous ne les avertissions pas que l'un de nos élèves admis chez eux risque de leur faire une mauvaise publicité, ils pourraient se montrer beaucoup plus difficiles à l'avenir pour les autres. » Elle s'interrompit. « Je ne l'ai pas fait de bon cœur, mais j'y étais obligée. Et si je te l'avais dit, j'aurais pu t'éviter une dispute avec ta mère.

— Je n'avais pas vu les choses ainsi, Pat. Je crois que j'ai encore beaucoup à apprendre.

— Tu fais du très bon travail, dit Pat. Maintenant, je vais t'expliquer pourquoi je suis venue te voir, Aline. J'ai une faveur à te demander et je ne t'en voudrai pas si tu refuses. Beaucoup des filles qui faisaient partie de l'équipe de lacrosse au printemps dernier avec Kerry ont obtenu leur diplôme et sont parties poursuivre leurs études. Mais les élèves de première de cette année sont encore bouleversées par ce qui lui est arrivé. Je crois qu'il leur serait très utile de pouvoir partager avec toi les sentiments qu'elles éprouvaient pour Kerry. J'aimerais que tu sois leur conseillère. Mais je comprendrais si… »

Aline l'interrompit : « Pat, j'accepte volontiers. Ce sera aussi une thérapie pour moi d'entendre parler de Kerry telle que la voyaient ses amies. J'aimerais beaucoup travailler avec elles. »

Pat sortit du bureau en promettant de lui communiquer leurs noms. Aline se sentit extrêmement soulagée. Elle n'aurait pas besoin d'inventer un prétexte pour passer du temps en entretien avec ces filles. Pat le lui avait fourni.

Sans attendre que retentisse la sonnerie de la fin des cours, elle s'arrêta dans la salle des professeurs pour y prendre son deuxième café. Plusieurs enseignants s'y trouvaient déjà, et parmi eux Scott Kimball en grande conversation avec la séduisante et toute nouvelle professeure d'histoire. Elle le buvait des yeux. Il faut admettre qu'il est très bel homme, pensa Aline. Pas étonnant que cette jeune enseignante de trente ans, Barbara Bagli, s'intéresse à lui.

Elle en eut la confirmation quand Barbara dit à Scott : « Mes parents vont venir me voir la semaine prochaine. Ils habitent Cleveland et ils aimeraient connaître de bons restaurants par ici. Lesquels recommanderiez-vous ? »

Scott fit signe à Aline de venir les rejoindre : « La semaine dernière, Aline et moi avons dîné à Nyack dans un excellent restaurant français, La Petite. C'était délicieux, n'est-ce pas, Aline ? »

Aline avait espéré à tort que Scott se montrerait discret sur la soirée qu'ils avaient passée ensemble. Elle regarda autour d'elle, s'assurant que leurs paroles ne pouvaient parvenir aux oreilles des autres professeurs. Puis, s'efforçant de dissimuler son irritation, elle répondit : « La Petite, c'est très sympa, Barbara. Je suis sûre que vous et vos parents apprécierez. »

Elle se dirigea vers la machine à café pour couper court à la conversation. C'est la dernière fois que je vois Scott Kimball en dehors de l'école, se jura-t-elle, et que je lui donne l'occasion de m'embarrasser.

43

Alan passa la semaine qui suivit dans un état d'hébétude profonde. Il avait défait ses valises, suspendu ses vêtements, rangé le reste dans son placard. Sa mère lui avait toujours appris à être ordonné. Elle se mettait en colère quand il laissait traîner ses affaires par terre.

Il ne savait que faire de lui-même. Son père lui suggéra de chercher un job temporaire. Temporaire ? Et pour combien de temps ? Jusqu'à ce que je passe devant le juge et sois condamné pour meurtre ?

Le visage de Kerry le hantait. Tout ce qu'ils avaient fait de joyeux ensemble lui revenait brutalement en mémoire. Le bal des terminales en mai. La virée au bord de la mer ensuite. Ils s'étaient levés tôt et étaient allés marcher sur la plage. Il lui semblait encore sentir la chaleur du sable sous ses pieds nus et entendre la voix de Kerry. « Alan, tu étais le plus beau garçon du bal. Je suis très fière d'avoir choisi ton smoking. Il t'allait très bien.

— Et j'étais le plus heureux de la soirée parce que je sortais avec la plus jolie fille. »

Tous les matins, il était allé sur sa tombe. Jusqu'au jour où il avait remarqué qu'on le prenait en photo devant la pierre tombale. Le lendemain, la photo était en première page du *Record*.

Il avait toujours eu bon appétit. À présent, il avait l'impression de ne rien pouvoir avaler. Et les exhortations de sa mère le stressaient encore davantage. Il avait fini par exploser. « Maman, est-ce que tu essayes de m'engraisser avant le procès, pour montrer que tu prends bien soin de moi ?

— Alan, avait répondu sa mère, ces accès de colère dont tu étais coutumier quand tu étais petit, je ne les tolérais déjà pas à l'époque, ce n'est pas pour les tolérer maintenant. Je comprends que tu sois bouleversé, mais ton père et moi le sommes aussi. Nous ne te faisons pas supporter notre tourment, ne nous fais pas supporter le tien. »

Elle gardera le contrôle du navire jusqu'au dernier jour, pensa Alan.

Comme toujours, sa mère avait eu le dernier mot. « Et n'oublie pas. Si tu te retrouves dans cette situation, c'est à cause de ton mauvais caractère. Si tu ne t'étais pas disputé avec Kerry, si tu avais dit simplement la vérité, tu serais à Princeton en ce moment même. »

Après cet échange, Alan se jura d'en dire le moins possible à ses parents. Incapable de dormir la nuit, il somnolait la plus grande partie de la journée.

Sa mère reprit son travail d'infirmière dans le service de soins intensifs de l'hôpital d'Englewood. Son père n'avait pris que deux jours de congé au moment de son arrestation. Il avait vite retrouvé le chemin du train de 7 h 14 pour New York.

La seule dont il aimait la compagnie était Brenda, leur fidèle domestique. La compassion et l'affection qu'elle lui montrait le changeaient de l'attitude de ses parents. Un après-midi, après lui avoir préparé des pancakes, Brenda lui confia : « Alan, je sais qu'il est impossible que tu aies fait le moindre mal à cette pauvre fille. Tout va s'arranger pour toi, mon instinct me le dit, et mon instinct ne me trompe jamais. »

Un faible sourire éclaira le visage d'Alan. « Prends soin de ton instinct, Brenda. Il est bien le seul à croire en moi. »

Tous ses amis étaient partis à l'université aujourd'hui. Il n'avait aucune nouvelle d'eux. Les textos et messages qu'il leur avait envoyés étaient restés sans réponse. Il comprenait que Rich, Stan et Bobby lui en veuillent. Mais pourquoi les autres l'avaient-ils laissé tomber ? En même temps, fallait-il vraiment s'en étonner ?

Ce sentiment d'isolement l'étouffait. Son père avait raison de le pousser à trouver un job. Mais on vous demande toujours si vous avez un casier judiciaire dans les entretiens d'embauche. Quelle réponse devrais-je leur donner ? Je suis accusé de meurtre, et je porte un bracelet électronique. Mais ne vous en faites pas, je n'ai rien fait.

Depuis qu'il dormait une bonne partie de la journée, Alan s'était mis à faire de longues marches la nuit. Il allait en voiture jusqu'à un sentier de randonnée et, armé d'une lampe torche, profitait du réconfort de la solitude et du silence de la forêt.

44

Sept joueuses de l'équipe de lacrosse de l'année précédente étaient encore au lycée. Pat Tarleton avait fait en sorte que les entretiens d'orientation d'Aline avec chacune d'entre elles soient suffisamment espacés pour qu'aucune n'en soupçonne la raison.

Aline commençait toujours la séance de la même façon : « Je sais que vous jouiez au lacrosse avec ma sœur Kerry. Peut-être pourriez-vous me parler d'elle et me dire quels sentiments elle vous inspirait et ce que vous ressentez aujourd'hui. »

Comme elle s'y attendait, elle obtint des réponses plus ou moins identiques.

« Kerry me manque tellement. »

« Je ne peux pas croire que quelqu'un ait pu s'attaquer délibérément à elle. »

« La soirée était très réussie, mais à la fin Kerry et Alan se sont disputés.

— La dispute a-t-elle gâché la fête ?

— Oh non. Comme toujours Kerry a pris les choses à la légère. Mais je sais qu'ils ont échangé des textos après le départ d'Alan.

— Et personne n'a pensé qu'elle aurait dû rompre avec lui ?

— Annie a été la seule à le dire. Mais vous savez pourquoi ? Elle avait le béguin pour Alan. »

Quand Aline chercha à savoir qui avait apporté de la bière à la fête, leurs réponses furent à nouveau les mêmes. « Certains garçons en ont apporté. Kerry en avait déjà sur place. »

Seule l'une d'elles, Alexis, hésita une longue minute avant de dire : « Je n'en ai aucune idée. »

Aline était sûre qu'elle cachait quelque chose, mais elle n'insista pas. Elle demanda aux filles si elles avaient passé du temps avec Kerry durant la journée. Quatre d'entre elles étaient venues nager avec elle dans sa piscine entre midi et 15 heures.

« Y avait-il là quelqu'un d'autre ? demanda Aline.

— Quand Jamie Chapman est rentré de son travail, il a appelé Kerry pour lui demander s'il pouvait nager avec nous lui aussi, répondit Alexis.

— Qu'a dit Kerry ?

— Elle aimait bien Jamie. Elle l'a invité à nous rejoindre. Il nous a alors entendues parler de la soirée et il a dit à Kerry qu'il aimerait bien y assister.

Elle lui a répondu qu'elle n'avait invité que les élèves du lycée.

— Et comment a-t-il réagi ?

— Il a eu l'air très déçu. Et quand il est parti, Kerry a un peu regretté : "J'ai vraiment des remords de lui refuser, mais il y aura de l'alcool. Il risquerait de le raconter partout."»

Aline décida de poser sa dernière question de manière plus directe. « La police pense que l'homme qui a approvisionné Kerry en bière pour la fête s'est querellé avec elle. C'est un homme qui l'avait aidée à changer un pneu de sa voiture. La police voudrait retrouver cet individu et le questionner. Kerry vous a-t-elle parlé de lui ? »

Seule Sinead Gilmartin était au courant de l'histoire du pneu crevé. « Kerry m'a dit qu'elle avait crevé sur la Route 17 et qu'elle ne voulait pas l'avouer à son père parce qu'il lui avait dit plusieurs fois que ce pneu était usé et qu'il fallait le changer.

— Cela s'est passé combien de temps avant la fête ?

— Huit jours, peut-être un peu plus.

— Sinead, Kerry vous aurait-elle donné des informations qui pourraient aider à retrouver cet homme ? À quoi il ressemblait ? Quel genre de voiture il conduisait ?

— Je crois me souvenir de certains détails. Elle a dit que l'homme qui s'est arrêté conduisait une dépanneuse. C'est pourquoi il a pu changer la roue si rapidement. Elle a voulu lui donner un billet de dix dollars comme pourboire, mais il a refusé. Elle a dit qu'il était vraiment sympa. »

C'était une information qu'elle devait communiquer à Mike sans tarder. Elle attendit que Sinead eût quitté son bureau pour rédiger un e-mail à son intention, mais s'interrompit dès les premiers mots. Mieux valait ne pas l'envoyer par le serveur de l'école. Elle saisit son téléphone et rédigea un texto.

Une dépanneuse ! s'exclama Mike. On savait qu'il s'agissait d'« un homme d'environ vingt-cinq ans qui s'était arrêté pour aider Kerry », mais cette nouvelle information était déjà plus concrète et allait leur donner un peu de grain à moudre.

Son expérience au sein de la police de Waldwick lui avait appris comment les unités de la sécurité routière du comté de Bergen contrôlaient les routes et autoroutes. Les agents surveillaient les passages cloutés et les feux de circulation. Ils tenaient également une liste des sociétés de dépannage qui étaient autorisées à travailler en ville. Waldwick, d'après ses souvenirs, en comptait une douzaine. Il supposait que Saddle River et les villes voisines – Washington Township, Upper Saddle River, Woodcliff

Lake, Ho-Ho-Kus – en avaient un nombre équivalent.

Cependant rien ne garantissait que la dépanneuse qu'il recherchait fût sur cette liste. La Route 17 était un axe de communication majeur qui desservait le nord du New Jersey. En parcourant ne serait-ce que dix kilomètres supplémentaires vers le nord ou vers le sud on trouvait des douzaines d'autres sociétés. Mais il fallait bien commencer quelque part.

Mike chargea Sam Hines, un jeune inspecteur de son service, de vérifier dans chaque ville le tableau des sociétés ayant un permis de remorquage et de les contacter pour savoir si elles employaient des chauffeurs de moins de trente ans.

« Mike, ça va prendre un temps fou, objecta Sam.

— Je sais. C'est pourquoi je te suggère de commencer dès maintenant. »

45

La dernière élève dont avait parlé Pat Tarleton était Valerie Long. Comme elle était encore en première, la discussion sur le choix de son université n'avait aucun caractère d'urgence.

C'est un des professeurs d'économie qui avait précipité la rencontre. S'arrêtant dans le bureau d'Aline, il lui avait expliqué que Valerie semblait totalement absente en cours, qu'elle avait souvent l'air hébétée.

« En lui parlant, vous pourriez peut-être déterminer quel est son problème », avait-il ajouté.

Le lendemain, Aline organisa donc un rendez-vous avec Valerie. Quand la jeune fille entra dans son bureau, elle fut frappée par son visage et son regard, marqués par la tristesse. Aline se demanda si la mort de Kerry était la seule cause de ce chagrin.

Elle décida d'aborder directement le sujet. Une fois Valerie assise en face d'elle, elle commença : « Valerie, je sais que beaucoup de filles ont été bouleversées par la mort de Kerry, et j'ai appris que vous étiez très proche d'elle.

— J'aimais beaucoup Kerry. C'était ma meilleure amie au lycée.

— Alors je peux comprendre que sa mort vous perturbe tellement.

— Non, vous ne le pouvez pas. »

Aline resta un instant silencieuse, espérant que Valerie en dirait davantage. Mais elle comprit qu'il était inutile d'insister et changea de sujet. « Valerie, j'ai consulté votre dossier. Vos notes dans votre école précédente étaient très bonnes. Elles l'étaient également à votre arrivée en janvier. Mais elles ont beaucoup chuté depuis. Et vos professeurs s'inquiètent de vous voir si absente en classe. »

J'ai l'air absente, pensa Valerie, mais je ne peux pas en donner la raison. Elle se contenta de répondre : « Mes amis de Chicago me manquent. Ils sont tous là-bas. Mon beau-père a changé de job, et subitement ma famille a décidé de déménager. J'aurais voulu vivre avec ma grand-mère à Chicago et rester dans mon ancienne école, mais ils n'ont pas voulu.

— Et votre père ? »

Un large sourire illumina le visage de Valerie. « Il était merveilleux. J'étais sa petite chérie. On a découvert qu'il avait un cancer du cerveau et il est mort en deux mois.

— Quel âge aviez-vous ?

— Il est mort le jour de mes huit ans.

— Je suis désolée, Valerie. Je suis sûre que tout ça a été une épreuve pour vous.

— Qu'importe. Ma mère sait qu'il ne faut pas me souhaiter mon anniversaire. Elle s'est remariée il y a deux ans. » Elle ajouta d'un ton méprisant : « Wayne a quinze ans de plus qu'elle. »

Il y a plusieurs raisons au désarroi de Valerie, pensa Aline. Ses amis de Chicago lui manquent. Elle a perdu sa seule amie ici. Elle pleure encore son père, et elle ne s'entend pas avec son beau-père.

Le mieux à faire, se dit-elle, est d'organiser une réunion avec les deux parents de Valerie et de discuter avec eux du ressentiment qu'elle garde sur le cœur à la suite de leur déménagement. Et de voir si cela pourrait expliquer son manque d'intérêt pour le travail scolaire.

« Valerie, vous n'ignorez pas que Kerry était ma sœur, j'en suis sûre. Je comprends mieux que personne votre tristesse. Il est difficile de nouer des amitiés dans un nouvel environnement, surtout quand tous les autres élèves se connaissent depuis longtemps. J'imagine que cela a dû être d'autant plus douloureux de perdre votre meilleure amie.

— Vous ne pouvez pas savoir à quel point, dit Valerie.

— Valerie, je sais que Kerry aurait voulu que vous vous fassiez de nouveaux amis et que vous retrouviez le goût des études.

— J'essayerai », dit Valerie d'un ton indifférent.

Puis, voyant le voile de tristesse qui assombrissait le visage et le regard d'Aline, elle se demanda si elle pourrait lui dire un jour la vérité.

46

June Crowley assistait régulièrement à la messe du dimanche, mais elle était loin d'être une catholique pratiquante au sens rigoriste de la chose. Être le mieux habillée possible et prendre part à la cérémonie revêtaient à ses yeux exactement la même importance. Au cours des années, il ne lui était jamais venu à l'idée d'avoir une conversation privée avec le père Frank. Pourtant aujourd'hui, parce qu'elle était folle d'inquiétude au sujet d'Alan, elle décida de le consulter.

Elle lui téléphona et demanda si elle pouvait le rencontrer le plus tôt possible. Il répondit qu'il la recevrait volontiers le lendemain matin.

En pénétrant dans son bureau, elle cherchait encore les formules pour lui exposer ses soucis. Mais quand elle fut en sa présence, les mots jaillirent spontanément de sa bouche.

« Mon père, j'ai horriblement peur qu'Alan ait des envies de suicide. »

Le père Frank était parfaitement au courant de l'arrestation d'Alan Crowley. Il avait hésité à appeler June et Doug pour leur dire à quel point il était désolé pour eux deux et Alan. À présent, il s'inquiétait que June puisse être dans le vrai.

« Qu'est-ce qui vous fait penser cela, June ?

— La manière dont il se comporte. Il dort la plus grande partie de la journée et puis sort après le dîner. Je ne sais pas où il va, ni même s'il parle à quelqu'un. J'en doute. Il jure que ce n'est pas lui qui a agressé Kerry, mais il sait que tout le monde est convaincu du contraire et s'attend, quand le procès aura lieu, à être déclaré coupable et condamné à une longue peine de prison.

— June, vous êtes infirmière, connaissez-vous un psychiatre qui pourrait lui parler ?

— Je le lui ai proposé. Il refuse catégoriquement d'en voir un.

— Croyez-vous utile que j'essaye d'avoir une conversation avec lui ?

— Ce serait un immense soulagement pour moi si vous y parveniez.

— Dans ce cas, il serait préférable que je le voie seul. Est-ce que vous travaillez, Doug et vous, demain dans l'après-midi ?

— Oui.

— Parfait. Je passerai en fin d'après-midi et verrai si j'arrive à le faire parler.

— Brenda, notre gouvernante, sera à la maison. Je lui dirai de vous faire entrer. »

Le lendemain après-midi donc, le père Frank prit sa voiture et alla sonner à la porte des Crowley. Une femme d'une cinquantaine d'années vint aussitôt lui ouvrir.

« Vous devez être Brenda, dit-il. Je suis le père Frank.

— Mme Crowley m'a prévenue de votre visite, répondit Brenda.

— Alan est-il là ?

— Oui. Il regarde la télévision dans le petit salon. Voulez-vous que je le prévienne de votre venue ?

— Non, montrez-moi seulement où est le petit salon, je me débrouillerai.

— Puis-je vous apporter quelque chose à boire ?

— Non, merci, tout va bien. »

Quand le père Frank arriva à la porte du petit salon, Brenda se retira bruyamment en direction de la cuisine.

Alan regardait un film. Il ne leva pas les yeux lorsque le prêtre ouvrit la porte et s'avança dans la pièce.

Le père Frank le reconnut à peine, tant son apparence avait changé. Ce n'était plus le jeune homme soigné qu'il voyait souvent à l'église. Il portait un vieux T-shirt dans lequel il paraissait avoir dormi et un short. Une paire de baskets usagées était posée sur le sol à ses pieds. Il était visible qu'il ne s'était pas rasé depuis plusieurs jours. On aurait dit qu'il n'avait même pas pris la peine de se passer un peigne dans les cheveux.

Alan leva la tête. Une expression de surprise apparut sur son visage. « Je ne savais pas que vous deviez venir, mon père.

— Ta mère se fait beaucoup de souci pour toi, Alan. Elle pense que tu es déprimé.

— Vous ne seriez pas déprimé si vous vous attendiez à passer de longues années en prison ?

— Si, bien sûr, Alan.

— Eh bien, mon père, ne soyez pas déçu, mais si vous êtes venu pour entendre ma confession, j'ai le regret de vous dire que ce n'est pas moi le coupable.

— Alan, je suis seulement venu te parler et entendre ce que tu as à dire.

— Alors je vais vous l'expliquer clairement. J'aimais Kerry, je l'aime toujours. Ce soir-là je suis retourné à la fête pour me réconcilier avec elle. Elle m'a dit qu'elle était fatiguée. Je l'ai embrassée avant de partir et suis rentré à la maison. Je sais que j'ai menti à la police et demandé à mes amis de mentir pour moi. Mais savez-vous pourquoi ? Parce que j'étais terrifié. Vous ne seriez pas terrifié vous-même à l'idée que tout le monde vous regarde soudain comme si vous étiez un assassin ? Savez-vous ce que c'est d'être menotté et forcé de porter cette combinaison orange ?

— Donc tu me dis que tu es innocent de la mort de Kerry.

— Je ne fais pas que le dire, je vous le jure. Si vous avez une bible avec vous, je le jurerai sur elle. Mais il est évident que personne ne me croit.

— Alan, d'après mon expérience, la vérité finit toujours par éclater. Si tu dois vraiment être traduit devant un tribunal, je suis sûr que cela ne sera pas avant de nombreux mois. Que comptes-tu faire d'ici là ?

— Franchement, mon père, il m'est arrivé de penser que je serais heureux d'être à nouveau auprès de Kerry.

— Alan, tu ne songes pas à te faire du mal, n'est-ce pas ? Pense à ce qu'éprouveraient ton père et ta mère.

— Tout serait plus facile pour eux si je n'étais plus là, plutôt que de me voir passer devant la justice. »

Le père Frank, de plus en plus inquiet, insista : « Laisse-moi te rappeler qu'il se passera sans doute une année ou davantage avant que le procès ait lieu. À ce moment-là, les choses auront sans doute évolué.

— Ce serait tellement bien, n'est-ce pas ? » fit Alan d'un ton neutre.

En quittant Alan, le père Frank se sentait profondément troublé. Marge lui avait confié que Jamie était allé dans la piscine et qu'elle craignait que la police l'apprenne et le pousse à avouer que c'était lui qui avait tué Kerry.

Que dois-je faire ? Que *puis*-je faire ? se demandait-il.

Il ignorait que Brenda était restée dans l'entrée et avait surpris sa conversation avec Alan, et qu'elle mourait d'impatience de tout raconter à Marge.

47

Au volant de sa voiture, Brenda avait eu du mal à ne pas faire d'excès de vitesse en se rendant chez Marge qu'elle avait appelée pour la prévenir de sa visite. Marge l'avait manifestement vue arriver car la porte d'entrée était ouverte.

Sans reprendre son souffle, Brenda raconta la visite impromptue du père Frank à Alan. « Il est venu parce que Doug et June ont peur qu'il ait des envies de suicide.

— Oh mon Dieu ! s'exclama Marge.

— Le pauvre gosse ! Pas étonnant qu'ils soient inquiets. Il est persuadé qu'il va être jeté en prison pour avoir tué Kerry Dowling. Il a juré sur la Bible qu'il était innocent.

— Qu'a dit le père Frank à Alan ? demanda anxieusement Marge.

— Il l'a imploré de garder confiance. Il lui a rappelé qu'il ne passerait pas en jugement avant au moins un an, et que bien des choses pouvaient arriver d'ici là. Je prie pour qu'il ait convaincu Alan de ne pas s'en prendre à lui-même.

— Moi aussi », dit Marge avec un tremblement dans la voix.

Satisfaite d'avoir rapporté l'événement du jour, Brenda consulta sa montre. « Je dois filer, fit-elle. J'ai des courses à faire pour le dîner. »

Marge frémissait à l'idée qu'Alan puisse se suicider. Elle tenta de chasser cette pensée de son esprit en allumant la télévision. Au moment où elle regagnait sa chaise, Jamie entra dans la pièce.

Quand il vit le visage d'Alan apparaître à l'écran, il s'écria tout excité : « C'est Alan Crowley, Mom.

— Oui, je sais, Jamie. »

Le présentateur parlait pendant qu'une vidéo d'Alan au tribunal défilait en arrière-plan. « Le bruit court que Lester Parker, l'avocat du présumé assassin de Kerry Dowling, aurait dit au procureur du comté de Bergen être prêt à envisager de plaider coupable. Lester Parker, quand nous l'avons contacté, a catégoriquement démenti cette rumeur. »

« Pourquoi Alan est à la télévision ? demanda Jamie à sa mère.

— La police pense qu'il a fait du mal à Kerry le soir où elle est morte dans sa piscine.

— Il est rentré chez lui.

— Je sais, Jamie. Ils pensent qu'il a fait du mal à Kerry et qu'ensuite il est rentré chez lui.

— Non, Alan a pris Kerry dans ses bras et après il est rentré chez lui. C'est le Grand Bonhomme qui a fait du mal à Kerry. »

Horrifiée, Marge regarda Jamie incrédule. « Jamie, tu en es sûr ? Alan n'a pas fait de mal à Kerry, il ne l'a pas poussée dans la piscine ?

— Non, c'est le Grand Bonhomme. Alan est rentré chez lui. J'ai faim. Qu'est-ce qu'il y a pour dîner ? »

48

Aline se faisait du souci pour Valerie Long. Il y avait quelque chose qui bouleversait profondément la jeune fille, et ce n'était pas uniquement la perte de Kerry et cette amitié désormais orpheline. Le mot qui venait à l'esprit d'Aline était « désespoir ». Elle fit part à Pat Tarleton de l'inquiétude qui l'avait saisie après l'entretien.

« Je crois que tu devrais parler aux parents et avoir leur version de la situation, lui dit Pat.

— Je ne demande pas mieux, mais j'ai l'impression que Valerie serait très malheureuse si elle apprenait que j'ai l'intention de rencontrer sa mère et son beau-père. Penses-tu que je devrais organiser cette rencontre en dehors de l'école ?

— Non, je ne pense pas. Tenir ce genre de réunion en dehors de nos locaux est contraire aux principes de l'école. C'est aux parents de dire ou non à Valerie qu'ils ont l'intention de te parler.

Si elle découvre qu'ils sont venus ici, ce sera à eux de lui en expliquer la raison. »

Heureuse d'avoir le feu vert de Pat, Aline chercha les coordonnées des parents de Valerie. Elle décida de commencer par sa mère et l'appela sur son portable. Celle-ci répondit instantanément.

Voyant que l'appel provenait du lycée de Saddle River, Marina Long demanda aussitôt : « Il n'est rien arrivé à Valerie ? » La question permit à Aline d'aborder sans détour la raison de son appel.

« Madame Long, ne vous inquiétez pas. Valerie est en cours. Je m'appelle Aline Dowling, je suis sa conseillère d'orientation au lycée. Mais je me fais un peu de souci à son sujet et j'aimerais vous en parler ainsi qu'à votre mari.

— Aline, je suis contente que vous appeliez. Nous nous faisons du souci nous aussi, et nous ne savons pas quelle attitude adopter. Wayne et moi serions très heureux d'avoir cette occasion de vous rencontrer. »

Il fut convenu que la rencontre aurait lieu le lendemain.

Plus tard dans la journée, Aline entendit frapper à la porte de son bureau. « Entrez ! » cria-t-elle, étonnée de voir Scott Kimball pénétrer dans la pièce et s'asseoir dans le fauteuil en face d'elle. Sa première pensée fut qu'elle ne l'y avait pas invité.

« Aline, je sais que vous m'en voulez, et c'est parfaitement légitime. J'ai commis une grossière erreur l'autre jour dans la salle des professeurs. Vous aviez bien précisé que nous tairions notre rencontre en dehors du périmètre du lycée. Comme on dit, "il faut tourner sa langue sept fois dans sa bouche avant de parler". Je suis venu m'excuser. »

Aline ne sut comment réagir. Elle avait répété un petit discours bien senti pour lui reprocher d'avoir mentionné leur dîner en présence d'un autre professeur. Maintenant il s'était excusé et paraissait le regretter sincèrement.

« Bon, Scott, nous faisons tous des erreurs. Oublions ça.

— Merci, Aline. C'est gentil de votre part. »

Il hésita. « Je voudrais vous proposer quelque chose. Quelque chose à caractère strictement professionnel. Demain soir à 19 heures, l'université de Montclair State organise un colloque sur le stress des jeunes athlètes au lycée. En tant que professeur et entraîneur, je suis naturellement concerné, et j'ai l'intention d'y participer. Je pense que ce type de débat pourrait vous intéresser vous aussi en tant que conseillère d'orientation. Voulez-vous y assister ? »

Aline s'apprêtait à répondre, mais Scott ne lui en laissa pas le temps.

« À titre indicatif, nous nous y rendrons dans un but uniquement professionnel. Il ne me viendrait pas à l'idée de vous proposer de vous emmener en voiture. Vous n'aurez même pas besoin de vous asseoir à côté de moi quand nous serons sur place. Mais je vous préviens, j'aurai certainement très faim quand la séance se terminera à 20 h 30. Attendez-vous à ce que je vous demande de dîner avec moi. Dîner qui sera strictement professionnel, bien entendu. »

Aline retint un sourire. Scott était un vrai charmeur. Trois minutes plus tôt elle le trouvait insupportable. Maintenant elle se réjouissait à l'idée de passer avec lui une partie de la soirée du lendemain.

« Très bien, monsieur Kimball, dit-elle. Je vous retrouverai à ce colloque. En ce qui concerne le dîner, demain est un autre jour. »

49

Après une nuit d'insomnie, Marge résolut d'aller rendre une nouvelle visite au père Frank. Dès que Jamie fut parti à pied pour l'Acme, elle décrocha le téléphone. « Marge, venez tout de suite à mon bureau. J'ai beaucoup réfléchi depuis notre récente discussion. »

Marge ne s'attendait pas à ce que les choses aillent si vite. Elle aurait voulu avoir un peu de temps pour préparer ce qu'elle allait rapporter au père Frank des propos que lui avait tenus Jamie. Maintenant, il ne lui restait que les dix minutes du trajet en voiture pour mettre de l'ordre dans ses pensées.

Le père vint lui ouvrir lui-même et l'accompagna juqu'à son bureau. Ils s'assirent face à face.

Marge commença : « Mon père, Jamie et moi étions tous les deux dans la cuisine hier soir quand la photo d'Alan Crowley est apparue à la télévision.

Lorsque j'en ai expliqué la raison à Jamie, il s'est mis à me raconter une fois de plus ce qu'il avait vu la nuit de la fête. »

Elle s'interrompit, hésitante.

« Marge, dit alors le père Frank, vous êtes manifestement très troublée. Cela vous aiderait probablement de me dire le fond de votre pensée.

— Vous savez que la mémoire de Jamie est souvent brouillée. Il mélange des choses qui ne se sont pas produites au même moment.

— Je sais, Marge.

— Hier soir, Jamie s'est pourtant montré très précis quand il a décrit ce qui était arrivé à Kerry.

— Qu'a-t-il dit ?

— Quand je lui ai expliqué que la police croyait que c'était Alan qui avait agressé Kerry, Jamie a dit qu'il était certain que ce n'était pas lui. »

Le père Frank se pencha en avant sur sa chaise. « Marge, qu'a dit exactement Jamie ?

— Il m'a dit qu'Alan avait pris Kerry dans ses bras et l'avait embrassée, puis qu'il était rentré chez lui. Et que quelqu'un d'autre, le "Grand Bonhomme", avait frappé Kerry et l'avait poussée dans la piscine.

— Marge, pensez-vous que Jamie raconte bien ce qu'il a réellement vu ?

— Oui, je le crois. Mais je suis tellement désemparée. »

Les larmes se mirent à couler sur ses joues. Elle fouilla dans son sac. « Mon père, puis-je avoir un verre d'eau ?

— Pardonnez-moi, Marge, dit le père Frank en se dirigeant vers la cuisine. J'aurais dû vous l'offrir plus tôt. » Quand il revint dans la pièce, il fut surpris par sa pâleur. « Marge, vous vous sentez bien ? »

Elle saisit le verre qu'il lui tendait, prit une gorgée d'eau et avala une pilule. « En réalité, mon père, j'ai quelques problèmes cardiaques. Quand je suis stressée comme aujourd'hui, je dois prendre un de ces comprimés. C'est de la nitroglycérine. » Le père Frank la regarda sans rien dire boire une autre gorgée. « Ces cachets sont miraculeux ! s'exclama-t-elle. Je me sens déjà mieux. »

Puis elle continua : « À propos de Jamie, si ce qu'il dit est vrai, Alan Crowley est innocent. Mais comment laisser Jamie parler à la police sans prendre le risque qu'ils le croient coupable de l'agression ? J'ai tellement peur de la confusion autour du "Grand Bonhomme" ! Jamie leur dira que le Grand Bonhomme a fait du mal à Kerry, et ils en tireront des conclusions. Mon père, je veux aider Alan Crowley, mais je ne peux pas le faire si Jamie doit avoir des ennuis.

— Marge, je ne crois pas une seconde que Jamie ait pu s'attaquer à Kerry. Vous ne le croyez pas non plus. Ne vaudrait-il pas mieux confier à la police ce qu'il vous a raconté, et leur faire tout simplement confiance ?

— Je ne sais pas, mon père. J'ai juste besoin d'un peu de temps pour réfléchir. »

50

Aline était sur le point de quitter son bureau quand son portable sonna. C'était Mike Wilson.

« Aline, pourrions-nous nous voir ce soir ? Il y a certaines choses dont je voudrais discuter avec vous.

— Bien sûr.

— Au O'Malley's à 19 heures ?

— Parfait. J'y serai. »

Quand elle arriva au pub, Mike l'attendait à la table qu'ils avaient partagée la fois précédente.

« Il semble que vous soyez un homme d'habitudes, remarqua Aline.

— Je plaide coupable, répondit Mike.

— Waouh ! Vous êtes d'un chic ! plaisanta Aline, notant l'élégance de Mike avec sa veste et sa cravate.

— Chaque fois que je témoigne devant le tribunal, je me mets sur mon trente et un. J'ai passé l'après-midi sous le feu des questions de l'avocat de la défense.

— Qui a gagné ?

— Si ce prévenu n'est pas déclaré coupable, il n'y a pas de justice dans ce monde. »

Le serveur s'approcha de la table. Mike demanda : « Êtes-vous une femme d'habitudes ? »

Aline hocha la tête.

« Un pinot gris pour madame, et une Coors Light pour moi. »

Pus il reprit : « Racontez, Aline, quelles sont les nouvelles dans le monde de l'orientation scolaire ?

— Ce n'est pas toujours facile. J'ai une étudiante déprimée qui m'inquiète. Ses parents vont venir me parler demain. Ah, j'ai aussi un rendez-vous potentiel avec Alan Crowley.

— Vraiment ?

— Princeton est au courant des accusations qui pèsent sur Alan. D'après ce que je comprends, dans ce genre de cas, ils insistent pour que l'étudiant reste chez lui. » Elle préféra cacher que sa mère et Pat Tarleton avaient été en contact avec Princeton.

« Cela ne me surprend pas, dit Mike. Les universités ont un service de "veille médias". Ils ont dû voir passer des informations selon lesquelles "un certain Alan Crowley inscrit à Princeton a été accusé de meurtre". »

Mike prit une longue gorgée de bière et demanda : « Comment se portent vos parents ?

— Je dirais aussi bien que possible vu les circonstances. Ma mère est absolument persuadée qu'Alan est coupable. Je pense que la nouvelle de son arrestation lui a apporté une sorte de réconfort.

— Les familles des victimes réagissent souvent ainsi. Elles considèrent que c'est un premier pas vers la justice. Votre mère pourrait trouver de l'aide auprès d'un groupe de soutien aux victimes. J'ai connu des gens que ces réunions avaient beaucoup aidés. Je vous enverrai des informations à ce sujet.

— Merci, c'est très gentil.

— Aline, laissez-moi vous expliquer la raison pour laquelle je voulais vous voir ce soir. Comme vous le savez, une des faiblesses de notre enquête est que nous n'avons toujours pas mis la main sur l'homme qui a changé le pneu crevé de Kerry. L'information que vous m'avez communiquée, à savoir qu'il conduisait une dépanneuse, est très importante. Dans votre texto vous dites qu'une des filles semble savoir quelque chose, mais qu'elle refuse de le communiquer. Il est essentiel pour nous de trouver ce type et de savoir avec certitude où il était le soir de la fête. Pouvez-vous trouver un prétexte pour passer davantage de temps avec cette élève et peut-être l'amener à vous en dire plus ? »

Aline soupira. « Ma carrière de conseillère d'orientation risque d'être plus courte que prévu si l'on découvre ce que je fais.

— Aline, je n'ai pas besoin de connaître le nom de cette jeune fille. Il me faut seulement l'information. Et je vous le promets, personne ne saura qu'elle provient de vous. »

Aline se remémora les hésitations d'Alexis Jaccarino quand elle l'avait questionnée pour savoir qui avait apporté la bière à la soirée.

« Je trouverai une raison de la faire venir dans mon bureau et de la faire parler. »

Mike faillit proposer à Aline de dîner une nouvelle fois avec lui. Mais si un avocat de la défense découvrait qu'un inspecteur sortait avec un témoin, il les mettrait en pièces.

Dix minutes plus tard, Mike terminait sa bière et Aline son verre de vin. Il demanda la note. « Retour au bureau en ce qui me concerne. Je serai de nouveau à la barre des témoins demain. Il faut que je relise mes conclusions.

— Et j'arriverai avant la fin du dîner chez mes parents. J'essaye de leur tenir compagnie autant que je le peux, et je sors demain soir. »

Chacun regagna sa voiture. Mike regrettait de ne pas avoir invité Aline à dîner.

Elle regrettait qu'il ne l'ait pas fait.

51

L'appel d'Aline ne faisait que renforcer l'inquiétude qui taraudait Marina à propos de sa fille.
Elle fut soulagée que Wayne puisse se libérer pour
l'accompagner au lycée. Espérant que Valerie ne
les verrait pas, ils arrivèrent au bureau d'Aline à
11 heures pile.

La ressemblance de Valerie avec sa mère, qui
paraissait avoir à peine quarante ans, était frappante. Le beau-père, avec son abondante che-
velure grise, avait dans les cinquante-cinq ans.
L'impression première d'Aline fut qu'il ressemblait à Richard Gere.

Les présentations terminées, Marina Long
demanda : « Pourquoi Valerie vous inquiète-t-elle ? »

Cette question directe appelait une réponse
directe. « J'ai vu dans son dossier qu'elle avait
de très bons résultats dans son ancien lycée à
Chicago. Mais depuis son arrivée ici, ses notes ont

considérablement chuté. Et je la trouve déprimée »,
ajouta Aline.

Marina hocha la tête. « Nous nous en sommes
aperçus. Et nous nous sommes fait beaucoup de
souci à son sujet. » Marina était visiblement au
bord des larmes.

Aline vit Wayne poser la main sur celle de sa
femme. Il se lança : « Je sais que je suis la cause
principale du problème. Dès le premier jour de notre
rencontre, Valerie ne m'a pas aimé. Elle a cru que je
voulais remplacer son père. Ce qui n'était pas vrai.
Tous les efforts que j'ai pu faire pour établir une relation affectueuse avec elle ont été rejetés. J'ai deux
fils qui vivent en Californie. Je suis veuf. Ma première femme avait toujours espéré avoir une fille. »

Marina ajouta : « Valerie prétend qu'il ignore ses
fils. En réalité Wayne va souvent à San Francisco.
Et il les voit à chaque fois. Mais il leur est plus difficile de venir à Chicago car ils ont tous deux de
jeunes enfants. Et l'année dernière, quand Wayne
et moi sommes allés les voir pour Thanksgiving,
Valerie a insisté pour rester à la maison avec sa
grand-mère.

— Valerie vous a-t-elle dit pourquoi nous
avions quitté Chicago ? demanda Wayne.

— Oui. Elle a dit qu'on vous avait offert une
meilleure situation, avec un plus gros salaire, et
que vous l'aviez acceptée. Ce qui l'a séparée de ses
amies de Chicago.

236

— Cela ne s'est pas passé ainsi, dit Wayne d'une voix où perçait le ressentiment. Je suis directeur de branche chez Merrill Lynch. La branche que je dirigeais a été fermée à la suite d'une fusion. On m'a offert un meilleur poste à Manhattan et je devais donner ma réponse sur-le-champ. » Se tournant vers sa femme il ajouta : « Nous avions convenu que je devais accepter. »

Aline réfléchissait à haute voix : « Ce qui m'intrigue, c'est qu'en arrivant à Saddle River en janvier dernier, elle a pris un bon départ, du moins en ce qui concerne ses notes. Mais quelque chose a changé au printemps. Avez-vous une idée de la raison de cette évolution ?

— En mai dernier, expliqua Marina, sa grand-mère paternelle est morte d'une attaque. Valerie était restée très proche d'elle depuis la disparition de son père.

— Pour quelqu'un de si jeune, elle a connu beaucoup d'épreuves, remarqua Aline. Avez-vous pensé à la faire suivre par un psychiatre ?

— Bien sûr, dit Marina. Je lui ai soumis l'idée à deux reprises. À chaque fois, elle s'est montrée à la fois furieuse et bouleversée. Nous avons décidé qu'insister lui ferait plus de mal que de bien.

— Comme vous le savez sans doute, continua Aline, ma sœur Kerry est morte il y a quinze jours. »

Wayne l'interrompit : « Nous le savons, et sommes profondément désolés. Nous l'avons appris par les journaux.

— Valerie m'a dit qu'elle considérait Kerry comme son amie la plus proche au lycée. Vous en avait-elle parlé ?

— Non, répondit Marina. Je sais que l'annonce de la mort de Kerry a été un vrai choc pour elle mais je pensais qu'elle lui était liée plus sur le plan sportif qu'amical.

— Apparemment, elles étaient très proches. Cela fait une perte supplémentaire dans la vie de votre fille.

— Alors que nous conseillez-vous ? demanda Wayne.

— Je vais rester en contact avec Valerie et ses professeurs. Je suivrai de près son évolution et vous tiendrai au courant tous les deux. Naturellement, si vous observez des changements, faites-le-moi savoir. »

Tandis que les Long quittaient son bureau, Aline se sentit plus inquiète que jamais au sujet de Valerie.

52

Le père Frank devait convaincre Marge d'informer la police de ce que Jamie lui avait dit. Il comprenait sa terreur à la pensée que les soupçons puissent se concentrer sur son fils. Mais c'était terriblement injuste de laisser Alan au bord du suicide alors qu'il existait un témoin pouvant l'innocenter.

Le père Frank repassa une douzaine de fois dans sa tête les deux conversations qu'il avait eues avec Marge. Elle l'avait pris comme confident, et pas comme confesseur, ce qui était très différent. Si elle lui avait demandé de recevoir sa confession, il aurait été tenu au silence. Mais puisqu'elle s'était simplement confiée à lui, le secret sacramentel ne s'appliquait pas. Si Marge refusait, ce serait à lui d'informer la police de ce qu'il savait.

Après avoir parlé avec le père Frank, le poids qui pesait sur la conscience de Marge continua de la tourmenter. Durant les deux derniers jours, elle avait demandé à deux reprises à Jamie ce qui était arrivé dans le jardin de Kerry avant qu'il aille nager avec elle. Chaque fois, il lui avait raconté la même histoire. « Alan a embrassé Kerry pour lui dire bonsoir et ensuite il est rentré chez lui. Puis le Grand Bonhomme a frappé Kerry et l'a poussée dans la piscine. » Il avait ajouté : « Papa m'appelait "Grand Bonhomme". Il est au ciel avec Kerry. »

L'idée qu'Alan vivait un enfer pour un crime qu'il n'avait pas commis rongeait Marge. C'est pourquoi elle s'était sentie soulagée quand le père Frank lui avait promis de venir la voir chez elle. Elle avait décidé de réfléchir avec lui à la manière de prendre contact avec la police.

La sonnerie de la porte retentit à 15 h 30. En sortant de son travail, Jamie était allé directement assister à l'entraînement des équipes du lycée. Elle préférait qu'il ne soit pas à la maison pendant qu'elle parlait avec le père Frank.

Quand elle lui eut ouvert la porte, le père la suivit dans son modeste salon joliment arrangé. Elle l'invita à s'asseoir dans un grand fauteuil rembourré qui lui rappela le mobilier de la maison de sa grand-mère.

« C'était le fauteuil préféré de Jack, dit Marge. À la mort de ses grands-parents, il l'a apporté ici.

— Il est très confortable, Marge.

— Je suis désolée, mon père. Je parle de meubles parce que je suis trop nerveuse pour aborder la question pour laquelle je vous ai demandé de venir.

— Marge, j'avais l'intention de vous appeler. Je crois deviner ce que vous désirez me confier.

— Je ne peux pas rester sans rien dire pendant qu'Alan Crowley se trouve dans une situation aussi terrible. »

Le père Frank la laissa continuer.

Marge se mordit la lèvre. « Depuis que je vous ai parlé, j'ai demandé deux fois à Jamie de me raconter ce qu'il avait vu la nuit de la fête chez les Kerry. Chaque fois il a répété la même chose. » Elle détourna les yeux comme pour rassembler son courage. « Je sais au plus profond de moi-même que Jamie n'aurait jamais pu faire de mal à Kerry. Il faut que je dise à la police ce que je sais.

— Marge, vous prenez la bonne décision. » Le père Frank s'efforça de dissimuler son soulagement à la pensée que Marge était arrivée seule à cette conclusion.

« Mon père, je ne suis pas bien riche, Jamie non plus bien sûr. Je crois qu'il existe des avocats qui aident gratuitement des gens dans notre situation.

— Vous voulez dire des avocats commis d'office ?

— Oui, si c'est comme ça qu'on les appelle. J'aimerais parler à l'un d'eux, avant d'aller trouver la police.

— Marge, pour autant que je sache, les choses ne se passent pas ainsi. On met un avocat commis d'office à la disposition d'une personne déjà accusée de quelque chose, ce qui n'est pas le cas de Jamie.

— J'ai dix mille dollars sur mon compte épargne. Cela sera-t-il suffisant pour un avocat ?

— Marge, je ne connais pas grand-chose aux tarifs en vigueur. Je sais en revanche que l'un de nos paroissiens, Greg Barber, est un avocat très réputé. Pour beaucoup moins que ses honoraires habituels, il a aidé l'un de nos paroissiens. Si vous voulez, je lui parlerai de vous.

— Oh, je vous remercie.

— Je l'appellerai dès ce soir. Je suis sûr qu'il acceptera de vous aider. »

Le soir même, le père Frank téléphona à Greg Barber chez lui. Sa femme lui répondit qu'il plaidait à Atlanta et serait de retour dans quatre jours. Elle lui communiqua le numéro de son portable. Quand il le joignit, Greg promit d'aider Marge, demandant qu'elle l'appelle à son retour. Le père Frank téléphona ensuite à Marge pour lui communiquer ces informations. Ils convinrent qu'elle attendrait d'avoir vu l'avocat avant de contacter la police. Lui-même resterait en contact avec Alan Crowley pour le réconforter. Quelques jours supplémentaires ne devraient pas faire une grande différence.

53

Le colloque, comme prévu, se termina à 20 h 30. Aline se félicita d'avoir accepté d'y assister. Les intervenants avaient démontré comment la pratique du sport censée permettre aux jeunes athlètes étudiants de relâcher la tension nerveuse pouvait devenir une cause de stress supplémentaire. Le problème était parfois aggravé par les parents et les entraîneurs pour qui seule comptait la victoire.

Le petit auditorium était à moitié plein. Comme elle se levait pour partir, Aline regarda autour d'elle. Elle fut soulagée de ne voir personne de sa connaissance.

Tandis qu'ils s'avançaient vers la sortie, Scott lança : « Maintenant, la question du siècle. Je connais un merveilleux restaurant italien pas loin d'ici. Et je vous promets de ne pas vous ennuyer avec mon français approximatif.

— Pratiquer le français m'a beaucoup plu. »

Elle le suivit jusqu'au restaurant, à moins de deux kilomètres de distance, et se gara à côté de sa voiture dans le parking. Quand elle sortit de son véhicule, elle vit qu'il tenait deux bouteilles à la main. « C'est un restaurant où le client apporte son vin. J'ai pris un chardonnay et un pinot noir, au cas où. »

Une fois à l'intérieur du restaurant, Scott choisit leur menu dans un italien étonnamment fluide.

« Vous ne m'aviez pas dit que vous parliez aussi italien.

— Ma grand-mère était italienne. Elle adorait parler sa langue. Je n'ai pas oubié.

— Vous avez des talents cachés.

— C'est ce que disait ma mère. Et ma tante ajoutait : "Si tu es tellement intelligent, pourquoi n'es-tu pas riche ?" »

Les calamars et le veau étaient délicieux. La conversation glissait facilement d'un sujet à l'autre, roulant aussi bien sur la politique que sur leurs films favoris. Quand ils en furent au café, Aline aborda le sujet qui la préoccupait.

« Scott, je voudrais vous demander votre avis sur une étudiante qui m'inquiète beaucoup. Je suis sûre que vous la connaissez parce qu'elle jouait dans l'équipe de lacrosse du lycée.

— De qui s'agit-il ?

— Valerie Long, elle est arrivée à Saddle River en janvier. J'ai demandé à rencontrer ses parents aujourd'hui.

— Cela semble donc sérieux. Quel est son problème ?

— Elle se replie entièrement sur elle-même et elle paraît tout le temps déprimée. Une de ses professeurs m'en a parlé, elle dit qu'elle a toujours l'air absente.

— C'est navrant.

— Je voudrais en discuter avec vous parce que vous êtes son coach et que vous l'avez entraînée au printemps dernier. L'avez-vous aussi comme élève à votre cours de maths ?

— Non, pas cette année.

— Quelle impression vous faisait-elle quand vous l'entraîniez ?

-— Franchement, c'est une gosse qui a une double personnalité. Sur la touche elle est timide, elle reste souvent seule à l'écart. Mettez-la dans le jeu et elle passe en mode attaque. C'est la joueuse la plus agressive sur le terrain. Mais dès que le match est terminé, elle redevient timide et silencieuse. Elle était la plus jeune de l'équipe. Je sais que Kerry s'était donné beaucoup de mal pour qu'elle se sente acceptée.

— Valerie était-elle proche des autres élèves ?

— Pas vraiment. J'ai essayé d'être, disons, *disponible*, pour elle. Mais elle m'a mis à distance moi aussi.

— La voyez-vous souvent au lycée maintenant ?

246

— L'entraînement de lacrosse ne reprend qu'au printemps, aussi n'ai-je pas l'occasion de la voir tous les jours comme avant. Nous nous croisons dans le couloir et échangeons un salut. Rien de plus.

— Bien, j'essaye seulement de trouver un moyen de communiquer avec elle.

— Je vais tâcher de vous aider, de l'inciter à s'exprimer. Peut-être finira-t-elle par se confier à l'un de nous.

— C'est gentil à vous, Scott. Et merci encore pour le dîner. »

54

Nancy Carter jeta un coup d'œil par la fenêtre de sa cuisine. Ces deux semaines étaient passées si vite. Son mari Carl avait décidé d'emmener leur fils Tony pêcher en Alaska. Ce serait une révolution. Accro au travail, Carl s'apercevrait que ses associés dans son entreprise de travaux publics étaient parfaitement capables de s'occuper de l'affaire en son absence. Tony se déshabituerait de son addiction aux réseaux sociaux en laissant son téléphone portable à la maison. Seul Carl avait emporté le sien, sachant que Nancy ne l'appellerait qu'en cas d'urgence absolue.

Et, elle devait se l'avouer, bien qu'elle aimât tendrement son mari, ce break avait été agréable pour elle aussi.

Mais, durant les deux semaines de leur absence, Nancy ne cessa de se demander si elle avait bien fait de ne pas annoncer à Tony que Kerry Dowling avait été assassinée.

Tony étudiait au lycée de Saddle River depuis deux ans et était sur le point d'entrer à Choate, la fameuse école privée du Connecticut, où il devait faire sa première année de prépa. Kerry et lui s'étaient connus à l'époque où ils faisaient tous deux partie du conseil des élèves. Nancy savait qu'il serait très triste d'apprendre la nouvelle de sa mort et regretterait d'avoir manqué sa veillée funèbre et ses funérailles. C'était pour cette raison qu'elle avait préféré ne rien lui dire pendant ses vacances.

Elle avait vérifié les horaires du vol d'United Airlines. Leur avion avait atterri à Newark à l'heure. Le claquement des portières de la voiture dans l'allée de la maison annonça leur arrivée.

Après les embrassades d'usage et le transport des bagages à l'intérieur, ils allèrent s'installer à la table de la cuisine.

Carl amorça la conversation comme Nancy l'avait redouté. « Alors, avons-nous manqué quelque chose d'important pendant notre absence ? »

Elle se tourna vers Tony : « Je regrette d'avoir à dire oui. Quelque chose de terrible est arrivé depuis votre départ. » Elle les mit au courant de la mort tragique de Kerry et de l'enquête en cours.

Tony débrancha aussitôt son téléphone portable de son chargeur et consulta les messages que ses amis lui avaient envoyés au sujet de Kerry. Ils racontaient tous la même chose. La fête du samedi soir. La découverte de son corps dans la piscine par son père et sa sœur à midi le dimanche. La dispute de Kerry et d'Alan durant la soirée.

« Nous sommes partis deux semaines, dit Carl. Quand est-ce arrivé ?

— Je l'ai appris pendant que vous étiez en route pour l'aéroport. Puis Alan a été arrêté. D'après ce que j'ai lu dans les journaux et entendu à la télévision, la police pense qu'il est retourné à la fête après en être parti et qu'il a tué Kerry.

— Dans ce cas, maman, ils l'ont trouvée dans la piscine le dimanche à peu près au moment où papa est venu me chercher en voiture au supermarché ? demanda Tony.

— C'est exact, Tony, et j'espère que tu comprends pourquoi je n'ai pas... »

Balayant la question d'un geste de la main, Tony dit : « Bien sûr, maman. Est-ce que les journaux ont dit quelque chose à propos de Jamie Chapman ?

— Jamie Chapman ? s'étonna Nancy. Non. Et pourquoi l'auraient-ils fait ?

— Il s'agit bien du dimanche où papa et moi sommes partis en voyage, hein ?

— Oui, répondit Nancy. Ton père a quitté la maison en voiture et t'a pris à l'Acme, puis vous êtes allés directement à l'aéroport. »

Quelque chose tracassait Tony. Soudain, il se rappela : « Ce jour-là, j'ai remarqué les baskets de

Jamie », dit-il. Puis il continua précipitamment : « Sa mère lui avait acheté des baskets neuves. Il les montrait à tout le monde. Je sais qu'il les portait le samedi parce qu'il m'a demandé si elles me plaisaient. Mais il ne les avait pas le dimanche. Celles qu'il portait étaient très usagées. Je lui ai demandé pourquoi il en avait changé. Il a dit qu'elles étaient mouillées parce qu'il avait nagé dans la piscine avec Kerry *après* sa fête. »

Son père et sa mère le regardèrent, interloqués. « *Après sa fête* ? », s'exclamèrent-ils d'une même voix.

« Tu es sûr que Jamie t'a dit ça ? demanda son père.

— Papa, j'en suis certain. »

Carl se dirigea vers le téléphone. « Tony, il faut dire à la police ce que tu viens de nous raconter. » Il composa le numéro de la police de Saddle River. Ils enregistrèrent son nom et son numéro de téléphone et dirent qu'ils allaient immédiatement informer l'inspecteur Wilson de son appel.

55

Marina Long et Wayne se tourmentaient au sujet de Valerie depuis qu'ils avaient quitté Chicago pour Saddle River. Ils savaient que le changement avait été pour elle profond et brutal, mais ils avaient espéré que son nouveau lycée, qui avait une excellente réputation, l'aiderait à remonter la pente. Dans son ancien établissement, elle avait beaucoup d'amis malgré sa timidité. Ils habitaient le New Jersey depuis neuf mois maintenant. Cela aurait dû lui suffire pour se faire de nouveaux amis. Mais Valerie semblait être toujours seule.

Marina avait gardé son après-midi libre, espérant passer du temps avec sa fille. Mais en rentrant du lycée, Valerie monta directement s'enfermer dans sa chambre. Lorsque Marina l'appela pour dîner peu après le retour de Wayne, elle resta distante comme d'habitude. Ils essayèrent de lui parler, l'interrogèrent sur les perspectives de l'équipe de lacrosse pour la saison prochaine. Elle fit une réponse lapidaire : « Bonnes. » Ce fut au moment du café servi avec de l'apple pie, le gâteau préféré de Valerie, que Marina aborda le sujet qui la préoccupait.

« Valerie, Mlle Dowling nous a demandé d'avoir un entretien avec elle. Nous sommes allés la voir au lycée ce matin. »

Valerie ferma à demi les yeux comme si elle ne voulait pas entendre. « Elle n'avait pas le droit de vous appeler, dit-elle farouchement.

— Elle en avait parfaitement le droit, répliqua Marina. Apparemment, tes professeurs s'inquiètent de ton attitude en classe.

— Qu'est-ce qu'ils reprochent à mon attitude en classe ? se rebiffa Valerie.

— Ils te trouvent absente, et tes notes sont en chute libre depuis que nous sommes arrivés ici.

— Elles vont remonter.

— Y a-t-il une raison à ce changement ? » demanda doucement Wayne.

Comme elle ne répondait pas, il poursuivit : « Écoute, Valerie. Je pense que ma présence te pèse depuis que ta mère et moi sommes ensemble. Peut-être est-ce le moment d'essayer de clarifier les choses.

« Ma première femme et moi avions toujours espéré avoir une fille. Elle n'a pas eu cette joie et elle est morte à peu près à la même époque que ton père. Je connais la douleur de perdre quelqu'un dont on est très proche. Quand tu as perdu ton père, tu as eu le cœur brisé. Je sais que je ne peux pas le remplacer, et ce n'est pas ce que je désire. Mais je veux que tu saches que j'ai beaucoup d'affection pour toi. Que je te considère comme la fille que je n'ai jamais eue. »

Valerie détourna les yeux.

« Val, nous savons que le changement a été brutal, dit Marina, et je t'ai dit que Wayne avait eu une promotion très importante. C'était la vérité. Mais ce n'était pas tout. La succursale de Chicago où il travaillait allait fermer et s'il n'acceptait pas ce poste à New York, il se retrouvait sans emploi. »

Valerie ne répondit pas. Marina la regarda et continua : « Valerie, ton père t'aimait tellement. Je suis sûre que c'est un grand réconfort pour lui de savoir que Wayne est ici à côté de toi, et qu'il t'aime. »

Valerie fut sur le point de leur dire ce qui lui arrivait, mais ses lèvres ne parvenaient pas à articuler les mots. Elle l'avait dit à Kerry, c'était la seule personne à laquelle elle pensait pouvoir se confier, et Kerry était morte. Elle secoua la tête, comme si elle ne voulait plus entendre sa mère et son beau-père. Elle repoussa sa chaise et quitta brusquement la table.

Marina la suivit dans l'escalier.

« Valerie, quelque chose te tourmente, quelque chose dont tu refuses de parler. Mais tu ne peux pas vivre ainsi. Tu as perdu ton père et ta grand-mère. Je pense que tu as besoin de parler à un psychothérapeute, quelqu'un qui puisse t'aider.

— Maman, rends-moi un service. Fiche-moi la paix », dit Valerie en claquant la porte de sa chambre.

56

En se rendant chez les Chapman, Mike essayait d'évaluer les répercussions de la réunion qu'il avait eue le matin même avec Tony Carter et son père. « Jamie Chapman a dit qu'il était allé nager avec Kerry *après* la fête. » Tony se souvenait mot pour mot des paroles de Jamie. Leur impact sur le déroulement de l'enquête ne pouvait être sous-estimé.

Mike s'était efforcé de faire comprendre à Tony et à ses parents qu'ils devaient garder strictement confidentielles les informations que Tony détenait. Mais il n'était pas tranquille. Ces gens lui avaient paru du genre plutôt bavard.

Le corps de Kerry avait été découvert par sa famille à 11 h 15 le dimanche matin. L'expertise médicale délivrée par le légiste ne permettait pas d'estimer le temps qu'elle avait passé dans l'eau. Kerry avait envoyé un texto à Alan à 23 h 10 lui disant de ne pas venir chez elle. À supposer que c'était bien elle qui avait envoyé ce message, et Mike n'avait aucune raison de croire le contraire, c'était la preuve qu'elle était encore en vie à cette heure-là.

Les trois amis d'Alan et la serveuse du Nellie's confirmaient qu'Alan avait quitté la pizzeria à 23 h 15 environ. Alan avait dû faire le trajet de six kilomètres depuis le Nellie's jusqu'à sa maison en plus ou moins onze minutes. Était-il possible que Jamie soit allé nager avec Kerry *après* 23 heures, une fois la fête terminée, mais *avant* qu'Alan revienne à la maison ? C'était très peu probable.

Il était venu avec son collègue l'inspecteur Andy Nerlino parce qu'il voulait questionner Marge et Jamie séparément. « Je les ai interrogés le jour où le corps a été découvert, expliqua-t-il. En les quittant, j'ai eu l'impression qu'ils avaient répété leurs déclarations.

— Compris. »

Quand ils arrivèrent chez les Chapman, Mike sonna à la porte. Il n'y eut pas de réponse. Ils firent le tour de la maison pour voir s'il y avait quelqu'un dans le jardin. Ne voyant personne, Andy alla frapper à la porte, puis appela son collègue. « Mike, viens par ici, regarde-moi ça. »

Il désignait une petite trace sur la peinture blanche de la porte de bois, juste en dessous de la poignée.

« Du sang ? demanda Mike en se penchant pour voir de plus près.

— C'est possible. »

Mike prit plusieurs photos de la tache avec son téléphone portable, puis appela son bureau : « Envoyez-moi un technicien, j'ai besoin de faire collecter des preuves », dit-il sèchement.

Le technicien arriva vingt minutes plus tard. Il effectua un prélèvement et le plaça dans un sachet.

Mike et Andy convinrent que l'absence des Chapman tombait à pic. « Il faut savoir si cette tache est une trace de sang et à qui il appartient avant de leur parler, fit Mike. On va demander une analyse en urgence au labo, mais il faudra quelques jours avant d'avoir les résultats. Je vais rappeler les Carter et leur redire qu'il est essentiel de garder le silence le plus complet sur cette histoire. »

57

La police avait insisté pour que Tony Carter ne dévoile rien des révélations qu'il leur avait faites. Il suivit leur recommandation pendant quelques jours. Mais lorsque quelqu'un raconta avoir vu des voitures de police devant la maison de Marge Chapman, il ne put s'empêcher de parler. Tout comme sa mère et son père.

Le récit de Tony – « J'ai aidé à résoudre le meurtre de Kerry ; Alan Crowley est innocent ; Jamie Chapman est le dernier à avoir vu Kerry quand elle était encore en vie » – se répandit dans la ville comme une traînée de poudre.

La réaction d'Alan, qui ne semblait pas transporté de joie, surprit ses parents. « La police a complètement cafouillé, dit-il d'un ton sans appel. J'ai vu Jamie et Kerry ensemble des dizaines de fois. Il est impossible qu'il l'ait tuée. Tout comme il est impossible que je l'aie fait.

— Je n'arrive pas à croire que tu ne sois pas ravi, lui lança June. Je pense que nous devrions immédiatement prévenir Princeton.

— Maman, ne t'excite pas trop vite à propos de ce malheureux Jamie. Je te dis qu'ils se trompent. Quand ils s'en rendront compte, devine sur qui ils vont retomber ? » dit-il en pointant un doigt vers sa poitrine.

Courroucée par la réaction négative de son fils à l'annonce de ce revirement de situation, June sortit en trombe de la pièce et monta à l'étage. Elle téléphona à Lester Parker, et d'une voix surexcitée le mit au courant de la révélation de Tony Carter.

« June, j'étais sur le point de vous appeler, lui répondit Parker. On m'a rapporté en effet qu'un voisin se serait trouvé dans la piscine avec Kerry après la fête. Mais ne nous emballons pas. Si je comprends bien, le jeune homme en question souffre d'un lourd handicap mental. La police pourrait en conclure que son histoire est un fantasme, une invention, quelque chose à quoi ils ne peuvent accorder du crédit. »

June raccrocha, déçue mais malgré tout plus optimiste. En dépit de la prudence de Lester Parker, Alan devait se rendre compte que la police avait un autre suspect en vue. Elle espérait que cela lui remonterait suffisamment le moral pour lui ôter ses idées noires.

58

À l'heure du déjeuner, plusieurs élèves vinrent trouver Aline et lui racontèrent que Tony Carter était allé parler à la police. Sa première réaction fut qu'il était impossible que Jamie ait pu faire du mal à Kerry. Elle avait été sa baby-sitter quand il avait huit ans. Kerry en avait six à l'époque. Elle emmenait souvent Kerry avec elle quand elle gardait Jamie chez lui ou, quand le temps permettait de se baigner, elle faisait venir Jamie dans leur piscine.

Il était toujours si gentil, se souvint-elle. Il aimait tellement Kerry.

Elle rentra directement chez elle en sortant du lycée. La porte d'entrée n'était pas fermée. « Maman, appela Aline en s'avançant à l'intérieur de la maison.

— Je suis là », répondit sa mère depuis la terrasse.

Fran était allongée dans l'une des chaises longues près de l'endroit où Steve avait déposé le corps inanimé de Kerry après l'avoir sortie de la piscine. Aline se demanda si sa mère s'asseyait souvent là et pourquoi elle avait choisi cette place.

Les premiers mots de Fran furent : « Je pense que tu es au courant de ce qu'a raconté Tony Carter. Je me demande combien les Crowley ont payé les Carter pour que Tony répande cette histoire. C'est répugnant d'essayer d'accuser quelqu'un comme Jamie qui n'est même pas capable de se défendre.

— Maman, pour quelle raison les Carter feraient-ils une chose pareille ?

— Je vais te dire pourquoi. C'est parce qu'ils sont avides de reconnaissance sociale. J'ai moi-même entendu June Crowley dire que Carl Carter harcelait Doug pour qu'il le parraine au Ridgewood Country Club. En échange, ils accusent ce pauvre innocent de Jamie d'un crime que leur fils a commis.

— Maman, tu connais mon affection pour Jamie, protesta Aline, mais je ne peux simplement pas croire les Crowley capables de pousser Tony Carter à mentir en leur faveur.

— Tu défends Alan Crowley depuis le premier jour. Je ne te comprends pas.

— Et toi, tu l'as jugé et condamné dès le début. Je ne te comprends pas non plus.

— Donc nous sommes d'accord pour dire que nous ne sommes pas d'accord.

— Écoute, maman, je veux surtout éviter que ce désaccord jette un froid entre nous. Mais je peux te dire une chose. Te souviens-tu que Mike Wilson vous a demandé à toi et papa si vous étiez au courant que Kerry avait crevé un pneu ?

— Oui, elle ne nous en avait pas parlé parce que ton père la tarabustait pour qu'elle fasse remplacer ce fichu pneu.

— La police n'a toujours pas mis la main sur le chauffeur qui l'a aidée et voulait s'incruster à la soirée une fois le monde parti. Alan a été arrêté, mais je sais que Mike ne sera pas satisfait tant qu'ils n'auront pas identifié cet homme et vérifié où il se trouvait le soir de la fête.

— Alors qu'en conclus-tu ?

— Il y a vingt-quatre heures nous ne savions pas que Jamie avait soi-disant rejoint Kerry dans la piscine le soir de la fête. Nous sommes toutes les deux certaines qu'il n'a rien à voir avec ce qui est arrivé à Kerry. La police n'a pas encore trouvé ce chauffeur. J'en conclus donc qu'il y a encore beaucoup de choses que nous ignorons. Essayons de ne pas juger trop hâtivement.

— Entendu. Laissons tout ça pour le moment. Allons prendre un verre de vin. »

Quand elles furent dans le salon devant leur verre, Fran reprit : « Tu avais dit que tu devais assister à un colloque avec Scott Kimball et que tu dînerais peut-être avec lui. Tu es rentrée très tard, je suppose donc que c'est ce qui s'est passé. Comment était-ce ?

— Le colloque ou le dîner ? » demanda Aline en souriant.

Fran parvint à rire. « Les colloques se ressemblent tous. Parle-moi plutôt du dîner.

— Vraiment très agréable. C'était un restaurant italien. La cuisine était délicieuse. J'ai mangé… »

Sa mère l'interrompit. « Parle-moi de Scott Kimball.

— Maman, tu veux savoir ? Je l'aime bien. C'est un garçon gentil, plutôt beau gosse. Il est intelligent et d'une conversation agréable. Mais il ne m'impressionne pas plus que ça. »

En prononçant ces mots, Aline se revit assise en face de Mike Wilson l'autre soir. Je me suis sentie heureuse en sa compagnie, pensa-t-elle. Mais ce n'était certes pas le moment d'en parler.

« Chérie, poursuivit Fran, tout ceci est terriblement dur pour nous tous. Mais si tu as une occasion de passer une soirée agréable, je voudrais que tu en profites. Ton père et moi projetons de partir aux Bermudes pour un long week-end. Un changement de décor nous fera du bien à tous les deux.

— Tu as raison. Ce sera formidable pour vous. »

59

Mike prit connaissance du rapport du laboratoire qui avait analysé le prélèvement pratiqué sur la porte des Chapman. C'était bien du sang. L'ADN de l'échantillon avait ensuite été comparé avec celui de Kerry. Les deux échantillons correspondaient. Il s'agissait indéniablement du sang de Kerry.

Se fondant sur la déclaration de Tony Carter et sur la présence du sang de la victime sur la porte des Chapman, Mike fit une demande de mandat de perquisition qui lui fut immédiatement accordé.

Le ciel s'était couvert. Le vent était inhabituellement froid pour un matin de septembre. Mike, amateur de golf, espérait que ce n'était pas le signe avant-coureur d'une météo défavorable.

Accompagné d'Andy Nerlino, muni du mandat de perquisition, il sonna à la porte des Chapman. Marge ouvrit presque aussitôt. Elle portait un tablier par-dessus un vieux pantalon taché d'eau de Javel. Elle eut l'air stupéfaite en les voyant.

« Madame Chapman, vous vous souvenez peut-être de moi. Mike Wilson. Je suis inspecteur au bureau du procureur du comté de Bergen. Voici mon collègue, l'inspecteur Andy Nerlino.

— Je me souviens de vous, bien sûr, dit Marge. Je vous prie d'excuser ma tenue. Je faisais un peu de nettoyage. J'ignorais que vous alliez venir.

— Je vous en prie, madame, répliqua Mike. C'est sans importance. Je dois vous avertir que nous avons un mandat délivré par un juge pour perquisitionner votre maison. Voici votre exemplaire. »

Hébétée, Marge examina le document. « Je ne comprends pas. Pour quelle raison voulez-vous perquisitionner ma maison ?

— Cela concerne notre enquête sur le meurtre de Kerry Dowling, lui répondit Mike. Et pendant que nous sommes ici, nous aimerions nous entretenir avec vous et avec votre fils Jamie. Est-il là ? »

La gorge sèche, Marge répondit : « Il est en haut dans sa chambre en train de regarder la télévision.

— L'inspecteur Nerlino va rester avec vous en bas. Je vais monter voir Jamie.

— Oh non ! s'écria Marge. Jamie pourrait s'effrayer. Il vaudrait mieux que je sois avec lui pendant qu'il vous parle.

— Votre fils a vingt ans, n'est-ce pas ?

— Oui.

— Dans ce cas, il est légalement majeur. Je lui parlerai donc seul », rétorqua Mike en se dirigeant vers l'escalier.

Marge tendit la main comme pour l'arrêter. Puis, avec un soupir convulsif, elle se dirigea vers le canapé. L'aspirateur était posé sur le tapis. Son pied le heurta au moment où elle s'asseyait. Il y avait un chiffon à poussière et une boîte d'encaustique sur la table. Presque inconsciemment elle les prit et les posa près de l'aspirateur.

« Vous me rappelez ma mère, dit Andy. Elle fait le ménage à fond une fois par semaine. Il ne reste pas une seule tache quand elle a fini. Une vraie fée du logis, comme vous apparemment. »

Marge s'humecta les lèvres. « C'est possible. Je voudrais monter rejoindre Jamie.

— L'inspecteur Wilson aura terminé dans quelques instants. Je suis désolé, mais je dois vous demander de rester ici. »

Jamie avait laissé sa porte entrouverte. Mike frappa et la poussa en saluant le jeune homme. « Bonjour, Jamie. Je suis Mike Wilson. Tu te souviens de moi ? »

Affalé sur son lit, Jamie regardait un film, *Ace Ventura : détective pour chiens et chats*, sur son téléviseur. « Vous travaillez à Hackensack, annonça-t-il fièrement.

— C'est exact, Jamie. Je suis inspecteur de police. Mon bureau est à Hackensack. On pourrait peut-être éteindre la télévision pendant que nous parlons.

— Bien sûr. C'est un DVD. Je peux le regarder quand j'en ai envie », dit Jamie en se levant pour couper l'image. Il retourna s'asseoir sur son lit.

« J'aime bien regarder des films, commença Mike. Et toi ?

— Oui, Mom m'a acheté des vidéos et des DVD pour mon anniversaire.

— Ta maman est très gentille.

— Elle m'aime beaucoup et moi aussi je l'aime beaucoup.

— Jamie, te souviens-tu de la dernière fois où je suis venu et où nous avons bavardé dans ta chambre ? »

Jamie hocha la tête.

« Vous m'avez dit que Kerry était allée au ciel. Elle est là-haut avec mon papa.

— Et je t'ai dit que la police et les parents de Kerry essayaient de savoir ce qui s'était passé avant qu'elle aille au ciel.

— Je me souviens.

— C'est bien. Je parie que tu es très bon pour te souvenir des choses. »

Jamie sourit.

« Je voudrais que tu te rappelles le soir où Kerry a donné sa fête, le soir où elle est allée au ciel. Je t'ai demandé si tu avais vu Kerry dans son jardin en train de nettoyer après le départ de ses amis. Tu sais ce que tu m'as dit ? »

Mike jeta un coup d'œil à son petit carnet de notes. « Tu as dit : "Je ne suis pas allé dans la piscine avec Kerry."

— Je n'ai pas le droit de vous parler de ça, dit Jamie en baissant la tête, évitant de croiser le regard de Mike.

— Et pourquoi pas, Jamie ? »

Comme il ne répondait pas, Mike insista : « Qui t'a dit que tu ne pouvais pas en parler ?

— Mom a dit que c'était un secret. On ne doit pas raconter les secrets. »

Mike se tut un instant. « Jamie, ta maman m'a permis de monter dans ta chambre pour te parler. Sais-tu ce qu'elle a dit d'autre ? »

Jamie secoua la tête. « Non.

— Elle a dit qu'elle était d'accord pour que tu me confies ce secret. Elle m'en a même raconté une partie. Elle m'a raconté que le soir de la fête de Kerry tu n'étais pas resté dans ta chambre. Tu es sorti. Elle a dit que tu pouvais me dire le reste du secret.

— D'accord, dit doucement Jamie. Kerry me laisse toujours la rejoindre dans la piscine. Elle est allée nager après la fête. J'ai eu envie de nager moi aussi, alors je suis allé chez elle.

— Kerry était-elle déjà dans la piscine quand tu es arrivé ?

— Oui.

— Tu lui as parlé ?

— Oui.

— Qu'est-ce que tu lui as dit ?

— J'ai dit, Kerry, c'est Jamie. Je viens nager avec toi.

— Jamie, essaye de te souvenir. C'est important. Kerry t'a-t-elle répondu ?

— Elle a dit, je peux pas.

— Kerry t'a dit qu'elle ne pouvait pas nager ?

— Elle dormait dans l'eau.

— Jamie, as-tu rejoint Kerry dans la piscine ? »

Les yeux de Jamie se remplirent de larmes. « J'ai mouillé mes baskets neuves et mon pantalon.

— As-tu touché Kerry quand elle était dans la piscine ? »

Jamie agita la main en l'air comme s'il secouait quelqu'un. « J'ai dit, Kerry, réveille-toi, réveille-toi.

— Qu'est-ce qu'a répondu Kerry ?

— Elle dormait toujours dans l'eau.

— Jamie, tu es formidable de te souvenir de ce qui s'est passé. J'ai encore quelques questions. Donc Kerry a continué à dormir dans la piscine. Qu'as-tu fait alors ?

— Mes baskets et mon pantalon étaient tout mouillés. Je suis rentré à la maison et je suis monté dans ma chambre.

— Où était ta maman quand tu es monté dans ta chambre ?

— Elle dormait dans son fauteuil.

— Où se trouve son fauteuil ?

— Dans le salon.

— As-tu parlé à ta maman ?

— Non. Elle dormait.

— D'accord, qu'as-tu fait en arrivant dans ta chambre ?

— J'ai enlevé mes baskets, mes chaussettes et mon pantalon. Je les ai cachés par terre dans ma penderie.

— Pourquoi les as-tu cachés ?

— Parce qu'ils étaient mouillés. Mes baskets sont neuves. Je ne devais pas les mouiller. »

Mike s'interrompit un moment. Les informations communiquées par Tony Carter semblaient exactes.

« Jamie, sais-tu ce qu'est un club de golf ?

— M. Dowling en a un.

— Le soir où tu es allé nager avec Kerry après la fête, as-tu vu un club de golf ?

— Je l'ai posé sur la chaise.

— Jamie, dit Mike en consultant son carnet, quand je suis venu te voir la dernière fois, tu as dit que tu n'étais pas invité à la fête. Tu étais plus vieux que les autres. C'était seulement pour les élèves du lycée. T'en souviens-tu ?

— Oui, dit Jamie en baissant la tête.

— Quand les gens ne sont pas invités à une fête, ils se mettent quelquefois en colère. Étais-tu fâché parce que Kerry ne t'avait pas invité ?

— Je suis son ami.

— Je sais, Jamie, mais il arrive que des amis nous fassent de la peine. Quand elle ne t'a pas invité, as-tu été en colère contre Kerry ?

— J'étais triste.

— Que fais-tu quand tu es triste ?

— Je monte dans ma chambre et je regarde les vidéos et les DVD. »

Mike décida de changer de tactique. « Jamie, est-ce que tu connais Alan Crowley ?

— Mom et moi on l'a vu à la télé. Il a embrassé Kerry et il est rentré chez lui.

— Et qu'est-il arrivé ensuite, Jamie ?

— Grand Bonhomme lui a donné un coup et l'a poussée dans la piscine.

— Sais-tu qui est Grand Bonhomme ? »

Jamie eut un grand sourire. « Mon papa m'appelait Grand Bonhomme.

— Jamie, as-tu frappé Kerry ?

— Non.

— L'as-tu poussée dans la piscine ?

— Non. C'est Grand Bonhomme.

— Jamie, est-ce que tu es Grand Bonhomme ?

272

— Oui.

— Es-tu le Grand Bonhomme qui a frappé Kerry et l'a poussée dans la piscine ?

— Je suis Grand Bonhomme. Le Grand Bonhomme a frappé Kerry et l'a poussée dans la piscine.

— Jamie, tu es un Grand Bonhomme. Y a-t-il quelqu'un d'autre qui est un Grand Bonhomme ? »

Des pas résonnèrent dans l'escalier. Marge poussa la porte et entra, Nerlino à sa suite. « Vous n'avez pas le droit de m'empêcher d'être avec mon fils. » Elle s'avança et s'assit à côté de Jamie. « Ça va, mon chéri ?

— Je lui ai raconté le secret. Tu as dit que c'était d'accord. »

Marge lança un regard noir à Wilson.

Mike se leva. « Madame Chapman, comme je vous l'ai dit tout à l'heure, nous avons un mandat pour perquisitionner les lieux. » Il regarda les pieds de Jamie. « Ce sont tes nouvelles baskets, Jamie ?

— Oui. Elles vous plaisent ?

— Oui, beaucoup. Je vais avoir besoin de te les emprunter pour quelques jours.

— D'accord », dit Jamie. Cherchant du regard l'approbation de sa mère, il ôta ses baskets.

« Jamie, te rappelles-tu quels vêtements tu portais le soir où tu es allé nager avec Kerry ?

— Oui, je m'en souviens. Mom m'avait acheté la chemise.

— Je peux la voir ?

— Bien sûr », dit Jamie en se dirigeant vers la commode. Il ouvrit et referma deux tiroirs. « Mom l'a achetée à Disney World, déclara-t-il fièrement, en la dépliant pour qu'on l'admire.

— Te rappelles-tu quel pantalon tu portais quand tu as rejoint Kerry dans la piscine ? »

Jamie alla dans sa penderie et eut l'air troublé. « J'ai plein de pantalons.

— Tout va bien, Jamie. Donc c'est cette chemise que tu portais quand tu es allé nager avec Kerry ?

— Oui, dit Jamie en souriant. Elle est sèche maintenant.

— C'est toi qui l'as lavée ?

— Non, c'est Mom. »

Tony Carter avait rapporté qu'en bavardant avec lui le dimanche matin à l'Acme, Jamie lui avait dit qu'il n'avait pas ses baskets neuves parce qu'elles étaient mouillées.

« Jamie, voici l'inspecteur Nerlino. Peux-tu descendre la chemise et les baskets ? Il va te donner un sac pour les mettre.

— D'accord », répondit Jamie en sortant de la chambre derrière Nerlino.

Quand elle se trouva seule avec Mike, Marge se tint sur la défensive. « Vous pouvez le demander au père Frank. J'avais l'intention d'appeler la police et de lui rapporter ce que Jamie avait vu.

L'avocat que m'a conseillé le père Frank est à Atlanta. Il revient dans deux jours. Je vous aurais appelé après m'être entretenue avec lui. J'irai le voir à son retour. Le père Frank m'accompagnera. Nous parlerons ensuite.

— Madame Chapman, soyons clairs. Êtes-vous en train de me dire que Jamie et vous avez un avocat ?

— Oui, nous en avons un.

— C'est votre droit.

— Je veux le voir avant que Jamie ou moi vous disions un mot de plus.

— Entendu. Il n'y aura plus d'autres questions pour aujourd'hui, mais nous allons effectuer la perquisition. »

Jamie cria depuis le rez-de-chaussée : « C'était d'accord pour que je leur dise notre secret, hein, Mom ?

— Oui, Jamie, c'était très bien », cria Marge en réponse.

Son ton était las et elle se sentit essoufflée en descendant l'escalier.

Le téléphone sonna. C'était le père Frank. « Marge, j'appelle juste pour avoir de vos nouvelles. Tout va bien ? »

60

Les deux jours à attendre le retour de maître Greg Barber parurent interminables à Marge. Elle avait raconté au père Frank que l'inspecteur Wilson avait voulu parler à Jamie en dehors de sa présence. « Je ne sais pas ce que Jamie lui a dit ni ce qu'il en a tiré, gémit-elle, mais j'ai tellement peur.

— Marge, nous avons rendez-vous avec Greg Barber après-demain à 10 heures. Je passerai vous prendre à 9 h 30 et nous irons ensemble. Greg est un avocat de tout premier plan. Je peux vous l'assurer. Je sais que vous vous sentirez mieux après lui avoir parlé. »

Jamie se rendait compte que sa mère était bouleversée. Il lui demanda à trois ou quatre reprises : « Mom, tu es fâchée contre moi parce que j'ai raconté notre secret ? Mike a dit que c'était très bien.

— Je ne suis pas fâchée contre toi, Jamie »,
répondait Marge. Chaque fois qu'il lui posait
cette question, elle avait le cœur serré. Il pouvait se montrer si confiant, il était si facile de
l'influencer.

Comme promis, le père Frank vint la prendre à
9 h 30. « Le cabinet de Greg Barber est à deux pas
du tribunal », expliqua-t-il.

En passant devant le bâtiment, Marge eut un
mouvement de recul. C'est là qu'on avait emmené
Alan Crowley, pensa-t-elle. Elle le revit dans sa
combinaison orange, tel que l'avait montré le
reportage à la télévision. Elle imaginait Jamie dans
cette tenue et cette seule pensée lui était insupportable.

Ils arrivèrent dix minutes en avance, mais la
réceptionniste les introduisit dans le bureau de
Greg Barber.

Dès le premier instant, Marge lui trouva l'air
sympathique. La cinquantaine, des cheveux gri-
sonnants clairsemés. Avec ses lunettes à monture
d'écaille, il ressemblait plus à un professeur qu'à
un homme de loi. Il se leva de son bureau pour les
accueillir et leur indiqua une petite table de réunion
sur le côté.

Lorsqu'ils se furent assis, Barber aborda directement le sujet. « Madame Chapman, le père Frank
m'a communiqué quelques informations concernant votre fils. J'ai compris qu'il avait besoin d'une

attention particulière, qu'il souffre d'un handicap mental. »

Marge hocha la tête puis se mit à parler avec volubilité. « Le père Frank et moi avions l'intention de rencontrer la police avec vous et de leur dire ce que Jamie avait vu, mais cette pipelette de Tony Carter s'est vanté d'avoir élucidé le meurtre, a dit que mon Jamie avait tué Kerry Dowling. C'est à cause de ça que l'inspecteur est venu à la maison et a insisté pour parler à Jamie dans sa chambre à l'étage pendant que j'attendais en bas. Dieu seul sait ce qu'il a fait dire à Jamie.

— Madame Chapman, je suis sûr que vous avez entendu parler de l'avertissement Miranda. L'inspecteur vous a-t-il dit ou a-t-il dit à Jamie que vous n'étiez pas obligés de lui répondre ?

— Je ne me rappelle pas qu'il ait dit quelque chose de ce genre. J'ignore complètement ce qu'il a dit à Jamie dans sa chambre.

— Quel âge a Jamie ?

— Vingt ans.

— A-t-il été à l'école ?

— Oh oui. Il est resté au lycée de Saddle River pendant quatre ans. Il suivait des cours dans une classe spéciale.

— De quel handicap souffre-t-il ?

— À sa naissance, l'accouchement a été très difficile. Il a manqué d'oxygène. Les médecins ont dit que son cerveau avait été atteint.

— Jamie vit avec vous en ce moment ?

— Bien sûr. Il serait incapable de se débrouiller tout seul.

— Et le père de Jamie ?

— Il est mort quand Jamie avait quinze ans.

— Jamie travaille-t-il ?

— Oui. Il remplit les sacs de provisions des clients, cinq jours par semaine, quatre heures par jour, à l'Acme près de chez nous. C'est là qu'il a dit à Tony Carter qu'il était allé nager avec Kerry le soir de la fête.

— Madame Chapman, les parents d'enfants qui souffrent d'un retard mental prennent souvent une décision importante au moment où l'enfant atteint dix-huit ans. Par sécurité, ils demandent qu'il soit mis sous tutelle, ce qui fait de lui, aux yeux de la loi, un mineur à titre permanent. Avez-vous fait ce genre de démarche pour Jamie ?

— À son école, on m'avait recommandé de demander sa mise sous tutelle. Ce que j'ai fait.

— Vous vous êtes donc rendue au tribunal, vous vous êtes présentée devant un juge des tutelles qui vous a désignée tutrice légale de Jamie, ce qui vous donne le pouvoir de prendre toute décision à sa place.

— Oui, c'était quelques mois après qu'il a fêté ses dix-huit ans.

— Très bien. Savez-vous où est votre exemplaire de la décision de mise sous tutelle ?

— À la maison, dans le tiroir du haut de ma commode. »

Le père Frank intervint : « Marge, vous me le donnerez lorsque je vous déposerai chez vous.

— Pourquoi le voulez-vous ? demanda-t-elle à Barber.

— Pour savoir si l'inspecteur avait le droit d'interroger Jamie en dehors de votre présence et sans votre autorisation. En outre, même si Jamie n'est ni inculpé ni assigné à domicile, je peux aisément prétendre qu'en tant que simple suspect, il n'avait pas à répondre aux questions de la police.

« Mais nous y reviendrons. Maintenant, reprenons les choses depuis le début, avec la fête donnée chez vos voisins au cours de laquelle cette jeune fille a été assassinée. Racontez-moi tout ce dont vous vous souvenez en détail, depuis ce soir-là jusqu'au moment où l'inspecteur s'est présenté chez vous la semaine dernière. »

Point par point, Marge reprit les faits les uns après les autres. Les vêtements et les baskets de Jamie trempés dans la penderie. Steve Dowling sortant le corps de Kerry de la piscine. L'empressement de Marge à laver les vêtements de Jamie. À lui faire jurer de ne dirc à personne qu'il était allé dans la piscine. Le moment où Jamie lui avait dit qu'il avait vu Alan parler à Kerry et s'en aller.

Mais surtout, sa crainte que Jamie raconte que le Grand Bonhomme avait frappé et poussé Kerry dans la piscine et son sentiment de culpabilité depuis qu'Alan Crowley avait été arrêté.

« Madame Chapman, dans certaines circonstances j'estimerais préférable que deux membres de la même famille soupçonnés par la police n'aient pas le même avocat. Pour le cas présent, je pense pouvoir vous défendre tous les deux, Jamie et vous. Y voyez-vous un inconvénient ?

— Oh non, maître. Je sais que vous ferez l'impossible pour nous, mais c'est pour Jamie que je me fais le plus de souci.

— Ne vous inquiétez pas. Laissez-moi me charger de tout. Quant à la question des honoraires, nous verrons plus tard. »

Barber se tourna vers le père Frank. « Père, quand vous aurez raccompagné Mme Chapman chez elle, voulez-vous ensuite déposer son dossier de tutelle dans ma boîte aux lettres ?

— Bien sûr.

— Madame Chapman, je n'insisterai jamais assez sur ceci : si quelqu'un vous contacte ou contacte Jamie pour avoir des informations sur cette affaire, ne dites rien. Donnez seulement mon nom et mon numéro de téléphone et demandez-lui de me contacter.

— Maître...

— Appelez-moi Greg, je vous en prie.

— Greg. Je suis tellement soulagée et reconnaissante. »

Il sourit. « Le père Frank m'a parlé avec beaucoup d'affection de vous et de votre fils. Nous allons vous sortir de là, Marge. Je voudrais vous revoir demain à 13 heures avec Jamie. J'ai besoin de tout passer en revue avec lui. »

61

Après sa conversation avec Fran, Aline se sentait le devoir de clarifier la situation auprès de Mike Wilson. Mais la discussion risquait de se prolonger.

Il décrocha à la première sonnerie. « Mike, c'est Aline Dowling. J'ai une information que je voudrais vous communiquer. Seriez-vous libre pour le dîner ?

— Oui, dit-il sans une hésitation.

— Connaissez-vous Esty Street, le restaurant dans Park Ridge ?

— Bien sûr. J'aime beaucoup leur cuisine.

— À 19 heures ce soir ?

— Ça marche. »

Mike Wilson était résolu à découvrir le meurtrier de Kerry, mais il ne connaissait pas Jamie aussi bien qu'elle le connaissait. Aline était soulagée de pouvoir lui parler.

Quand elle arriva au restaurant, il était déjà là. Elle se glissa sur la chaise en face de lui et vit un verre de vin blanc qui l'attendait. Cette fois, il y en avait un autre devant Mike.

« Ce soir, je me mets au même régime que vous, fit-il.

— Je n'ai jamais eu autant besoin d'un verre de vin qu'aujourd'hui ! soupira Aline.

— Dans ce cas je suis heureux que vous n'ayez pas eu à attendre. Comment vont vos parents ?

— Un peu mieux. Ils ont l'intention d'aller passer un long week-end aux Bermudes.

— Tant mieux. Ils traversent une terrible épreuve. »

Le serveur s'approcha avec la carte. « Jetons un coup d'œil et commandons avant que la foule arrive. »

Aline paraissait tendue. La fatigue se lisait dans son regard et elle avait visiblement maigri depuis les dernières semaines.

« Aline, je vous ai demandé des nouvelles de vos parents, commença Mike. J'ai négligé de vous demander comment vous alliez, vous.

— Franchement, Mike, je suis dépassée par les événements. J'avoue que je ne connais pas très bien Alan Crowley. J'étais à Londres à l'époque où Kerry sortait avec lui. Je l'ai rencontré une ou deux fois quand je suis venue passer des vacances à la maison. Chaque fois que Kerry me parlait de lui dans ses e-mails, il était clair qu'ils étaient très attachés l'un à l'autre. Je sais qu'ils ont eu cette dispute pendant la fête, mais avoir une violente querelle avec quelqu'un ne fait pas de vous un meurtrier.

« D'autre part, vous savez certainement que Tony Carter clame sur tous les toits que Jamie a tué Kerry. Cela me rend folle d'entendre ça. J'étais sa baby-sitter quand il avait huit ans. Je peux vous dire qu'il est absolument impossible qu'il se soit attaqué à Kerry. Il lui vouait une véritable adoration.

— Aline, vous avez admis que vous ne connaissiez pas réellement Alan Crowley parce que vous n'étiez pas ici à l'époque où Kerry sortait avec lui. Et je vous rappelle que vous avez peu vu Jamie durant ces trois dernières années. Le charmant petit garçon que vous avez gardé est maintenant un grand jeune homme. Les gens changent avec le temps. C'est peut-être le cas pour Jamie.

— Je ne crois pas que les gens changent tant que ça. Je suis prête à jurer sur une pile de bibles que Jamie est incapable de faire du mal à quelqu'un, surtout à Kerry.

— Aline, je vais vous confier quelque chose que je devrais garder pour moi. Je vous demande de me promettre que cette conversation ne sortira pas d'ici. »

Aline hocha la tête.

« Je me suis rendu chez les Chapman l'autre jour et j'ai parlé à Jamie. Mes services sont actuellement en train d'analyser plusieurs de ses vêtements qui pourraient être d'éventuelles pièces à conviction. Nous en saurons plus quand nous aurons les résultats. »

Aline savait qu'elle devait se contenter de cette information. « À mon tour de vous faire une confidence, Mike, fit-elle. Ma mère convient avec moi que jamais Jamie n'aurait pu agresser Kerry. Et elle a été en contact avec lui pendant les trois années où j'étais à l'étranger.

— Aline, mon but est de découvrir ce qui est arrivé à Kerry. Je suivrai jusqu'au bout la moindre piste. »

Il décida de changer de sujet. « Quoi de neuf au lycée ?

— Rien d'inhabituel. En ce moment les terminales doivent remplir leurs dossiers d'inscription à l'université. Je passe un temps fou à les aider. Comme vous pouvez l'imaginer, certains ne sont pas encore sûrs de leur choix.

— Je ne suis pas surpris. C'est la première décision vraiment importante qu'ils doivent prendre dans leur vie.

— J'ai aussi une étudiante qui m'inquiète vraiment. Elle est arrivée au lycée en janvier après avoir quitté Chicago. Sans raison apparente, ses notes ont commencé à chuter. Elle s'est complètement renfermée sur elle-même. Ses parents sont malades d'inquiétude.

— Une histoire de drogue, peut-être ?

— Non, pas du tout. Mais je sens qu'il y a quelque chose qu'elle refuse de dire. Et j'ignore quoi.

— A-t-elle des amis à l'école ?

— Bien qu'ayant deux ans de moins qu'elle, elle était très proche de Kerry. Elle jouait au lacrosse dans son équipe au printemps dernier. Kerry était sa confidente. Je crois qu'elle est désespérée de l'avoir perdue.

— Craignez-vous qu'elle puisse attenter à sa vie ?

— J'en ai peur, et ses parents aussi. Ils lui ont proposé de voir un psychothérapeute. Elle a refusé.

— Un classique, malheureusement. J'espère qu'elle a seulement la nostalgie de sa vie d'avant, et qu'elle finira par oublier. »

Leurs commandes arrivèrent et l'humeur d'Aline devint nettement plus joyeuse.

En la raccompagnant à sa voiture, Mike dut se retenir de la prendre dans ses bras.

62

Le samedi matin quand on sonna à sa porte, Marge ne s'attendait pas à se trouver face à Michael Wilson.

« Madame Chapman, j'ai obtenu l'autorisation de prendre les empreintes digitales de Jamie. Jamie et vous avez le droit de vous présenter au tribunal accompagnés de votre avocat. Une audition est prévue lundi à 10 heures, et le juge rendra alors sa décision. Voici votre copie de la convocation. »

Visiblement sur les nerfs, Marge répliqua : « Notre avocat est Greg Barber, d'Hackensack. Je l'appelle immédiatement.

— Très bien. Voici ma carte. Si maître Barber veut me contacter avant l'audience, je suis à sa disposition. »

Marge n'attendit pas de voir la voiture de Wilson s'éloigner pour composer le numéro de Greg Barber. Sa secrétaire le lui passa tout de suite et Marge lui lut le document que Wilson venait de lui remettre.

« Marge, restons calmes. Je ne suis pas étonné. Bien que Jamie ne soit pas inculpé, le juge peut décider de faire relever ses empreintes. J'irai demain au tribunal avec vous et Jamie. Je contesterai, mais je suis pratiquement certain que le juge donnera son aval.

« Et puisque nous serons au tribunal demain matin, j'aimerais que vous m'ameniez Jamie ce soir à 19 heures. »

Le lundi matin à 10 heures, Greg Barber se présenta au tribunal devant le juge Paul Martinez, celui-là même qui, par une ironie du sort, avait inculpé Alan Crowley. Barber était accompagné de Marge Chapman, l'air abattue et effrayée, et de Jamie, tout excité de se trouver là.

Greg Barber avait passé plus d'une heure avec Jamie et Marge la veille au soir. Son instinct le plus profond lui disait que Jamie n'avait pas pu commettre ce crime. Pourtant, ce même instinct lui disait qu'Alan Crowley en était tout aussi incapable.

Il s'entretint avec le substitut du procureur, Artie Schulman, et l'avertit qu'il s'opposerait à la requête concernant les empreintes de Jamie, tout en reconnaissant que le juge n'en tiendrait probablement pas compte. Il précisa qu'il représentait Jamie ainsi que Marge, et que personne ne devait leur adresser la parole sans son autorisation.

Pendant la courte audience qui suivit, Schulman exposa officiellement les raisons de la requête et de l'interrogatoire de Jamie Chapman. Bien que le témoignage de Jamie ne fût pas très clair, il devait, s'il était véridique, innocenter Alan Crowley. Visiblement interloqué par cette nouvelle information, le juge ordonna que l'on prenne les empreintes de Jamie.

Greg expliqua alors posément à Jamie ce qui allait se passer quand il descendrait dans le bureau du procureur, et lui dit qu'il resterait avec lui.

Jamie et Marge suivirent leur avocat tandis qu'on les conduisait au bureau du procureur au premier étage du tribunal. Marge attendit sur un banc dans le couloir tandis que Greg et Jamie pénétraient dans le bureau.

L'audience était à peine terminée que le procureur Matthew Koenig fut submergé d'appels des médias, qui voulaient plus de détails sur Jamie Chapman, le nouveau suspect dans l'affaire Kerry Dowling.

L'appel le plus furieux provenait de l'avocat d'Alan Crowley, Lester Parker. « Monsieur le procureur, je sais que vous n'êtes pas tenu de me faire connaître immédiatement chaque élément nouveau survenant dans cette affaire. Visiblement, votre enquête est loin d'être terminée. Mais j'ai sous ma responsabilité un innocent de dix-huit ans tellement déprimé que ses parents craignent de le voir attenter à ses jours. Quand dans un tribunal public vous reconnaissez ces éléments nouveaux et que j'en apprends l'existence par la presse, c'est totalement inadmissible, et vous le savez.

— Écoutez, maître, répondit Koenig, j'ai pris votre appel parce que nous vous devons une explication en effet. Nous ne pensions pas que la presse s'y intéresserait avant qu'on ait relevé les empreintes de Jamie. Nous ne sommes pas tenus de vous appeler à moins d'être arrivés à la conclusion qu'Alan n'est pour rien dans ce meurtre. Et nous en sommes encore très loin. J'en ai terminé à présent. Si un élément important se présente, je vous le ferai savoir.

— Tout comme je vous ferai savoir si mon client innocent se suicide en attendant votre appel. »

63

Une fois l'audience terminée, Marge rentra directement chez elle en voiture avec Jamie. Jamie exprima aussitôt le désir de manger chinois. Marge était sur le point de passer commande pour se faire livrer quand elle ouvrit le réfrigérateur et s'aperçut qu'ils n'avaient plus de Coca Light.

« Jamie, je vais faire un saut à l'épicerie, je m'arrêterai chez le Chinois en passant. Je ne serai pas longue. Tu peux regarder un film en attendant. »

Vingt minutes plus tard, à son retour, Marge aperçut un camion de la télévision arrêté devant sa maison. Jamie était sur la pelouse, souriant. Une femme lui tendait un micro. Une caméra était pointée sur eux.

Marge s'engagea dans l'allée et freina brusquement. Elle sortit de sa voiture pour entendre

Jamie qui disait : « Et je suis allé nager avec Kerry. »

« Laissez-le tranquille ! hurla-t-elle. Jamie, ne dis rien. Rentre à la maison. »

Surpris par le ton de sa mère, Jamie se précipita à l'intérieur.

Suivie du cameraman, la journaliste se dirigea vers Marge. « Madame Chapman, souhaitez-vous faire un commentaire sur l'audience d'aujourd'hui à Hackensack ?

— C'est hors de question. Et je vous prierai de dégager de chez moi immédiatement, vous et ce type avec sa caméra ! » cria Marge en ouvrant la porte de sa maison avant de la leur claquer au nez.

Elle se sentit mieux une fois à l'intérieur, mais se demandait avec angoisse ce que Jamie avait pu raconter. Elle s'écroula dans son fauteuil. Combien de temps vais-je pouvoir supporter tout ça ? s'inquiéta-t-elle en fouillant son sac à la recherche d'une gélule de nitroglycérine.

« Mom ! lui cria Jamie depuis l'étage, est-ce que je vais passer à la télévision comme Alan Crowley ?

— Non, Jamie, répondit-elle fermement, bien qu'elle n'en sache rien.

— Mom, je voudrais manger dans ma chambre. Peux-tu m'apporter mon déjeuner chinois ? »

Marge se rendit compte qu'elle avait tout laissé dans la voiture, le Coca-Cola, les plats chinois à emporter et son sac. Elle alla jeter un coup d'œil par la fenêtre. L'équipe de télé avait disparu. La voie était libre. Elle courut à sa voiture.

64

Le substitut du procureur Artie Schulman et
Mike Wilson se rendirent ensemble dans le bureau
du procureur, Matt Koenig, pour l'informer qu'une
des empreintes sur le club de golf correspondait à
celles de Jamie Chapman.

« Il a déclaré qu'il l'avait ramassé et posé sur
une chaise près de la piscine, dit Mike.

— Mais nous avons aussi les empreintes d'Alan
Crowley sur le club, non ?

— Oui, c'est exact. Nous savons qu'Alan a
menti, mais ensuite Jamie Chapman nous a dit
qu'il avait vu Crowley parler à la victime et quitter
la propriété avant son agression.

— J'ai cru comprendre que Chapman était
handicapé mental. Pensez-vous que les informations qu'il a fournies soient crédibles ? » demanda
Koenig.

Mike soupira. « Pour la plus grande partie, oui. Il a compris mes questions. Il s'est clairement souvenu qu'il était allé dans la piscine avec la victime. Il s'est souvenu également des vêtements qu'il portait ce soir-là et nous les a remis sans rechigner. Il a eu l'impression que la victime dormait dans la piscine. Naturellement, cela supposerait que Kerry Dowling était morte quand il est arrivé sur les lieux. Mais il raconte aussi que lorsqu'il a demandé à Kerry de se réveiller, elle aurait répondu "Je ne peux pas". Si c'est vrai, elle était encore en vie.

— Aurait-elle pu être dans la piscine, blessée, quand elle a répondu "Je ne peux pas" ?

— Non. Elle avait subi un choc traumatique massif à l'arrière du crâne. Elle a perdu conscience avant même de toucher l'eau.

— Très bien. Alors quelle est votre opinion personnelle concernant Jamie Chapman ?

— Ses réponses sont un peu incohérentes. Je lui ai demandé s'il avait frappé Kerry, et il a nié. Mais il a dit qu'un "Grand Bonhomme" avait frappé Kerry, et que son père l'appelait Grand Bonhomme. J'ai essayé de lui faire dire s'il y avait un autre Grand Bonhomme mais je n'ai pas pu obtenir de réponse claire. A-t-il vu quelqu'un d'autre l'assommer ou a-t-il agi lui-même, je n'en sais rien.

— Et dans tout ça, où en est-on avec Alan Crowley ?

— C'est un point sur lequel Jamie n'a manifesté aucune hésitation répondit Mike. Il a vu Alan Crowley dire au revoir à la victime et s'en aller. »

Comme s'il était sur la défensive, Artie intervint. « Patron, tout ou presque accusait Alan Crowley, et c'est pour cette raison que nous vous avons demandé l'autorisation de l'arrêter. Mais les derniers rebondissements nous amènent à revenir sur l'hypothèse de sa culpabilité. »

Une vive contrariété se peignit sur le visage de Matt Koenig, comme s'il mesurait enfin l'aberration que représenterait l'arrestation d'un innocent.

« Il nous reste à trouver les antécédents de Jamie Chapman, dit Artie. Dossiers scolaires, incidents de comportement. Des signes éventuels de violence. En tant qu'élève ayant suivi un programme d'enseignement spécialisé, il a dû bénéficier d'un PIE, un plan individuel d'éducation. Il faut obtenir ces notes, vérifier leur contenu et en parler aux professeurs qui l'ont suivi.

— Vous savez qu'il faudra pour cela une nouvelle décision de justice, rappela Koenig.

— Je sais, dit Artie.

— Et vous savez que l'avocat de Chapman risque de s'opposer à nous à chaque stade de la procédure. Par ailleurs, il pourrait aussi nous laisser faire s'il pense que ces documents peuvent aider son client.

— Très bien, conclut Artie. Je vais contacter Greg Barber et voir quelle est sa position. »

65

Le matin qui suivit l'audience et la tempête médiatique, Artie Schulman, Matt Koenig et Mike se réunirent à nouveau. Les trois hommes savaient qu'ils étaient dans une impasse.

Le procès qui leur semblait gagné d'avance contre Alan Crowley ne tenait plus la route. Jamie Chapman, qui n'était sans doute pas l'assassin, ne pouvait être totalement exclu de l'enquête. Son avocat comme celui de Crowley s'étaient opposés à toute rencontre avec leurs clients.

Et il y avait les pistes restées en suspens : le chauffeur qui avait changé la roue de Kerry, l'identité du Grand Bonhomme.

Koenig ne s'était pas trompé en prédisant que Barber ne s'opposerait pas à ce qu'ils reçoivent des copies des dossiers scolaires de Jamie. Il s'était borné à lire rapidement l'ensemble des rapports, en avait fait faire des doubles par sa secrétaire qui les avait envoyés au bureau du procureur.

Comme ils s'y attendaient tous, les rapports indiquaient que Jamie était un adolescent souffrant d'insuffisances cognitives sévères. Ils faisaient aussi le portrait d'un élève docile et amical, dépourvu de toute tendance à l'agressivité ou à la violence.

Concernant Alan Crowley, ils convinrent qu'ils n'en étaient pas au point de demander à la cour d'abandonner les charges contre lui. Matt Koenig ajouta néanmoins qu'il allait contacter Lester Parker et lui indiquer qu'il donnait son autorisation pour libérer Alan Crowley de son bracelet électronique et lever la restriction de déplacement hors du New Jersey. Cela ne satisferait pas longtemps Parker, mais il lui signifierait qu'il ne pouvait pas faire plus pour le moment.

Il mit fin à la réunion par ces mots : « Nous faisons tous l'impossible pour résoudre cette affaire. En attendant, il nous faut encaisser les critiques qu'elle soulève. »

66

Deux semaines et demie s'étaient écoulées depuis la mort de Kerry. L'abattement s'était emparé de tout le monde. Aline s'efforçait d'être de retour à la maison presque tous les soirs à 18 h 30. Elle voulait être là pour boire un verre de vin avec sa mère, espérait lui remonter le moral en bavardant. Mais en arrivant ce soir-là, elle comprit que Fran avait eu une journée particulièrement difficile. Elle la trouva assise dans le salon en train de feuilleter un album photo de la famille. Elle avait les yeux rougis et gonflés.

Quand Fran la vit entrer, elle leva la tête vers sa fille mais laissa l'album ouvert. « Te souviens-tu du jour où Kerry s'est cassé la cheville quand elle avait onze ans ? Je n'arrêtais pas de lui dire de faire attention. Elle était bonne en patin à glace. Mais elle n'arrivait pas à faire ses pirouettes comme elle le voulait. Et elle s'escrimait à essayer.

— Je m'en souviens, dit Aline. Moi, je n'ai jamais su patiner correctement.

— C'est vrai, reconnut sa mère. Tu étais la brillante étudiante. Kerry était la brillante athlète.

— Je crois que c'est l'heure de notre verre de vin », suggéra Aline en retirant l'album photo des genoux de sa mère.

Fran ferma les yeux. « Oui, sans doute », fit-elle d'un ton indifférent.

Aline alla dans la cuisine et cria : « Il y a quelque chose qui sent délicieusement bon ici !

— C'est du veau à la parmigiana. J'ai pensé que cela nous changerait. »

Inutile de rappeler à Aline que le veau à la parmigiana était l'un des plats préférés de Kerry. Elle revint avec deux verres de vin et alluma d'autres lampes. « *Allumez les lumières et sortez de l'ombre*, chantonna-t-elle.

— Je suis étonnée que tu connaisses cet air, remarqua sa mère.

— Maman, je la connais parce que c'est ce que tu chantes chaque fois que tu allumes une lampe. »

Fran eut un vrai sourire. « Tu as raison. » Puis elle ajouta : « Aline, je ne sais pas ce que ton père et moi aurions fait si tu étais restée à Londres.

— Je serais revenue immédiatement.

— Je sais, murmura Fran. Comment s'est passé le lycée aujourd'hui ?

— Je t'ai raconté que tous les élèves de terminale ne pensent qu'à une chose : envoyer leur candidature à l'université ? Quand il s'agit de la rédiger, certains font preuve d'un talent naturel. Ils n'ont aucun mal à écrire. Pour d'autres, chaque mot est un calvaire. »

Le bruit de la porte d'entrée annonça l'arrivée de Steve. Il s'avança dans le salon, jeta un œil à leurs verres de vin et déclara : « Si je comprends bien, c'est l'heure de l'apéritif. »

Il se pencha et passa son bras autour de Fran. « Comment va, aujourd'hui ?

— La journée a été difficile. En allant faire des courses je suis passée en voiture devant le lycée. L'équipe de foot des filles s'entraînait. C'était un déchirement de les voir.

— Je sais. Je m'oblige à éviter le lycée. Il reste du vin ou vous avez tout bu ?

— Je vais te chercher un verre, papa », dit Aline, qui quittait la pièce quand on sonna à la porte.

« Nous attendons quelqu'un ? demanda Steve en se levant.

— Pas à ma connaissance », répondit Fran.

Aline regagna le salon, le verre de son père à la main pour trouver Steve accompagné de Scott Kimball. Qu'est-ce qu'il vient faire ici ? se demanda Aline.

« Bonsoir, Scott, dit-elle. Quelle surprise ! Je vois que vous avez fait la connaissance de mon père. Voici ma mère, Fran. Maman, je te présente Scott Kimball.

— Je vous connais ! dit Fran. Vous étiez l'entraîneur de Kerry au lacrosse.

— Scott, vous désirez boire quelque chose ? demanda Steve.

— Je prendrais volontiers un verre de vin blanc, comme vous.

— Prenez celui-ci, dit Steve en indiquant le verre que tenait Aline. Je vais m'en chercher un autre.

— Je vous en prie, asseyez-vous », s'empressa Fran.

Et pourquoi ne pas ôter vos chaussures tant qu'à faire, ironisa Aline en son for intérieur.

« Eh bien, Scott, fit-elle, qu'est-ce qui vous amène ?

— Aline, j'ai en vain tenté de vous joindre. Je suppose que vous aviez éteint votre téléphone. Un de mes amis m'a appelé dans l'après-midi. Il a pris deux billets pour *Hamilton* demain soir mais il était navré de devoir partir dans la matinée pour régler une affaire urgente et me les a donnés. Je me demandais si vous seriez libre.

— Oh, Aline, c'est merveilleux ! s'exclama Fran. Ton père et moi avons toujours rêvé de voir ce spectacle. »

Aline chercha désespérément un moyen de convaincre Scott d'offrir ces billets à ses parents. Elle hésita, ne sachant comment refuser.

Fran répondit pour elle : « Aline, c'est une occasion unique. Tout le monde dit que c'est une des meilleures comédies musicales qui soient. »

Steve renchérit : « Scott, c'est vraiment gentil de votre part. »

Aline n'avait aucune envie de voir *Hamilton*. Et l'idée de passer une troisième soirée en compagnie de Scott Kimball était loin de l'enchanter. Elle lui en voulait d'avoir débarqué ainsi chez elle sans prévenir. Avant qu'elle puisse répondre, sa mère lança : « Scott, aimez-vous le veau à la parmigiana ?

— *J'adore* ça, mais je ne veux pas m'imposer.

— Qui arrive avec deux billets pour *Hamilton* ne s'impose pas, dit Steve chaleureusement. N'est-ce pas, Aline ? »

Elle n'eut d'autre choix que de répondre : « Bien sûr. »

Scott était assis en face d'elle, sur la chaise que Kerry avait l'habitude d'occuper.

Au dîner, il se mit à parler de sa famille. « J'ai été élevé dans le Nebraska, où ma mère et mon père vivent toujours. Ainsi que mes grands-parents. Je passe une grande partie de mes vacances avec eux. Mais, comme je l'ai dit à Aline, j'adore voyager et je pars souvent l'été.

— Nous faisons une croisière fluviale avec des amis une fois par an, dit Fran. J'aime beaucoup ce genre de navigation. L'année dernière, c'était le Danube. L'année précédente, la Seine.

— Une croisière sur un fleuve, je vais mettre ça en tête de mes priorités », s'enthousiasma Scott.

Aline resta silencieuse tout le temps du dîner. La prochaine fois, songeait-elle pleine de rancœur, il va débarquer avec deux billets pour une croisière.

Pourquoi Scott lui déplaisait-il tellement ? Leur dîner impromptu de la dernière fois avait pourtant été agréable. Et elle appréciait le fait qu'il se soucie tellement de Valerie.

Mais elle ne souhaitait pas que les choses aillent plus loin. Elle irait voir *Hamilton* le lendemain et ce serait tout. Point final. Si Mike était arrivé avec ces deux billets, j'aurais accepté avec plaisir, songea-t-elle avec mélancolie.

Elle comprit qu'elle ne s'était pas trompée quand, le lendemain soir, après avoir vu *Hamilton*, Scott la raccompagna chez elle. Alors qu'elle cherchait sa clé dans son sac, devant la porte, il la prit soudain dans ses bras et l'embrassa. « Je suis en train de tomber amoureux de vous, Aline, dit-il. Ou plutôt, je le suis déjà. »

Elle se dégagea de son étreinte et introduisit la clé dans la serrure en disant d'une voix pleine de détermination : « Soyez gentil, Scott. Oubliez ça. » Puis elle ferma énergiquement la porte derrière elle.

67

Mike venait à peine d'arriver quand l'enquêteur Sam Hines frappa et poussa la porte entrebâillée de son bureau. « Mike, je crois avoir trouvé quelque chose sur notre expert en mécanique. »

Mike lui fit signe d'entrer et désigna la chaise en face de lui. « Je t'écoute.

— C'est un coup de chance, je suis tombé dessus sans même chercher. Je m'intéressais aux chauffeurs de sociétés qui ont des permis pour travailler dans les municipalités du coin. Jusque-là, rien d'intéressant. Mais ces sociétés ne sont pas les seules à posséder des dépanneuses. Les ferrailleurs en ont aussi pour remorquer les voitures accidentées ou les épaves.

— Ça paraît logique.

— C'est un rapport de la police de Lodi qui m'a mis la puce à l'oreille, commença Hines. "Edward Dietz, vingt-quatre ans, arrêté il y a trois heures et inculpé pour possession de cocaïne et de matériel associé." Il a été pris sur la Route 17 pour excès de vitesse et dépassement par la droite. La dépanneuse qu'il conduisait appartient à Ferranda Brothers, une société de Moonachie, spécialisée dans la récupération d'épaves.

« Et c'est là que ça devient intéressant. J'étais en train de lire ce rapport quand mon téléphone a sonné. C'était l'agent Sandy Fitchet du département de police de Lodi. Fitchet était au courant de l'avis de recherche que nous avions émis concernant le chauffeur de la dépanneuse. D'après Fitchet, ils ont gardé ce type en détention provisoire pendant qu'ils vérifiaient s'il avait fait l'objet de mandats d'arrêt non exécutés, et il y en avait plusieurs. Défaut de comparution devant le tribunal pour infraction au code de la route, retard dans le paiement de pension alimentaire, accusation de harcèlement retirée il y a trois mois, selon laquelle il aurait tenté d'embrasser une femme de force après l'avoir aidée à faire démarrer sa voiture sur le parking de Woodbury Commons.

— Pourquoi a-t-elle été retirée ?

— La victime habitait en dehors de l'État. Elle ne s'est pas présentée pour témoigner.

— Quel âge avait-elle ?

— Dix-sept ans.

— Il aime donc s'attaquer aux jeunes femmes. Il propose de les aider puis tente de profiter d'elles.

Bon boulot, Sam. J'aimerais parler à notre homme sans tarder.

— Je m'en doutais, fit Hines. Fitchet vous attend au commissariat. Dietz est encore en cellule chez eux. »

Tandis qu'il roulait au ralenti sur la Route 17 en direction du sud, Mike espérait vivement que cet homme soit bien le chauffeur qui avait dépanné Kerry. D'un autre côté, il ne pouvait s'empêcher de penser que les médias en feraient sûrement des gorges chaudes : un troisième suspect dans l'affaire Dowling ! Ne nous emballons pas, se dit-il. Il y a toutes les chances que ce type ne soit pas celui que nous recherchons.

Quand il arriva enfin au commissariat de Lodi, le sergent de garde lui indiqua une pièce où l'attendait l'agent Sandy Fitchet, qui s'avéra être une femme, devant une table sur laquelle étaient étalés plusieurs sachets de plastique transparents. L'un d'eux contenait un portefeuille, un canif et un trousseau de clés. Un autre était bourré de papiers.

L'agent Fitchet se leva, tendit la main et se présenta. Elle avait entre vingt-cinq et trente ans, estima Mike.

Elle relata les circonstances dans lesquelles elle avait arrêté Dietz sur la route. « Je suis en train de vérifier ses effets personnels, dit-elle en vidant sur la table le contenu d'une des pochettes en plastique.

— Voilà un portefeuille bien rebondi, fit remarquer Mike. Puis-je en examiner le contenu ?

— Je vous en prie, dit Sandy en ouvrant une autre pochette remplie de papiers divers.

— Qu'est-ce que c'est ? demanda Mike.

— C'était dans la dépanneuse. Sa pipe à crack était posée sur le dessus.

— Comment avez-vous fait pour obtenir un mandat de perquisition aussi rapidement ?

— Je n'en ai pas eu besoin. La dépanneuse n'appartient pas à Dietz. Elle est immatriculée au nom de Ferranda Brothers. J'ai parlé au propriétaire. Après m'avoir assuré que rien de ce que je pourrais trouver dans la dépanneuse ne lui appartenait, il m'a donné l'autorisation d'inspecter son camion.

— Quelle impression vous fait Dietz ?

— J'étais en train de l'informer de ses droits après l'avoir arrêté, et cet imbécile n'a rien trouvé de mieux que de me dire qu'il me trouvait jolie. Quel taré. »

Mike sourit. Le portefeuille de Dietz était si épais que Mike préféra en retirer divers papiers qu'il empila méthodiquement sur la table. Des factures de Wendy's, Dunkin' Donuts et de McDonald's. Des reçus pour des pleins d'essence et de ShopRite. Une contravention vieille de deux semaines. Le reçu d'un réparateur de motos. Plusieurs cartes de visite, dont une d'un médecin et deux autres d'avocats. Mike connaissait l'un des avocats, dont le cabinet se trouvait à East Rutherford.

Son attention fut soudain attirée par une enveloppe déchirée sur laquelle était griffonné un numéro de téléphone.

Sandy dut voir son expression changer. « Inspecteur, qu'y a-t-il ? »

Sans répondre, il sortit son carnet de sa poche, le feuilleta et regarda à nouveau le numéro inscrit sur l'enveloppe déchirée. Un sourire satisfait apparut sur son visage.

« Bingo ! s'exclama-t-il. Le numéro inscrit sur cette enveloppe est celui de Kerry Dowling. C'est notre homme.

— Inspecteur, quand vous interrogerez Dietz, ça vous ennuie si je l'observe depuis la pièce d'à côté ?

— Aucun problème. »

Tandis qu'il attendait dans une autre salle qu'on fasse venir Dietz, Mike téléphona à Artie Schulman. Le substitut insista pour avoir des nouvelles dès qu'il aurait terminé son interrogatoire.

La porte s'ouvrit et Sandy Fitchet entra, escortant Dietz. Il portait un jean graisseux à la couleur indéterminée et des rangers éraflés. Son T-shirt gris maculé et déchiré à l'épaule gauche portait le logo d'une marque de moteurs sur le devant. Il tenait ses mains menottées devant lui. Des traces révélatrices de piqûres récentes étaient visibles sur ses bras nus. Il s'assit sur la chaise pliante en face de Mike.

Environ un mètre soixante-quinze. Coiffé en brosse. Des traits plutôt agréables malgré une barbe de plusieurs jours et des cernes marqués sous les yeux.

Mike commença : « Monsieur Dietz, mon nom est Mike Wilson. Je suis inspecteur, attaché au bureau du procureur du comté de Bergen.

— Et moi je m'appelle Eddie Dietz, mais vous le savez probablement déjà. C'est un honneur de faire votre connaissance, inspecteur, fit-il d'un ton ironique.

— Ok, Eddie. Je ne veux pas vous prendre davantage de votre précieux temps, nous irons donc à l'essentiel. Pour commencer, disons que votre récente contravention pour excès de vitesse ne m'intéresse en aucune façon, pas plus que votre condamnation pour détention de stupéfiants, ni les divers mandats d'arrêt vous concernant, ni vos retards de versements de pension alimentaire. J'en passe et des meilleures. Je suis là dans le cadre d'une enquête concernant une certaine jeune fille du nom de Kerry Dowling. Ce nom vous dit-il quelque chose ? »

Dietz resta silencieux un moment. « Non, rien du tout.

— Voilà qui pourra peut-être vous aider. » Mike tira une photo de Kerry d'une enveloppe et la poussa sur la table en direction de Dietz.

Dietz la regarda, puis leva les yeux : « Désolé, je la connais pas.

— Vous dites que vous ne la *connaissez* pas. Est-ce que ça veut dire que vous ne l'avez jamais rencontrée ? »

Dietz secoua la tête.

« Très bien, Eddie. Voyons si je peux vous rafraîchir la mémoire. La fille sur la photo est Kerry Dowling, elle a dix-sept ans. Il y a deux semaines et demie, après avoir organisé une soirée pour ses camarades de classe, elle a été retrouvée morte dans la piscine de son jardin.

— Ah oui, j'ai peut-être vu cette histoire à la télé. »

Mike prit une pochette qu'il avait placée sous sa chaise et la posa sur la table. Désignant le portefeuille à l'intérieur, il demanda : « C'est à vous ?

— On dirait.

— C'est votre portefeuille, Eddie. Et les papiers qui sont à l'intérieur vous appartiennent aussi, n'est-ce pas ?

— Peut-être bien.

— Eddie, je veux savoir à quoi correspond ce bout de papier, dit Mike en posant l'enveloppe déchirée sur la table.

— C'est un numéro de téléphone, et alors ?

— Eddie, assez plaisanté. Environ une semaine avant la mort de Kerry Dowling, vous étiez sur la Route 17 à Mahwah. Vous vous êtes arrêté et avez changé son pneu crevé. Vous vous êtes arrangé avec elle pour lui fournir de l'alcool pour sa fête, à laquelle vous auriez voulu être invité. Vous lui avez même demandé si vous pouviez venir après les réjouissances. Quand elle a refusé, vous avez essayé de l'agresser sexuellement.

— Je n'ai pas essayé de l'agresser. C'est elle qui voulait.

— C'est ça ! J'en suis persuadé. Exactement comme la fille de Woodbury Commons. Un beau gars comme vous l'aide à faire repartir sa voiture. Elle voulait juste se montrer reconnaissante.

— Exactement.

— Eddie, j'aimerais pouvoir vous coffrer pour avoir agressé Kerry et pour avoir fourni de l'alcool à une mineure, mais je ne le peux pas. Kerry Dowling, seul témoin, est morte, assassinée. En revanche, ce n'est pas la fin de l'histoire entre vous et Kerry. Plus tard cette nuit-là, vous...

— Hé, minute. Vous ne croyez pas que j'ai...

— Si, Eddie. Je pense que vous êtes retourné chez elle après la fête. Peut-être étiez-vous un peu bourré ou shooté. Quand elle a refusé vos avances, vous vous êtes carrément mis en rogne et vous l'avez tuée. »

Eddie semblait avoir du mal à respirer. Son air buté et son regard vitreux disparurent. « Le jour de sa mort, c'était le samedi soir ? demanda-t-il, soudain vif et concentré.

— Samedi 25 août, répondit Mike. Le jour où vous avez livré la bière et demandé si vous pouviez venir à la fête.

— Ouais, c'est vrai. Quand je lui ai apporté la bière, je lui ai demandé si je pouvais venir à la fête. Mais je peux prouver que je ne suis pas retourné chez elle ce soir-là.

— Comment ça ? demanda Mike.

— Je suis parti en voiture à Atlantic City ce soir-là, et je suis descendu au Tropicana. J'ai joué la plus grande partie de la nuit.

— À quelle heure êtes-vous arrivé au Tropicana ?

— Je me suis enregistré à l'hôtel vers 22 heures. »

Mike fit un calcul rapide. Atlantic City était à deux cent vingt kilomètres de Saddle River. Même en roulant à fond, il fallait plus de deux heures pour arriver là-bas. À supposer qu'il ait assassiné Kerry à 23 h 15, il n'aurait pas pu arriver au Tropicana avant 1 h 30 du matin.

« Dans le bazar de votre portefeuille, je n'ai pas vu de reçu du Tropicana.

— Je garde pas tout.

— Êtes-vous allé en voiture à Atlantic City ?

— Oui.

— Seul ?

— Oui.

— Avec quelle voiture ?

— La mienne.

— Avez-vous un E-Zpass pour les péages ?

— Pas depuis que j'ai perdu ma carte de crédit. Je paie cash chaque passage.

— Comment avez-vous payé votre chambre d'hôtel ?

— En liquide.

— Ok, Eddie. Je vais vérifier votre histoire avec le Tropicana. Je sais où vous trouver en cas de besoin. »

Au moment où Mike s'apprêtait à sortir de la pièce, le sergent de garde l'arrêta. « Inspecteur, l'agent Fitchet vous demande de l'attendre quelques minutes. Elle voudrait vous parler avant que vous partiez.

— Très bien », dit Mike en allant s'asseoir sur une chaise. Il téléphona à Artie Schulman, qui répondit immédiatement. « Artie, je suis encore au commissariat de police de Lodi. Le type qu'ils ont arrêté est bien le conducteur de dépanneuse que nous cherchions. Il prétend qu'il était à Atlantic City à l'heure du crime. Je vérifie son alibi.

— Bon travail, Mike. De mon côté, je vais voir si nous avons des contacts permettant d'accélérer la procédure. Tenez-moi au courant. »

À peine avait-il raccroché que Mike aperçut Sandy Fitchet qui s'approchait un papier à la main. Elle s'assit sur la chaise voisine de la sienne. « Je viens de parler à mon oncle, Herb Phillips. Il est lieutenant de la police d'État du New Jersey. Il a des contacts étroits avec les responsables des casinos. Herb m'a dit que le directeur de la sécurité du Tropicana et lui-même étaient prêts à vous recevoir demain matin à 10 heures pour examiner les bandes de leurs caméras de surveillance. Voici leurs numéros de téléphone.

— Je suis au tribunal demain matin. Je ne pourrai pas y aller en personne. J'enverrai un de mes enquêteurs. Merci, agent Fitchet, je vous dois un dîner », dit Mike en se hâtant vers sa voiture.

Son premier appel fut pour Sam Hines. « Branche ton réveil. Tu dois être à Atlantic City à 10 heures. Appelle Artie et tiens-le au courant. » Sur ce, il lui rapporta l'interrogatoire de Dietz.

Le lendemain matin, Mike était dans son bureau, occupé à des tâches administratives. Un retard au procès avait reporté son témoignage à l'après-midi. Quand son téléphone sonna à 11 h 30, l'écran afficha Hôtel Tropicana.

« Sam, qu'as-tu trouvé ?

— Le cahier des réservations indique qu'une chambre d'une personne pour la nuit du 25 août a été réservée par un dénommé Edward Dietz. La chambre a été réglée d'avance en espèces. La vidéo de la caméra de sécurité montre un homme blanc et jeune entrant dans l'hôtel à 21 h 49. Il n'y a aucun doute, il s'agit bien de Dietz. Il y a encore une longue séquence prise à l'intérieur du casino que je pourrais vérifier mais…

— Laisse tomber, dit Mike. S'il était à Atlantic City un peu avant 22 heures, il est absolument impossible qu'il ait pu être de retour à Saddle River à 23 h 15. Remercie tout le monde sur place de ma part. »

Mike raccrocha et poussa un long soupir. Il avait le cœur gros à la perspective de dire au procureur Matt Koenig et à son adjoint Artie Schulman qu'une fois encore le nombre de leurs suspects dans l'affaire Dowling se réduisait à deux : Alan Crowley et Jamie Chapman.

68

Marina Long commençait à se demander si elle ne devait pas provisoirement cesser de travailler. Douée pour tout ce qui touchait à la mode, elle était employée dans une boutique de prêt-à-porter près de chez elle à Ridgewood. Elle avait un talent inné pour aider les clientes à choisir le style qui convenait à leur morphologie et à leur personnalité. Elle avait déjà un certain nombre d'habituées.

Elle avait trouvé ce travail peu après leur installation dans le New Jersey. Il lui plaisait et était relativement bien payé. Mais elle se faisait de plus en plus de mauvais sang pour Valerie. L'humeur de sa fille ces derniers jours s'était encore assombrie et elle paraissait toujours plus absente, comme étrangère à tout. Inquiète de cette évolution, Marina décida qu'elle se devait d'être présente à la maison à l'heure où sa fille rentrait de l'école.

Valerie se rebiffant pour un oui ou pour un non, Marina décida de lui cacher ses angoisses et prétexta vouloir trouver un travail avec des horaires qui lui conviendraient mieux.

Valerie, balayant le sujet d'un geste, fit la même réponse que d'habitude : « Comme tu veux. »

Le vendredi matin, ne la voyant pas au petit déjeuner, Marina monta dans sa chambre. Valerie était dans son lit, recroquevillée en position fœtale, profondément endormie.

Sentant instinctivement qu'il y avait quelque chose d'anormal, Marina se précipita vers elle. Un flacon de médicaments était posé sur la table de nuit, ouvert. Marina s'en empara. C'était du zolpidem, un somnifère puissant qu'elle prenait occasionnellement. Le flacon était vide.

Marina secoua l'épaule de sa fille, la retourna sur le dos en criant son nom. Elle ne bougea pas.

Marina l'examina. Son teint était livide, ses lèvres bleues. Elle respirait à peine.

« Oh, mon Dieu, non ! » hurla-t-elle en se précipitant sur le téléphone pour composer le 911.

69

Fran et Steve partirent pour les Bermudes le vendredi matin. Ils avaient finalement décidé d'y rester une semaine entière. Aline était heureuse que sa mère ait accepté de prolonger leur séjour. Fran semblait de plus en plus déprimée et avait terriblement besoin de changer d'horizon.

En rentrant chez elle le vendredi, elle prit le courrier dans la boîte aux lettres au bout de l'allée et alla le déposer sur la table de la cuisine. L'une des enveloppes adressées à Mlle Kerry Dowling attira son regard. Le relevé de sa MasterCard, en toute vraisemblance.

Aline se souvint que ses parents lui avaient offert une carte de crédit avant son départ à l'université. « Uniquement en cas d'urgence », avait dit son père en souriant, sachant que sa fille et lui n'avaient peut-être pas la même conception de l'urgence. Il en avait sans doute fait autant pour Kerry.

En temps ordinaire, elle aurait laissé ses parents s'occuper de la lettre. En leur absence, elle décida de l'ouvrir.

Il n'y avait que deux débits. L'un pour ETD, un magasin de pneus. Sans doute le pneu neuf que papa lui avait demandé d'acheter, pensa Aline.

Le second débit, d'un montant de 22,79 dollars, provenait d'un *diner* à Hackensack. C'est bizarre, pensa Aline. Il y a des restaurants à Waldwick et à Park Ridge, plus près de Saddle River. Pourquoi Kerry est-elle allée jusqu'à Hackensack ? Mais il y avait plus. C'était le 25 août, le jour où elle avait donné sa fête, le jour où elle avait été assassinée.

Aline sortit son téléphone portable et ouvrit sa messagerie. Le texto de Kerry qui mentionnait quelque chose de *très important* lui avait été envoyé à 11 h 02 le même jour.

Elle regarda de nouveau le relevé. Presque 23 dollars, pensa-t-elle, une somme élevée pour une seule personne. Kerry a peut-être retrouvé quelqu'un pour le petit déjeuner et payé la note. Elle m'a envoyé ce texto peu de temps après. Y avait-il un lien ?

Kerry était allée dans ce restaurant un samedi matin, réfléchit Aline. Demain, on est samedi. Il y a des chances pour que le même personnel soit de service, y compris celui ou celle qui a servi Kerry.

Qui avait-elle pu rencontrer ? Alan ? Une de ses amies ? Une des filles de l'équipe de lacrosse ? Il fallait qu'elle sache.

Aline alla chercher son ordinateur, ouvrit la page Facebook de sa sœur et imprima quelques-unes de ses photos.

L'idée de découvrir ce qui était si *important* tint Aline éveillée la plus grande partie de la nuit.

À 8 h 15 elle se leva, prit une douche et s'habilla. À 8 h 45 elle était dans sa voiture en route pour le Coach House. Elle avait sauté son café habituel. Ils seront peut-être plus bavards si je prends mon petit déjeuner là-bas.

Il n'y avait que trois ou quatre voitures dans le parking. Deux serveurs s'occupaient des clients au bar. Aline regarda autour d'elle. Si Kerry avait eu une conversation privée avec quelqu'un, elle devait avoir choisi une table aussi loin que possible des autres clients. Probablement une de celles situées sur la droite ou la gauche, près des fenêtres.

L'homme qui était à la caisse demanda : « Pour combien ?

— Seulement une personne, dit-elle. J'aimerais une table près de la fenêtre.

— Bien sûr. Asseyez-vous où vous voulez. »

Une minute après, une serveuse arrivait avec la carte.

« Vous voulez un café pour commencer ?

— Volontiers. »

Aline ouvrit la chemise dans laquelle elle avait mis les photos qu'elle avait imprimées.

Quand la serveuse revint avec le café, Aline se lança : « Vous travaillez le samedi apparemment. Étiez-vous de service le samedi 25 août dans la matinée ? »

La serveuse réfléchit. « Voyons. C'était il y a trois semaines. Oui, j'étais revenue de vacances. J'étais de service.

— Ma sœur est venue ici ce samedi-là. Elle avait rendez-vous avec quelqu'un. J'essaye de retrouver cette personne. Voudriez-vous regarder ces photos ?

— Bien sûr. »

Aline étala plusieurs photos sur la table. « Cette fille, réfléchit la serveuse, son visage m'est familier. Je suis sûre de l'avoir vue. » Elle désignait la photo de Kerry.

« C'est ma sœur, dit Aline.

— Oh, mon Dieu ! s'exclama la serveuse. N'est-ce pas cette pauvre jeune fille qu'on a retrouvée morte dans sa piscine ?

— Malheureusement si, dit doucement Aline.

— Je l'ai servie ce jour-là. Elle était assise à la table où vous vous trouvez en ce moment avec une autre jeune fille. »

La serveuse se pencha et examina les autres photos les unes après les autres. Elle étudia celle de l'équipe de lacrosse et pointa un visage. « Avec elle. Celle qui pleurait. »

Elle désignait Valerie.

70

Marge entendit le téléphone sonner pendant qu'elle débarrassait les assiettes du petit déjeuner. C'était Gus Schreiber, le gérant du supermarché Acme.

Étonnée de cet appel inattendu, elle s'empressa de lui dire : « Oh, monsieur Schreiber, vous avez été tellement gentil avec Jamie. Il est si content de travailler pour vous. Je ne sais pas ce qu'il ferait s'il n'avait pas ce job chez Acme. »

Il y eut un silence embarrassé au bout du fil. Puis Schreiber se lança : « Madame Chapman, voici la raison de mon appel. Chez Acme, les clients sont notre priorité absolue. Un certain nombre d'entre eux sont venus me trouver et se sont dits préoccupés de voir Jamie travailler dans notre magasin dans les circonstances actuelles. J'espère que vous comprenez ce que je veux dire.

— Non, je ne comprends pas. Voulez-vous me l'expliquer ?

— Madame Chapman, avec ce qui est arrivé à Kerry Dowling, les gens sont naturellement inquiets lorsqu'ils voient Jamie dans le magasin.

— Dites-leur qu'ils devraient plutôt s'inquiéter de votre autre employé, cette langue de vipère de Tony Carter, riposta farouchement Marge. Vous savez très bien que Jamie a toujours été un employé modèle. Et ceci pendant les deux années où il a été chez vous. Maintenant, vous voulez le mettre à la porte sans raison valable ? Et la présomption d'innocence ? C'est une honte !

— Madame Chapman, il y a beaucoup d'épiceries concurrentes dans le voisinage. Je me vois dans l'obligation de tenir compte des inquiétudes de nos clients.

— Même au prix d'une profonde injustice envers un employé particulièrement dévoué ? Dès que j'aurai raccroché, je jette ma carte Acme à la poubelle. Mais laissez-moi vous dire une chose : Jamie a un très bon avocat que je vais informer de cette conversation ! » Et elle raccrocha brutalement.

Elle entendit les pas de Jamie dans l'escalier. Il était habillé pour partir à son travail. « Mom, j'y vais maintenant. À tout à l'heure.

— Attends une seconde, Jamie. Il faut que je te parle. Assieds-toi, s'il te plaît.

— Mom, j'ai peur d'être en retard. Je pointe en arrivant au magasin. »

Marge chercha les mots qui convenaient le mieux. « Jamie, il arrive que des sociétés comme Acme n'aient plus assez de clients. Dans ce cas, la direction doit dire à certains de leurs employés qu'ils ne peuvent plus continuer à travailler.

— Est-ce que ça veut dire qu'ils vont renvoyer certains de mes amis ?

— Oui, c'est ça, Jamie. Mais pas seulement certains de tes amis. Toi non plus tu ne pourras plus y travailler.

— Je ne peux plus y travailler ? Mais M. Schreiber a dit que j'étais un de ses meilleurs employés !

— Je sais qu'il l'a dit, et il est vraiment désolé », dit Marge avec amertume.

Jamie tourna les talons et se dirigea vers l'escalier. Lorsqu'il arriva en haut, Marge l'entendit éclater en sanglots.

71

Le samedi en fin de matinée, après avoir fait quelques courses, Mike vaquait dans son appartement, rechignant à la perspective de prendre sa voiture pour aller dans le Nouveau Brunswick en fin d'après-midi. C'était pourtant sa seule opportunité de rencontrer des témoins qui devaient intervenir dans une autre affaire.

Il savait que ce n'était pas pro de sa part d'organiser une réunion avec Aline uniquement parce qu'il avait envie de la voir. Mais il se souvenait d'une des citations favorites de sa mère : « Le cœur a ses raisons que la raison ne connaît point. » C'était ce qu'elle disait quand un couple improbable se formait.

La veille au soir, il avait dîné avec une de ses anciennes amies de la fac de droit. Elle était séduisante et intelligente. Il avait passé un moment agréable en sa compagnie. Mais ce qu'il avait ressenti n'était en rien comparable à ce qu'il éprouvait pour Aline.

Il se rappela à l'ordre. Sa mission était de mener une enquête sur le meurtre d'une jeune fille et ses rapports avec la famille de la victime, y compris sa sœur, devaient se limiter strictement à ce cadre.

Mais il avait beau faire, Aline Dowling occupait constamment ses pensées. Il cherchait malgré lui des raisons professionnelles de lui téléphoner pour la rencontrer.

Son image ne quittait pas son esprit, ses grands yeux bruns bordés de longs cils que soulignaient parfois les couleurs de ses vêtements. À leur première sortie, elle portait une veste bleu-violet avec un pantalon assorti qui accentuaient l'élégance de sa silhouette. Elle laissait souvent ses cheveux retomber naturellement sur ses épaules et sa ressemblance avec Kerry était alors frappante. Parfois aussi, elle les ramenait en arrière sur sa nuque. Mike se surprit lui-même à se demander laquelle des deux coiffures il préférait.

Elle lui avait parlé de son fiancé qui avait été tué dans un accident de voiture quatre ans plus tôt et il avait le sentiment qu'elle n'avait personne dans sa vie actuellement. La chaleur avec laquelle elle défendait Jamie Chapman, pourtant soupçonné du meurtre de sa sœur, l'honorait. Et elle ne ménageait pas ses efforts pour trouver un indice susceptible de servir l'enquête.

Il était clair qu'elle n'était pas convaincue non plus de la culpabilité d'Alan Crowley. Mike savait néanmoins qu'Aline s'inquiétait du comportement d'une lycéenne qui avait été très proche de Kerry et montrait les signes d'une grave dépression. Accepterait-elle de lui en dire davantage ? Étant donné qu'elle avait pris soin de ne pas mentionner son nom, cela paraissait peu probable. Comme il se faisait cette réflexion, son portable sonna. Aline, bien sûr.

« Mike, voilà quelque temps, vous m'avez demandé de réfléchir à ce que Kerry avait à l'esprit dans son dernier message. J'ai peut-être un peu progressé. Kerry m'avait envoyé un texto le samedi de sa mort à 11 h 02. J'ai vu sur son relevé de carte bancaire que le même jour elle avait retrouvé quelqu'un dans un *diner* pour le petit déjeuner. La serveuse se souvenait très bien de Kerry, elle m'a dit que la fille qui l'accompagnait pleurait. J'ai apporté des photos des amies de Kerry. Elle a aussitôt reconnu cette fille.

— Qui est-ce ?

— Son nom ne vous dira rien. C'est Valerie Long. Je vous en ai déjà parlé. Elle faisait partie de l'équipe de lacrosse de Kerry. D'après ce que j'ai compris, Kerry l'avait prise sous son aile, et elle est inconsolable depuis sa mort. D'après mes calculs, Kerry m'a envoyé ce message peu après leur rencontre.

— Savez-vous ce qu'elles se sont dit ?

— Non, mais je vais trouver une raison de faire venir Valerie dans mon bureau lundi, et j'essayerai de la faire parler.

— Aline, si cette fille a confié à Kerry quelque chose qui pourrait d'une façon ou d'une autre avoir un lien avec sa mort, la faire parler peut être dangereux pour vous. Je vous suggère de faire venir ladite Valerie dans votre bureau, de lui dire que vous êtes au courant de son dernier rendez-vous avec votre sœur et d'essayer de lui faire comprendre que Kerry s'apprêtait à vous faire part de leur discussion, qu'elle aurait aimé vous demander votre avis. Nous verrons par la suite s'il est important que je rencontre cette jeune fille.

— C'est ce que j'ai l'intention de faire, dit Aline. Merci, Mike.

— Et, Aline, j'ai été ravi de passer ces quelques soirées avec vous. Quand cette affaire sera terminée…

— C'est oui, l'interrompit Aline. Invitez-moi à dîner. »

72

Le dimanche matin, après la messe de 10 heures, Aline profitait du calme et du silence tout en lisant le journal. Elle décida de ne pas s'attaquer tout de suite au travail qu'elle avait apporté du lycée. Encore un café, se dit-elle, puis une heure de sport à la salle, et je m'y mettrai.

Comme elle se levait de table, le téléphone sonna. Un numéro privé. Elle décrocha.

« Aline Dowling ?

— Moi-même. Qui est à l'appareil ?

— Marina Long. Aline, je suis vraiment désolée de vous appeler chez vous, je n'avais pas votre numéro de portable.

— Je vous en prie, Marina, c'est sans problème. Je pensais justement à vous et à Valerie. Elle ne s'est pas présentée au lycée vendredi. Il n'y a rien de sérieux, j'espère ? »

Il y eut un silence, puis Marina répondit. « Non, enfin si, mais ça va un peu mieux maintenant.

— Marina, vous semblez bouleversée. Qu'y a-t-il ?

— Valerie a fait une tentative de suicide vendredi...

— Oh, mon Dieu ! Comment va-t-elle ?

— Bien. Je suis restée avec elle à l'hôpital toute la journée de vendredi. Ils l'ont gardée pour la nuit. Un psychiatre est venu le lendemain matin et a parlé avec elle. Il a dit que nous pouvions la ramener à la maison. Elle a dormi la plus grande partie de la journée d'hier, et semble mieux aujourd'hui. Je suis horriblement inquiète. Je crois qu'elle devrait rester à la maison et se reposer pendant quelques jours.

— Marina, ne vous tourmentez pas pour cela. Je vais prévenir ses professeurs. Voyez-vous un inconvénient à ce que je lui rende visite ? Je peux venir maintenant. Je vous promets de ne rester que quelques minutes.

— Je sais à quel point vous prenez soin d'elle. Bien sûr, venez quand vous voudrez. »

Très pâle, Valerie était allongée sur le canapé du petit salon, la tête soutenue par plusieurs oreillers, une couverture sur les genoux. Aline s'approcha, l'embrassa et prit une chaise.

« Valerie, nous nous faisons tous tellement de souci à votre sujet. S'il vous était arrivé quelque chose, j'aurais été désespérée. Je veux juste que vous sachiez que tout le monde vous aime sincèrement et ne désire que vous aider. Si vous avez besoin de parler à quelqu'un, je suis là. »

Valerie la regarda. « Vous ne comprenez donc pas ? Je ne peux rien vous dire ! » s'écria-t-elle violemment. Puis elle détourna les yeux et ne prononça plus un mot.

Aline rentra chez elle et appela Mike aussitôt. Sans réponse de sa part, elle laissa un message l'informant de sa visite à Valerie à la suite de sa tentative de suicide.

De retour de son footing au lac Schlegel, Mike écouta ses messages. Il essaya immédiatement d'appeler Aline qui ne répondit pas. Sans pouvoir l'expliquer, il était convaincu que ce petit déjeuner entre les deux jeunes filles était d'une certaine manière lié à ce qui était arrivé à Kerry ce soir-là.

Chaque minute compte à partir de maintenant, pensa-t-il. Deux suspects attendent désespérément que cette affaire soit résolue. Il chercha sur le Net, trouva une adresse correspondant au nom de Long à Saddle River. Il n'y en avait qu'une.

Il appela une de ses collègues dont il désirait la présence à ses côtés. Elle le rejoindrait sur place.

Vingt minutes plus tard, le portable de Mike sonnait. C'était Aline. « Désolée, j'ai raté votre appel. J'ai laissé mon appareil à la maison quand je suis allée à la salle de sport.

— Aline, il faut savoir ce que Kerry et Valerie se sont dit. Il y a peut-être un lien direct avec la mort de Kerry. Surtout si vous me dites que cette gosse a tenté de se suicider. Je ne veux pas attendre une minute de plus. J'ai demandé à une collègue de mon service de me retrouver chez les Long. Elle est bienveillante et expérimentée. Pouvez-vous appeler les parents de Valerie et leur demander si je peux passer chez eux plus tard dans la journée ? Ils ont confiance en vous. Je crois qu'il serait préférable que vous les préveniez.

— Je vais leur téléphoner immédiatement. »

Dix minutes plus tard, Aline rappela. « Mike, j'ai eu un peu de mal à les convaincre, car ils trouvent Valerie encore très fragile. Ils acceptent de vous recevoir vers 18 heures à condition que vous n'insistiez pas si elle est trop bouleversée.

— Merci beaucoup, Aline. Je vous dois un dîner. Pourquoi pas ce soir, vers 19 h 30 ou 20 heures ? Je viendrai directement chez vous en sortant de chez Valerie.

— Ça marche. »

73

Impatiente de revoir Mike, Aline alla se changer, choisit un chemisier en soie bleu marine et un jean slim. Elle finissait de se maquiller quand son téléphone sonna. Le nom qui s'afficha sur l'écran la surprit. « Madame Chapman ?

— Vous êtes Aline Dowling ?

— Oui.

— Aline, je m'appelle Brenda Niemeier. Je suis une amie de Marge. J'utilise son téléphone, elle m'a demandé de vous appeler.

— Il lui est arrivé quelque chose ? »

Aline entendit son interlocutrice refouler ses larmes. « Je suis à l'hôpital de Pascack Valley. Marge vient d'avoir une crise cardiaque. Il y avait des instructions dans son sac pour qu'on m'appelle en cas d'urgence et me chargeant de prendre certaines décisions à sa place si elle n'en était pas capable. »

Oh mon Dieu ! pensa Aline, pas vraiment surprise. Elle imaginait facilement l'angoisse dans laquelle avait vécu Marge durant les semaines passées. « Brenda, en quoi puis-je être utile ?

— Quand j'ai vu Marge avant qu'ils ne l'emmènent en salle d'opération, elle était folle d'inquiétude pour Jamie. Elle a demandé si vous pouviez aller chez elle et rester un peu avec lui. Lui dire que tout va bien se passer. Peut-être l'aider à se préparer quelque chose pour son dîner. Marge a tellement peur qu'il n'y ait plus personne pour prendre soin de Jamie s'il lui arrivait quelque chose.

— Dites à Marge qu'elle ne s'inquiète pas, que je vais aller voir Jamie. Et appelez-moi dès que vous aurez du nouveau sur son état.

— Bien sûr. Marge m'a toujours dit que votre famille s'était montrée si gentille avec elle, qu'elle avait beaucoup de chance de vous avoir pour voisins. »

Aline lui dit au revoir, coupa la communication, puis appela aussitôt Mike. Elle le mit au courant du transfert de Marge à l'hôpital. « Je vais chez elle passer un peu de temps avec Jamie. Retrouvez-moi là-bas un peu plus tard.

— D'accord, mais à l'extérieur de la maison. Souvenez-vous que je n'ai plus le droit de parler à Jamie. »

74

Mike se rendit chez les Long en voiture. En route il appela l'inspectrice Angela Walker qui s'apprêtait à le rejoindre. Mike lui fit un résumé de la situation en lui faisant part de son intime conviction : quelque chose s'était passé durant le mystérieux petit déjeuner entre Kerry et son amie Valerie, et c'était l'explication de l'e-mail qu'avait reçu Aline.

Il lui avait demandé de l'assister, car cette femme d'une quarantaine d'années, afro-américaine, était douée d'un talent particulier pour parler aux jeunes. Il l'avait vue à l'œuvre. Elle était capable aussi bien de faire craquer un jeune dealer de dix-huit ans au cours de l'interrogatoire, que de faire preuve d'une extraordinaire compassion envers un gamin de dix ans témoin du meurtre de ses parents. S'il y avait un moyen d'amener Valerie à se confier, elle le trouverait.

Marina Long les accueillit à la porte. Elle les conduisit dans le petit salon où était installée Valerie. « Wayne et moi serons dans la pièce à côté au cas où vous auriez besoin de nous », dit-elle en les quittant.

Mike et Angela s'assirent sur deux chaises face à Valerie. Elle avait les yeux gonflés, le regard abattu. Elle les fixa l'un après l'autre, puis tourna la tête et regarda dans le vague devant elle.

« Valerie, dit Mike, dites-moi d'abord comment vous vous sentez ?

— Je vais bien, répondit Valerie d'un ton morne.

— Voici l'inspectrice Angela Walker. Elle travaille avec moi sur l'affaire de Kerry Dowling. »

Valerie ne manifesta aucune réaction.

« Valerie, poursuivit Mike, je sais que Kerry Dowling était votre amie. Je sais combien c'est cruel de perdre une amie. Je suis sûr que vous voulez que l'agresseur de Kerry soit jugé et condamné. »

Elle continua à regarder dans le vague, mais son expression s'était durcie.

« Valerie, vers 11 heures, le matin de sa mort, Kerry a envoyé un texto à sa sœur Aline qui était en Angleterre à ce moment-là. Elle disait qu'elle avait quelque chose de très important à lui communiquer. Elle a envoyé ce message sitôt après avoir pris un petit déjeuner au Coach House à Hackensack. Étiez-vous avec Kerry ce jour-là ?

— Non, dit Valerie en remontant sa couverture jusqu'à son cou.

— Valerie, on a présenté à la serveuse du snack des photos des amies de Kerry. Elle vous a reconnue, a dit que c'était vous qui étiez ce matin-là avec Kerry. »

Valerie secoua la tête avec force et ses yeux se remplirent de larmes. Elle se mit à haleter, serrant les poings.

Mike s'apprêtait à lui poser une autre question quand il sentit la main d'Angela sur son bras. Elle souhaitait prendre le relais.

« Valerie, est-ce que je peux m'asseoir à côté de vous sur le canapé ? J'aime bien être près des gens quand je leur parle. »

Sans attendre sa réponse, Angela s'approcha. Valerie s'écarta un peu pour lui faire de la place.

« C'est bien mieux comme ça, dit Angela en lui faisant face. Quel âge avez-vous, Valerie ?

— Seize ans.

— Seize ans, dit Angela. J'ai une fille qui a dix-sept ans. Elle vous ressemble. Une jolie fille, très sportive.

— Comment s'appelle-t-elle ? demanda Valerie.

— Penelope. Elle déteste ce prénom. Elle veut qu'on l'appelle Penny. Elle dit que Penelope est un prénom de clown. »

Une ombre de sourire se dessina sur le visage de Valerie.

« Vous avez quelque chose en commun avec elle. Quand elle est préoccupée, elle a beaucoup de mal à en parler. Elle renferme tout au fond d'elle-même. »

Valerie détourna son regard.

« Valerie, ma petite, dit Angela, je veux que vous me regardiez. Regardez-moi dans les yeux. »

Valerie tourna la tête vers Angela.

« Et je veux vous tenir les mains. C'est possible ? »

Valerie hocha la tête et laissa Angela lui prendre les mains.

« Continuez de me regarder. Je sais que vous cachez quelque chose d'affreux au fond de vous-même. Le seul moyen d'aller mieux est de vous libérer de ce poids terrible. »

Valerie secoua la tête.

« Valerie, vous êtes en sécurité à présent. Tout ce qui vous fait mal ou vous effraye, vous pouvez y mettre fin, dit Angela en écartant une mèche de cheveux qui était retombée sur le visage de la jeune fille.

— Je ne peux pas, murmura Valerie d'une voix enfantine.

— Si, vous le pouvez, ma petite. Vous n'avez plus besoin d'avoir peur. Vous êtes en sécurité. Il ne peut rien vous arriver. »

La respiration de Valerie s'accéléra et ses yeux s'emplirent de larmes.

« Tout va bien. Il ne peut plus rien vous arriver.

— Il me force à... », s'écria alors Valerie en tombant dans les bras d'Angela, secouée de violents sanglots.

75

Aline longea rapidement la terrasse, traversa le jardin derrière sa maison et contourna la haie qui bordait celui de Marge. La soirée était inhabituellement froide et grise, le soleil venait de disparaître à l'horizon.

Il y avait de la lumière dans la chambre de Jamie à l'étage. Par la fenêtre ouverte on entendait la télévision. Elle sonna à la porte, attendit, mais n'obtint pas de réponse.

S'éloignant de la façade, elle cria le prénom de Jamie en direction de la fenêtre. Il finit par se montrer et lui dit qu'elle pouvait le rejoindre.

En montant l'escalier, Aline tenta de se souvenir de la dernière fois où elle avait gardé ce petit voisin un peu particulier. Cela faisait plus de dix ans.

La porte s'ouvrit toute seule. Il était étendu sur son lit, le regard fixé au plafond. Il avait éteint la télévision. Aline vit qu'il avait pleuré.

« Mom est à l'hôpital, dit-il. Elle est partie avec l'ambulance. Elle va mourir et aller au ciel avec mon papa. »

Aline s'assit au bord du lit. « Jamie, il y a plein de gens qu'on emmène à l'hôpital et qui guérissent et reviennent chez eux. Il faut prier et espérer que ta maman aille mieux, et que tout s'arrange.

— Mom est à l'hôpital parce que je suis méchant. Je vais aller en prison, parce que j'ai fait quelque chose de mal. J'ai été nager avec Kerry. »

Des larmes se mirent à couler sur ses joues. Son corps était agité de tremblements tandis qu'il pleurait doucement.

Oh mon Dieu, pensa Aline, il ne comprend même pas ce dont les gens le croient coupable.

Elle caressa affectueusement les bras de Jamie. De longs bras musclés qu'il tendit vers elle pour la prendre contre lui et la serrer fort, presque au point de lui faire mal. Malgré ce qu'il lui disait, il était impossible de croire qu'un être aussi doux ait pu s'attaquer à Kerry. C'était peut-être le moment ou jamais de découvrir ce qui était réellement arrivé à sa sœur.

Après lui avoir laissé une minute pour se calmer, Aline se leva et alla à la fenêtre. Les lumières de son jardin venaient de s'allumer et dissipaient l'obscurité du soir tombant.

Elle se rappela un cours de psychologie qu'elle avait suivi à l'université. Et un exposé particulièrement intéressant sur une méthode consistant à amener les jeunes victimes à rejouer leur traumatisme pour leur permettre de l'accepter et de le surmonter. La soirée où Kerry était morte avait-elle été un événement traumatique pour Jamie ? Quelqu'un lui avait-il vraiment donné la possibilité de raconter son histoire ?

« Jamie, as-tu dîné ?

— Non.

— Tu aimes toujours la cuisine chinoise ?

— Poulet au sésame, riz blanc et soupe won-ton, dit Jamie, retrouvant son sourire.

— D'accord. Je commanderai tout ça pour toi lorsque nous aurons joué à un petit jeu. Nous allons faire comme si c'était le soir de la fête de Kerry. »

Pour commencer, Jamie regarda par la fenêtre. « Kerry donnait une fête, dit-il. Ils sont tous rentrés chez eux et Kerry est restée toute seule.

— Il n'y avait donc plus personne avec Kerry. Que faisait-elle ?

— Elle rangeait des choses. Puis Alan Crowley est arrivé. Il aime beaucoup Kerry. Il l'a embrassée. »

Désignant le jardin derrière sa propre maison, Aline demanda : « D'où venait Alan ? »

Jamie sembla troublé par cette question. Aline lui prit la main. « Viens. Nous allons descendre dans mon jardin. Je voudrais que tu me montres tout ce que tu as fait ce soir-là et que tu me dises ce que tu as vu. »

76

Angela attendit une longue minute que se calment les pleurs de Valerie qui s'était effondrée dans ses bras, la tête enfouie dans son épaule.

« Qui est-ce, Valerie ? demanda-t-elle enfin. Qui vous fait ça ?

— Je ne peux pas le dire. Je l'ai dit à Kerry et elle est morte. À cause de moi. »

Sa voix avait pris un ton déchirant, empli de désespoir et de terreur. Angela se mit à la bercer. « Valerie, Valerie, vous ne risquez rien, mon chou. Vous n'avez plus rien à craindre. » Marina et Wayne l'avaient entendue hurler. Elle avait utilisé le mot viol. Ils s'étaient précipités dans le petit salon. « Valerie, Valerie », gémit Marina.

Mike observait Wayne. Aline lui avait dit que la jeune fille paraissait en vouloir à son beau-père. En voyant Wayne se précipiter vers Valerie, il se dressa d'un bond.

Mais Wayne tomba à genoux à côté du canapé. « Valerie, ma chérie, dis-nous qui t'a fait ça. Il faut que tu nous le dises.

— C'est… c'est mon entraîneur, Scott Kimball. C'est lui qui… Il ne veut pas s'arrêter.

— Scott Kimball ! s'exclama Marina. Mon Dieu, nous l'avons laissé venir ici cet après-midi. Il s'inquiétait tellement pour Valerie. Nous lui avons même permis de la voir seule.

— Il m'a avertie de n'en parler à personne. Il a dit : "Sinon Aline subira le même sort que Kerry" », sanglota Valerie.

Wayne se redressa. « Je vais le tuer », déclara-t-il avec un calme terrifiant.

Mike était aussi stupéfait que les autres. Scott Kimball avait sans doute appris d'une manière ou d'une autre que Valerie s'était confiée à Kerry. Il prit son téléphone, composa le numéro du portable d'Aline. « Elle ne répond pas, dit-il à Angela. Il faut que je la trouve.

— Allez-y, dit Angela. Je reste ici. »

Il sortit en hâte de la pièce, franchit la porte de la maison et sauta dans sa voiture. En route, il appela la police de Saddle River. « Envoyez immédiatement plusieurs unités à la maison des Chapman, 15 Waverly Road. Scott Kimball, sexe masculin, blanc, la trentaine, violeur, probablement un meurtrier, s'y trouve peut-être. »

Ils descendirent l'escalier, sortirent par la porte de derrière et franchirent la pelouse. En pénétrant dans la propriété des Dowling, Jamie s'arrêta. Il baissa la tête et se mit à tourner en rond, les yeux fixés sur l'herbe.

« Jamie, qu'est-ce que tu fais ?

— Il n'est plus là, dit-il.

— Qu'est-ce qui n'est plus là ?

— Le club de golf. Il était dans l'herbe.

— Attends-moi une minute. »

Aline courut jusqu'au garage, prit un club, l'apporta à Jamie.

« Il était là, dit-il en posant le club dans l'herbe. Je voulais aider Kerry à le nettoyer.

— Montre-moi ce que tu as fait. »

Jamie ramassa le club et se dirigea vers la piscine. Regardant la tête du club, il dit : « Celui-là est propre. L'autre était sale. » Il le posa sur une chaise longue à côté du bassin.

Donc en ramassant le club sur la pelouse et en l'apportant près de la piscine, Jamie a eu l'impression qu'il aidait à nettoyer, se dit Aline. Voilà pourquoi ses empreintes se trouvent sur l'arme du crime.

Elle marcha derrière lui. Ils étaient en face de la terrasse.

« Tu fais du bon travail, Jamie. Est-ce qu'Alan est revenu voir Kerry après la fête ?

— Oui.

— Montre-moi ce qu'il a fait, d'où il venait. »

Jamie se dirigea vers le côté de la maison, disparut un instant de son champ de vision. Puis il fit demi-tour et revint vers elle. Il prit le club sur la chaise longue et le déposa sur le sol. « Alan a fait comme ça, dit-il en reprenant le club et en l'appuyant contre une chaise.

— Et qu'a-t-il fait ensuite ? demanda doucement Aline. Imagine que je suis Kerry. Fais tout ce qu'a fait Alan. »

Jamie s'approcha d'elle. Il la prit dans ses bras, l'embrassa sur le front. Puis il s'éloigna vers le côté de la maison.

Quand il revint, Aline dit : « On va continuer à jouer. Tu fais comme si j'étais Kerry. Maintenant montre-moi ce qu'a fait le Grand Bonhomme. Montre-moi d'où il venait. »

Jamie se dirigea vers le côté du jardin qui était bordé par le bois.

Aline sentit son téléphone vibrer dans sa poche. Elle le prit, vérifia le nom qui s'affichait. « Mike Wilson ». Elle progressait avec Jamie et n'avait pas envie de s'interrompre. Elle rappellerait plus tard. Marchant sur la pointe des pieds, Jamie s'éloigna du bois, s'avança dans le jardin en direction de la terrasse. Il fit signe à Aline de se tenir plus près de la piscine.

« Tourne-toi », dit-il. Aline lui tourna le dos tout en regardant par-dessus son épaule. Jamie prit le club posé contre la chaise. S'approchant, il brandit le club au-dessus de sa tête.

« Très bien, Jamie, ça suffit, dit Aline en levant la main pour se protéger.

— C'est ce qu'a fait Grand Bonhomme.

— Donc le Grand Bonhomme est sorti de la forêt. Il a pris le club et a frappé Kerry. Et qu'a-t-il fait ensuite ? »

Jamie hocha la tête et jeta le club dans l'herbe.

S'efforçant de parler calmement, Aline demanda : « Jamie, est-ce toi le Grand Bonhomme qui a frappé Kerry ? »

Jamie eut l'air stupéfait par la question. Il secoua la tête, regarda autour de lui et soudain, alors qu'il tournait les yeux vers le bois, son expression changea : « Aline, c'est lui qui l'a fait. Il l'a frappée. Grand Bonhomme l'a poussée dans l'eau. »

Mike fonça dans Chestnut Ridge Road, tourna dans Waverly Road. Son instinct lui disait de ne pas actionner sa sirène. Si Kimball était avec Aline, il voulait le prendre au dépourvu.

Il s'arrêta dans l'allée de Marge Chapman, parcourut en courant les vingt mètres jusqu'à la porte d'entrée et sonna. Pendant qu'il attendait, il détacha la sécurité de l'étui de son arme.

« Allons, Aline, réponds », dit-il à voix haute, sonnant à nouveau, frappant la porte à coups redoublés.

79

Aline resta interdite à la vue de Scott Kimball. Il marchait vers eux, un pistolet à la main, le visage déformé par un rictus.

Il regarda Jamie en se mettant à rire. « Un jour après l'entraînement, tu m'as dit que ton père t'appelait son Grand Bonhomme. Je t'ai dit que mon père aussi m'appelait comme ça. »

Abasourdie, Aline cria : « Scott, qu'est-ce que vous faites ici ? Vous êtes devenu fou ?

— Non, c'est votre faute, Aline, dit-il. Vous êtes comme Kerry. Vous voulez forcer Valerie à vous confier des choses qui ne vous regardent pas. » Il éclata d'un rire féroce. « Qu'avez-vous donc, Kerry et vous, pour que les gens vous parlent alors qu'ils devraient se taire ? Je me suis aperçu le mois dernier que Valerie devenait plus difficile à contrôler. Ce n'était qu'une question de temps avant qu'elle parle à quelqu'un.

J'ai eu le pressentiment que ce quelqu'un serait votre sœur. J'ai placé une balise sur sa voiture. À propos, elle est toujours en place – mais sur la voiture que vous utilisez. C'est comme ça que je sais que vous êtes allée voir Valerie ce matin. Mais revenons à Kerry. Ce samedi-là, quand elle est allée chercher Valerie, j'ai suivi sa voiture jusqu'au *diner*. Elles se sont installées près de la fenêtre. À la place que vous occupiez quand vous avez montré les photos à la serveuse. Je ne pouvais pas entendre ce que Kerry et Valerie se disaient, mais à les voir, j'ai compris que Valerie lui racontait tout.

— Vous avez tué Kerry ! hurla Aline. Pourquoi ?

— C'est la faute de Valerie. Elle me provoquait.

— Mais pourquoi avoir tué Kerry ?

— Aline, il le fallait. Valerie était facile à contrôler. Kerry, impossible. Par chance, j'ai eu vent de la petite fête qu'organisait Kerry. J'ai attendu une heure dans le bois que Kerry soit seule. J'étais sur le point de faire mon apparition quand a débarqué le Roméo de Kerry, Alan Crowley.

— Il a pris Kerry dans ses bras et l'a embrassée, dit Jamie.

— Je sais ce qu'il a fait, Jamie. Je les regardais. Mais ce que je n'avais pas prévu, et c'est une très mauvaise nouvelle pour toi, mon vieux, c'est que tu nous observais… »

Aline l'interrompit : « Vous êtes un lâche, Scott. Vous vous êtes approché sans bruit de ma sœur et…

— Oh, ce n'était pas prévu. J'étais décidé à utiliser un pistolet. Mais quand j'ai vu Alan Crowley manipuler ce club de golf sur la terrasse avant de s'en aller, disons que j'ai improvisé. »

Aline essayait de trouver un moyen de continuer à le faire parler. Elle pensa à l'appel de Mike auquel elle n'avait pas répondu. Il faut que je gagne du temps jusqu'à ce qu'il arrive.

Scott se rapprochait.

« Scott, ne faites pas ça, implora Aline.

— Il le faut, Aline. Si je me débarrasse de vous, de vous et de votre ami Jamie, Valerie ne dira rien. Comme la dernière fois. »

80

Peut-être a-t-elle emmené Jamie chez elle, pensa Mike. Il s'apprêtait à remonter dans sa voiture mais se souvint qu'un raccourci à travers le jardin, derrière la maison, lui ferait gagner du temps. Comme il commençait à contourner la maison des Chapman, il vit des lumières allumées dans le jardin des Dowling. Il poussa un soupir de soulagement en apercevant Aline et Jamie debout près de la piscine. Il était sur le point de les héler quand il prit conscience que ce n'était pas à Jamie qu'Aline parlait. Tous deux regardaient en direction du bois qui bordait la propriété, et Aline se tenait devant Jamie, comme pour le protéger.

Mike traversa sans faire de bruit le jardin des Chapman et s'approcha de la haie qui séparait les deux terrains. Il vit alors un homme qui marchait vers Aline et Jamie, un pistolet à la main. Au même moment se fit entendre le hurlement lointain de sirènes de police.

Mike sortit son arme, se mit en position de tir.

« Kimball ! cria-t-il. Ne bougez plus ! Lâchez votre pistolet ! »

Scott pivota dans la direction de la voix de Mike. Aline se tourna, poussa Jamie au sol et se jeta sur lui pour le protéger.

Scott braqua à nouveau son arme vers elle et tira. Le coup passa quelques centimètres au-dessus de sa tête.

Le premier tir de Mike atteignit Scott à l'épaule gauche. Il s'affaissa, puis leva son pistolet et tira dans tous les sens. Le coup suivant de Mike lui brisa deux côtes et le projeta en arrière tandis que son pistolet ricochait sur les dalles de la terrasse.

Mike bondit à travers la pelouse jusqu'à la terrasse, son arme toujours braquée sur Scott qui se tordait de douleur sur le sol. Il pouvait maintenant entendre le crissement des pneus et les claquements des portières sur fond de sirènes.

« Par ici, derrière ! » cria-t-il aux policiers qui contournaient la maison au pas de charge. Puis, pointant son arme sur Kimball recroquevillé à terre : « Appelez une ambulance et arrêtez-le. »

Aline aidait Jamie à se relever.

« Vous n'avez rien ? » cria Mike en se précipitant vers eux.

Sans répondre Aline se jeta dans ses bras.

« Grand Bonhomme a essayé de nous tuer, fit Jamie. C'est pas très gentil.

— Grâce à Dieu vous êtes tous les deux sains et saufs, laissa échapper Mike en serrant Aline de toutes ses forces.

— Vous n'échapperez pas à un dîner avec moi, lui murmura-t-elle. Changement de plan. Nous mangeons chinois avec Jamie. »

Marge reposait calmement dans le service des soins intensifs de l'hôpital. Des électrodes placées sur sa poitrine permettaient de contrôler son activité cardiaque.

L'opération avait réussi. La torpeur qui avait suivi l'anesthésie se dissipait. Mais son inquiétude pour Jamie renaissait, plus forte que jamais.

On frappa à la porte et le père Frank entra. « Comment vous sentez-vous, Marge ?

— C'est difficile à dire, mais bien, je suppose.

— Bon, j'apporte des nouvelles qui vont rapidement vous remettre sur pied. Jamie est chez vous en train de déguster un excellent repas chinois avec Aline. Elle a dit qu'elle resterait la nuit auprès de lui. »

Le père Frank préféra ne pas mentionner les coups de feu qui avaient été tirés sur Jamie et Aline. Il raconta plutôt : « La police a arrêté Scott

Kimball, l'entraîneur de lacrosse du lycée. Ils ont la conviction qu'il est l'assassin de Kerry Dowling. Et c'était lui le "Grand Bonhomme" dont parlait Jamie. »

Il fallut toute une minute à Marge pour assimiler ce qu'on lui annonçait. « Oh, merci mon Dieu ! Soyez béni ! » s'exclama-t-elle alors avec ferveur.

Alan était assis avec sa mère et son père dans le bureau. Depuis que les médias avaient rapporté que Jamie était suspecté du meurtre de Kerry, ils étaient rivés à la chaîne d'information régionale. Une nouvelle de dernière minute attira leur attention. Une journaliste se tenait devant le lycée de Saddle River. « Scott Kimball, l'entraîneur de l'équipe de lacrosse du lycée de Saddle River, New Jersey, vient d'être inculpé du meurtre de Kerry Dowling et arrêté. »

Impossible, pensa Alan. Je rêve !

C'était pourtant la réalité. Abasourdi, il écouta le récit détaillé de la tentative d'assassinat de Jamie et d'Aline. Au cri de soulagement de sa mère, les larmes lui montèrent aux yeux. « Je n'arrive pas à croire que c'est vraiment fini, dit-il. C'est fini, pour Jamie et pour moi. Je vais enfin pouvoir aller à Princeton. »

Fran et Steve dînaient tranquillement au Bermuda Hamilton Princess. Ils étaient seuls dans un coin de la salle du restaurant. Au même instant leurs deux téléphones signalèrent la réception d'un texto. Il provenait d'Aline. *Regardez et rappelez-moi immédiatement !!!!!*

Intriguée, Fran vint s'asseoir à côté de Steve. Il cliqua sur le lien indiqué et la transmission du bulletin régional de CBS s'ouvrit sur l'arrestation de Scott Kimball pour le meurtre de Kerry Dowling, relatant ensuite comment Aline avait sauvé la vie de Jamie au moment où Kimball tentait de les tuer tous les deux.

Fran et Steve tombèrent dans les bras l'un de l'autre, réalisant qu'ils auraient pu perdre leur autre fille.

« Fran, Fran, dit Steve, la voix enrouée par l'émotion, pense à ce qui aurait pu arriver. »

Bouleversée, submergée de gratitude, Fran avait du mal à parler. Elle finit par murmurer : « Rentrons à la maison. J'ai besoin de prendre Aline dans mes bras. »

Épilogue

Trois mois plus tard

Scott Kimball avait été traduit en justice pendant son séjour à l'hôpital où il se remettait de ses blessures. Il était accusé du meurtre de Kerry Dowling, de tentative d'assassinat sur la personne d'Aline Dowling et de Jamie Chapman, de détention d'arme à feu à des fins criminelles et de violences sexuelles à l'encontre de Valerie Long.

Les preuves pour les autres chefs d'accusation étaient tellement accablantes que le procureur avait dit à Valerie et à ses parents que Kimball passerait le reste de ses jours en prison. Valerie n'aurait pas besoin de témoigner à moins qu'elle ne le désire.

Se rangeant à la suggestion de ses parents, Valerie accepta de consulter un psychothérapeute qui l'aiderait à faire face au mal que Scott Kimball lui avait fait et aux souffrances qu'elle avait endurées. La rage de Wayne quand il avait appris ce qu'elle avait subi l'avait touchée. Pour la première fois, elle le considéra comme un père.

La pose de deux stents améliora considérablement la santé de Marge. Mais voir se dissiper la menace qui planait au-dessus de la tête de Jamie était le meilleur des traitements, selon elle.

Jamie sauta de joie en apprenant que le gérant d'Acme proposait de le reprendre au magasin. Et même de l'augmenter.

Princeton réintégra immédiatement Alan pour le semestre de janvier. Il comptait les jours avant de pouvoir partir. Trois mois plus tôt, il n'avait aucune idée de la carrière qu'il voulait embrasser. À présent, il savait qu'il voulait être avocat pénaliste. En attendant de rejoindre son université, il travaillait cinq soirs par semaine pendant les vacances de Noël dans un magasin de prêt-à-porter. C'était June qui lui avait trouvé ce job.

Depuis qu'ils s'étaient retrouvés dans les bras l'un de l'autre après la fusillade, Aline et Mike savaient qu'ils étaient destinés à partager la même existence. Ils décidèrent qu'ils se marieraient à l'automne, une fois passée la date anniversaire de la mort dc Kerry. Fran et Steve ne se remettraient jamais complètement de la perte de leur plus jeune fille, mais l'union d'Aline et de Mike les comblait et Fran s'imaginait déjà avec un petit-enfant dans les bras.

C'était le père Frank qui célébrerait le mariage. Il avait partagé avec Aline, Mike, Fran et Steve une pensée qu'avait eue Rose Kennedy autrefois : *Les oiseaux chantent après l'orage. Pourquoi ne pas se réjouir comme eux de ce qu'il nous reste de soleil ?*

REMERCIEMENTS

Ce nouveau livre terminé, vient le moment de remercier tous ceux qui m'ont encouragée tout au long du chemin.

D'abord mon éditeur depuis quarante ans, Michael Korda, qui m'a toujours guidée. Tous les mercis du monde, Michael.

Marysue Rucci, éditrice en chef chez Simon & Schuster, dont les conseils me sont toujours précieux.

Mon irremplaçable époux, John Conheeney, qui depuis plus de vingt ans m'écoute avec bienveillance quand je soupire et doute de mon travail.

Kevin Wilder, qui m'a aidée à comprendre comment un inspecteur de police procède dans une enquête criminelle.

Kelly Oberle-Tweed, pour m'avoir éclairée sur le rôle que joue une conseillère d'orientation.

Mike Dahlgren, qui m'a expliqué l'attitude qu'adopte une université lorsqu'elle est confrontée à la candidature d'un étudiant controversé.

Mon fils Dave, constamment à mes côtés pendant la rédaction du livre, et à qui ce scénario doit beaucoup.

Mon petit-fils David, qui souffre du syndrome de l'X fragile. Merci David de m'avoir inspiré le personnage de Jamie.

Enfin, et naturellement, merci à vous tous, mes chers lecteurs. J'espère que cette lecture vous aura divertis jusqu'au bout.

De la même auteure
aux éditions Albin Michel :

LA NUIT DU RENARD
Grand Prix de littérature policière 1980
LA CLINIQUE DU DOCTEUR H.
UN CRI DANS LA NUIT
LA MAISON DU GUET
LE DÉMON DU PASSÉ
NE PLEURE PAS, MA BELLE
DORS MA JOLIE
LE FANTÔME DE LADY MARGARET
RECHERCHE JEUNE FEMME AIMANT DANSER
NOUS N'IRONS PLUS AU BOIS
UN JOUR TU VERRAS
SOUVIENS-TOI
CE QUE VIVENT LES ROSES
DOUCE NUIT
LA MAISON DU CLAIR DE LUNE
JOYEUX NOËL, MERRY CHRISTMAS
NI VUE NI CONNUE
TU M'APPARTIENS
UNE SI LONGUE NUIT
ET NOUS NOUS REVERRONS

AVANT DE TE DIRE ADIEU
DANS LA RUE OÙ VIT CELLE QUE J'AIME
TOI QUE J'AIMAIS TANT
LE BILLET GAGNANT
UNE SECONDE CHANCE
ENTRE HIER ET DEMAIN
LA NUIT EST MON ROYAUME
RIEN NE VAUT LA DOUCEUR DU FOYER
DEUX PETITES FILLES EN BLEU
CETTE CHANSON QUE JE N'OUBLIERAI JAMAIS
LE ROMAN DE GEORGE ET MARTHA
OÙ ES-TU MAINTENANT ?
JE T'AI DONNÉ MON CŒUR
L'OMBRE DE TON SOURIRE
QUAND REVIENDRAS-TU ?
LES ANNÉES PERDUES
UNE CHANSON DOUCE
LE BLEU DE TES YEUX
LA BOÎTE À MUSIQUE
LE TEMPS DES REGRETS
NOIR COMME LA MER
EN SECRET

Avec Carol Higgins Clark

TROIS JOURS AVANT NOËL
CE SOIR JE VEILLERAI SUR TOI
LE VOLEUR DE NOËL
LA CROISIÈRE DE NOËL
LE MYSTÈRE DE NOËL

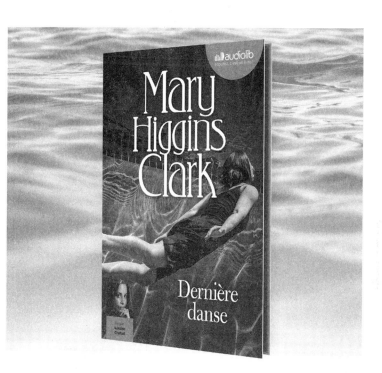